Traída

The House of Night
Livro
2

4ª reimpressão - Novembro/2013

P.C. Cast e Kristin Cast

Traída

The House of Night
Livro
2

Tradução
Johann Heyss

novo século

São Paulo 2009

Betrayed
Edição original St. Martin's Press.

Produção Editorial	Equipe Novo Século
Editoração Eletrônica	Sergio Gzeschnik
Capa	Genildo Santana - Lumiar Design
Preparação de Texto	Bel Ribeiro
Revisão	Alessandra Kormann

Dados Internacionais de Catalogação na Publicação (CIP)
(Câmara Brasileira do Livro, SP, Brasil)

Cast, P.C.
Traída / P. C. Cast e Kristin Cast ; tradução
Johann Heyss. — Osasco, SP : Novo Século Editora, 2009.

Título original: Betrayed.

1. Ficção norte-americana I. Cast, Kristin.
II. Título

09-07933 CDD-813

Índices para catálogo sistemático:

1. Ficção: Literatura norte-americana 813

2009
IMPRESSO NO BRASIL
PRINTED IN BRAZIL
DIREITOS CEDIDOS PARA ESTA EDIÇÃO À
NOVO SÉCULO EDITORA LTDA.
Alameda Araguaia, 2190 – 11º andar – Conj. 1111
CEP 06455-000 – Barueri/SP
Fone (11) 2321-5080 – Fax (11) 2321-5099
www.novoseculo.com.br
atendimento@novoseculo.com.br

Gostaríamos de dedicar este livro à (tia) Sherry Rowland, amiga e relações públicas. Obrigada, Sher, por tomar conta de nós mesmo quando somos difíceis e irritantes (especialmente quando você nos traz "contratos"). Nós a amamos muito.

Agradecimentos

Como sempre, agradecemos a Dick L. Cast, nosso pai/avô, por saber de tudo sobre biologia e nos ajudar com as coisas. À nossa incrível agente, Meredith Bernstein, que deu a ideia inicial para esta fantástica série.

Agradecemos ainda à nossa equipe da St. Martin's, Jennifer Weis e Stefanie Lindskog, por nos ajudar a criar esta série tão maravilhosa; e especialmente aos talentosos artistas que criaram as lindas capas, mandamos um enorme "AMAMOS VOCÊS".

Nossos agradecimentos especiais aos Street Cats, um serviço de resgate e adoção de gatos em Tulsa. Apoiamos os Street Cats (inclusive adotamos Nala com eles!) e admiramos sua dedicação e amor pelos gatos. Por favor, visite seu website em www.streetcatstulsa.org para mais informações. Se você tiver interesse em fazer doações a uma entidade beneficente de animais de estimação, podemos garantir que essa é uma excelente opção!

P. C. e KRISTIN

Quero agradecer meus alunos do ensino médio que: 1) me imploram para aparecer nestes livros e sair "dizimando"; 2) sempre me trazem inspiração para coisas hilárias; 3) de vez em quando me deixam sozinha para que eu possa escrever. AGORA, VÃO FAZER O DEVER DE CASA! Ah, e podem esperar pela prova oral.

Sra. Cast

1

– Garota nova na área. Dá só uma olhada – Shaunee disse ao se sentar à mesa que sempre reivindicamos como nossa em todas as refeições escolares servidas no salão de jantar (tradução: lanchonete de escola de primeira classe).

– Tragédia total, gêmea, total – a voz de Erin fez eco à de Shaunee. Ela e Shaunee tinham uma espécie de vínculo psíquico que as fazia bizarramente semelhantes, razão pela qual foram apelidadas de "as gêmeas", apesar de Shaunee ser uma americana de origem jamaicana cor de café-com-leite oriunda de Connecticut e Erin ser uma loura de olhos azuis vinda de Oklahoma.

– Felizmente ela é companheira de quarto de Sarah Freebird – Damien apontou com a cabeça a garota baixinha de cabelos pretíssimos que estava mostrando a sala de jantar à novata de aparência perdida; com seu olhar incisivo e "fashionista" ele analisou as duas garotas e seus trajes – dos sapatos aos brincos – em uma rápida olhadela. – Está na cara que seu senso de moda é melhor do que o de Sarah, apesar do estresse de ser Marcada e mudar de escola. Quem sabe ela não consegue ajudar Sarah a perder a propensão a escolher calçados feiosos.

– Damien – Shaunee disse –, você está outra vez enchendo meu...

–... saco com essa sua droga de vocabulário interminável – Erin completou a frase para ela.

Damien fungou, parecendo ofendido e superior e mais *gay* do que costumava parecer (apesar de ser totalmente *gay*).

– Se seu vocabulário não tivesse propensão tão abismal, você não teria de ficar carregando um dicionário para lá e para cá para poder me acompanhar.

As gêmeas olharam feio para ele e sugaram o ar para começar um novo ataque que, felizmente, foi interrompido por minha companheira de quarto. Com seu pesado sotaque de Oklahoma, Stevie Rae deu as definições como se estivesse dando dicas em uma competição de ortografia:

– Propensão: intensa preferência, geralmente inata. Abismal: absolutamente horrível. Pronto. Agora dá para pararem de brigar e se comportarem? Vocês sabem que está quase no horário de visita dos pais e não devíamos ficar agindo como retardados quando nossos velhos derem as caras.

– Ah, bobagem – eu disse. – Eu me esqueci totalmente do horário de visitas.

Damien resmungou e jogou a cabeça sobre a mesa, batendo com ela não tão delicadamente assim.

– Eu também me esqueci completamente – os quatro lançaram olhares solidários a ele. Para os pais de Damien não havia problema em ele ser Marcado, ou em sua mudança para a Morada da Noite ou no fato de ele estar começando a passar pela Transformação, mesmo correndo o risco de não sobreviver a ela. O problema para eles era ele ser *gay*.

Ao menos para os pais de Damien não havia problema em tudo que se referia a ele. Por sua vez, minha mãe e seu atual marido – meu "padrastotário" John Heffer – odiavam absolutamente tudo em mim.

– Meus velhos não vêm. Eles vieram mês passado. Este mês estão ocupados demais.

– Gêmea, provamos mais uma vez que somos gêmeas – Erin disse. – Meus velhos me mandaram um *e-mail*. Eles também não vêm, por causa de alguma viagem para o Alaska que eles resolveram fazer no Dia de Ação de Graças com minha tia Alane e meu tio Liar Lloyd. Sei lá – ela deu de ombros, aparentemente tão pouco incomodada quanto Shaunee pela ausência dos pais.

– Ei, Damien, quem sabe sua mãe e seu pai também deixam de vir – Stevie Rae disse com um breve sorriso.

Ele suspirou.

– Eles virão. É o mês em que faço aniversário. Eles vão trazer presentes.

– Não parece tão ruim assim – eu disse. – Você falou que anda precisando de um bloco novo.

– Eles não vão me dar um bloco novo – ele disse. – No ano passado eu pedi um cavalete. Eles me deram um equipamento de *camping* e uma assinatura da *Sports Illustrated*.

– Eeeca! – Shaunee e Erin disseram juntas enquanto Stevie Rae e eu torcemos nossos narizes e fizemos ruídos de solidariedade.

Claramente querendo mudar de assunto, Damien virou-se para mim.

– Esta será a primeira visita de seus pais. O que você está esperando?

– Pesadelo – eu suspirei. – Pesadelo total, absoluto e completo.

– Zoey? Pensei em trazer minha nova companheira de quarto para apresentar a você. Diana, esta é Zoey Redbird, líder das Filhas das Trevas.

Feliz por não ter mais que falar sobre meus horrendos problemas de família, eu levantei os olhos sorrindo ao ouvir a voz nervosa e hesitante de Sarah.

– Nossa, é verdade mesmo! – a novata deixou escapar antes mesmo que eu pudesse dizer "oi". Como de costume, ela estava olhando para minha testa e corando como um tomate. – Quer dizer, ahn... desculpe. Não tive intenção de ser rude nem nada... – ela foi baixando a voz, aparentemente arrasada.

– Tudo bem. Sim, é verdade. Minha Marca está completa e aumentada – mantive meu sorriso no lugar, tentando fazer com que ela se sentisse melhor, apesar de realmente odiar me sentir a atração principal de um circo de horrores. Outra vez. Felizmente, Stevie Rae entrou na conversa antes que o olhar fixo de Diana e meu silêncio ficassem mais constrangedores.

– É, Z. arrumou essa tatuagem do rosto ao pescoço, toda entrelaçada em espiral, quando salvou o ex-namorado de uns fantasmas-vampiros pavorosos – Stevie Rae disse animadamente.

– Foi o que Sarah me contou – Diana disse, hesitante. – Mas soou tão inacreditável que eu, bem...

– Você não acreditou? – Damien disse, ajudando.

– É. Desculpe – ela repetiu, mexendo os dedos de modo inquieto.

– Ei, não se preocupe com isso – eu forcei um sorriso bastante autêntico. – Às vezes eu mesma acho tudo aquilo bem bizarro, e eu estava lá.

– E botando para quebrar – Stevie Rae disse.

Eu lancei-lhe meu olhar "você-não-está-me-ajudando-em-nada", o qual ela ignorou. Sim, um dia eu podia virar a Grande Sacerdotisa dos meus amigos, mas não seria exatamente a chefe.

– Obrigada – ela disse com genuína simpatia.

– Bem, é melhor irmos agora para que eu possa mostrar a Diana onde será sua quinta aula do dia – Sarah disse, e então me constrangeu completamente ao ficar toda séria e formal e me saudar antes de sair com o tradicional sinal vampírico de respeito: punho fechado sobre o coração e cabeça inclinada para frente.

– Eu odeio demais quando fazem isso – eu murmurei, beliscando minha salada.

– Eu acho legal – Stevie Rae disse.

– Você merece que lhe demonstrem respeito – Damien disse com sua voz professoral. – Você é a única terceira-formanda que conseguiu tornar-se líder das Filhas das Trevas e a única novata ou vampira da história que demonstrou afinidade pelos cinco elementos.

– Encare os fatos, Z. – Shaunee disse enquanto abocanhava sua salada e gesticulava com o garfo.

– Você é especial – Erin completou para ela (como de costume).

Uma terceira-formanda é como na Morada da Noite chamam os calouros. Portanto um quarto-formando é um aluno do segundo ano etc. E, sim, eu sou a única terceira-formanda a se tornar líder das Filhas das Trevas. Que sorte a minha.

– Falando nas Filhas das Trevas – Shaunee disse. – Você já decidiu quais serão os novos requisitos para se tornar membro do grupo?

Contive a vontade de berrar "não, droga, ainda não acredito que sou responsável por este troço!" e apenas fiz que não com a cabeça e concluí – no que esperava ser um golpe de mestre – pressionar-lhes um pouco.

– Não, eu não sei quais serão os novos requisitos. Na verdade, eu estava esperando que vocês me ajudassem. E então, têm alguma ideia?

Como eu suspeitei, todos os quatro ficaram quietos. Eu abri a boca para agradecer-lhes por seu silêncio, mas a voz imponente de nossa Grande Sacerdotisa soou pelo interfone da escola. Por um segundo eu fiquei feliz pela interrupção, até que me dei conta do que ela estava dizendo e meu estômago começou a dar um nó.

– Alunos e professores, por favor, dirijam-se à recepção. Está na hora da visita mensal dos pais.

Ora, que inferno.

– Stevie Rae! Stevie Rae! Ai meu Deus, que saudade de você!

– Mamãe! – Stevie Rae gritou e correu para os braços de uma mulher muito parecida com ela, só que vinte quilos mais gorda e vinte e tantos anos mais velha.

Damien e eu ficamos sem graça, parados na recepção, o que estava começando a atrair olhares constrangidos dos pais humanos, alguns irmãos humanos, um bando de alunos novatos, além de vários professores vampiros.

– Bem, lá vêm meus pais – Damien disse com um suspiro. – Melhor terminar logo com isso. Até mais.

– Até mais – eu murmurei e observei enquanto ele se aproximava de dois sujeitos completamente comuns que traziam um presente embrulhado. Sua mãe lhe deu um breve abraço e o pai apertou-lhe a mão com exuberante masculinidade. Damien parecia pálido e estressado.

Eu abri caminho em direção à longa mesa forrada com uma toalha de linho e que se estendia por uma parede inteira. Estava cheia de queijos caros e pratos com carne, sobremesas, café, chá e vinho. Fazia um mês que eu estava na Morada da Noite e, para mim, ainda era um pouquinho chocante ver o vinho ser servido tão prontamente. Parte da razão para tal era simples: a escola era modelada de acordo com as Moradas da Noite europeias. Ao que parece, na Europa o vinho é como o chá ou Coca-cola aqui, ou seja, nada demais. A outra parte é um fato genético: vampiros não ficam bêbados – os novatos mal conseguiam ficar altos (ao menos com álcool; sangue, infelizmente, era outra história). Então aqui o vinho literalmente não era nada demais, apesar de que eu achava que seria interessante conferir como os pais de Oklahoma reagiram ao ver bebida alcoólica sendo servida na escola.

– Mamãe! Você precisa conhecer minha nova colega de quarto. Lembra que falei sobre ela? Esta é Zoey Redbird. Zoey, esta é minha mãe.

– Olá, senhora Johnson. Que bom conhecê-la – eu disse educadamente.

– Ah, Zoey! É bom demais conhecê-la! E, ai meu Deus! Sua Marca é linda mesmo como Stevie Rae disse – ela me surpreendeu com um suave abraço maternal e sussurrou: – Fico feliz de você tomar conta de minha Stevie Rae. Fico preocupada com ela.

Eu acariciei-lhe as costas e sussurrei:

– Não é nada, senhora Johnson. Stevie Rae é minha melhor amiga – e apesar de ser totalmente irreal, eu subitamente desejei que minha mãe me abraçasse e se preocupasse comigo como a senhora Johnson se preocupava com a filha.

– Mamãe, a senhora trouxe biscoitos de chocolate para mim? – Stevie Rae perguntou.

– Sim, meu bem, trouxe, mas só agora me dei conta que esqueci no carro – a mãe de Stevie Rae falava com o mesmo sotaque cantado de Oklahoma que a filha tinha. – Por que você não vai lá fora comigo e me ajuda a trazê-los? Trouxe um pouquinho a mais para seus amigos desta vez – ela deu um sorriso amável para mim. – Você é mais do que bem-vinda se quiser vir conosco, Zoey.

– Zoey.

Eu ouvi minha voz sair como um eco gelado da calorosa simpatia da senhora Johnson e olhei por sobre o ombro dela e vi que minha mãe e John estavam na recepção e vinham em minha direção. Por que diabos ela não podia ter vindo sozinha e deixar que a coisa fosse apenas entre eu e ela para variar um pouco? Mas eu sabia a resposta para isso. Ele jamais permitiria. E o fato de ele não permitir significava que ela não o faria. Ponto final. Fim de papo. Desde que se casou com John Heffer, minha mãe parou de se preocupar com dinheiro. Ela morava em uma casa gigantesca em um subúrbio tranquilo. Era voluntária da Associação de Pais e Professores. Ela era bastante ativa na igreja. Mas durante os últimos três anos de seu casamento "perfeito", ela se perdeu completamente.

– Desculpe, senhora Johnson. Preciso ver meus pais agora, é melhor que eu vá.

– Ah, meu bem, eu adoraria conhecer sua mãe e seu pai – e assim, como se estivéssemos em qualquer escola de ensino médio, a senhora Johnson virou-se, sorridente, para conhecer meus pais.

Stevie Rae olhou para mim e eu olhei para ela. Desculpe, eu murmurei sem som para ela. Tipo, eu não tinha certeza absoluta se algo de ruim poderia acontecer, mas ao ver meu "padrastotário" se aproximando de nós como se fosse algum general cheio de testosterona liderando uma marcha de morte, eu percebi que a tendência era uma cena de pesadelo daquelas.

Então meu coração subiu de volta do estômago e tudo ficou subitamente muito, muito melhor quando a pessoa que eu mais adoro no mundo deu a volta em John e abriu os braços para mim.

– Vovó!

Ela me envolveu em seus braços e com o doce cheiro de lavanda que sempre a acompanhava, como se ela estivesse carregando um galho de lavanda para toda parte que ia.

– Ah, Passarinha! – ela me abraçou forte. – Que saudade de você, *u-we-tsi a-ge-hu-tsa*.

Eu sorri entre lágrimas, adorando ouvir o som familiar da palavra "filha" em *Cherokee* – que para mim representava segurança, amor e aceitação incondicional. Coisas que eu não sentira em minha casa nos últimos três anos; coisas que, antes de vir para a Morada da Noite, só encontrava na fazenda de minha avó.

– Também senti saudades de você, vovó. Estou tão feliz que tenha vindo!

– A senhora deve ser a avó de Zoey – a senhora Johnson disse quando nos soltamos dos braços uma da outra. – É muito bom conhecê-la. A sua garota é admirável.

Vovó sorriu calorosamente e começou a responder, mas John interrompeu, como sempre com aquela sua voz de "eu-sou-tão-superior".

– Bem, na verdade a senhora estaria elogiando *nossa* garota admirável.

Minha mãe, a perfeita esposa submissa, finalmente falou.

– Sim, somos pais de Zoey. Eu sou Linda Heffer. Este é meu marido, John, e minha mãe, Sylvia Red... – então, no meio de suas apresentações tão educadas, ela se deu ao trabalho de olhar para mim e sua voz pareceu estrangulada. Eu fiz meu rosto sorrir, mas o senti quente e duro, como se eu tivesse aplicado gesso nele e sentado sob o sol de verão e ele fosse se quebrar em pedacinhos se eu não tivesse cuidado.

– Oi, mãe.

– Pelo amor de Deus, o que você fez àquela Marca? – Minha mãe disse a palavra Marca como se falasse uma palavra como "câncer" ou "pedófilo".

– Ela salvou a vida de um jovem e estabeleceu conexão com seu dom, concedido pela Deusa, de afinidade com os elementos. Em retorno a deusa Nyx a tocou com várias Marcas incomuns para uma novata – Neferet disse com sua voz melodiosa enquanto adentrava nosso embaraçoso grupinho de mão estendida para meu "padrastotário". Neferet era como a maioria dos vampiros adultos, de uma perfeição estonteante. Ela era alta, tinha longas ondas de cabelos castanho-avermelhados escuros e brilhantes e olhos amendoados de um tom incomum de verde musgo. Ela se movimentava com uma graça e uma segurança que eram claramente não-humanas, e sua pele era tão espetacular que parecia que haviam acendido uma luz dentro dela. Hoje ela estava usando um elegante conjunto azul-real com brincos de prata em espiral (representando o caminho da Deusa; não que a maioria dos pais soubesse disso). Na blusa havia uma imagem prateada da Deusa com as mãos para cima sobre o peito esquerdo, como todas as professoras. Seu sorriso era deslumbrante. – Senhor Heffer, eu sou Neferet, Grande Sacerdotisa da Morada da Noite, apesar de que deve ser mais fácil se o senhor me encarar como encararia qualquer professora do ensino médio. Obrigada por vir à noite de visitas para pais.

Pude notar que ele pegou a mão dela automaticamente. Eu tinha certeza que ele teria recusado se ela não o tivesse pegado de surpresa. Ele apertou a mão dela rapidamente e virou-se para minha mãe.

– Senhora Heffer, é um prazer conhecer a mãe de Zoey. Estamos muito felizes por ela ter entrado para a Morada da Noite.

– Bem, ahn, obrigada! – minha mãe disse, claramente desarmada pelo charme e beleza de Neferet.

Quando Neferet cumprimentou minha avó, deu um sorriso mais largo e foi além da mera educação. Percebi que elas deram um aperto de mão à moda vampírica tradicional, uma segurando o pulso da outra.

– Sylvia Redbird, é sempre um prazer vê-la.

– Neferet, meu coração também se alegra em vê-la, e obrigada por honrar seu juramento de cuidar de minha neta.

– É um juramento fácil de cumprir. Zoey é uma menina muito especial – agora o sorriso de Neferet me incluiu em sua ternura. Então ela se voltou para Stevie Rae e sua mãe: – E esta é a companheira de quarto de Zoey, Stevie Rae Johnson, e sua mãe. Ouvi falar que as duas são praticamente inseparáveis e que até a gata de Zoey é chegada a Stevie Rae.

– É verdade, sim. Ela até sentou no meu colo quando estávamos assistindo tevê ontem à noite – Stevie Rae disse, dando risada. – E Nala não gosta de ninguém, só de Zoey.

– Gata? Não me lembro de ninguém ter dado permissão a Zoey de arrumar uma gata – John disse, me deixando com vontade de vomitar. Como se alguém, com exceção de vovó, tivesse se dado ao trabalho de falar comigo por um mês inteiro!

– O senhor não entendeu, senhor Heffer; na Morada da Noite os gatos vivem soltos. Eles escolhem os próprios donos, e não o contrário, como é comum. Zoey não precisava de permissão quando Nala a escolheu – Neferet disse tranquilamente. John bufou, e para meu alívio percebi que todo mundo ignorou. Cara, que babaca ele é.

– Posso lhes oferecer um lanche? – Neferet mostrou a mesa com um gesto gracioso.

– Céus! Isto me faz lembrar os biscoitos que deixei no carro. Stevie Rae e eu estávamos indo pegá-los. Foi muito bom conhecer a todos – Stevie Rae e sua mãe me deram um rápido abraço, acenaram para os demais e escaparam, deixando-me lá, apesar de eu desejar estar em qualquer outro lugar.

Fiquei perto de minha avó, entrelaçando os dedos aos dela enquanto caminhávamos em direção à mesa de lanches, pensando em como seria muito mais fácil se só ela tivesse vindo me visitar. Dei uma olhada para minha mãe. Parecia que uma careta fora pintada em seu rosto. Ela estava olhando para os outros garotos e garotas ao redor e mal olhava em minha direção. Por que vir? Eu quis gritar para ela. Por que demonstrar que se importa comigo, que sente minha falta, e depois deixar claro que não?

– Vinho, Sylvia? Senhor e senhora Heffer? – Neferet ofereceu.

– Sim, obrigada, tinto, por favor – vovó disse.

Os lábios tensos de John evidenciaram seu descontentamento.

– Não. Nós não bebemos.

Fiz um esforço sobre-humano para não revirar os olhos. Desde quando ele não bebia? Eu seria capaz de apostar os cinquenta dólares que me restavam na poupança que ele tinha meia dúzia de cervejas na geladeira agora mesmo. E minha mãe costumava beber vinho tinto como minha avó. Cheguei a ver que ela lançou um olhar de despeito para minha avó quando ela provou do saboroso vinho que Neferet lhe servira. Mas não, eles não bebiam. Ao menos não em público. Hipócritas.

– Então, como estava dizendo, o desenvolvimento da Marca de Zoey foi por ela ter feito algo especial? – vovó apertou minha mão. – Ela me disse que foi feita líder das Filhas das Trevas, mas não me disse exatamente como foi que aconteceu.

Eu senti que fiquei tensa outra vez. Eu realmente não queria lidar com a cena que viria se minha mãe e John descobrissem que o que acontecera de verdade fora que a ex-líder das Filhas das Trevas havia projetado um círculo na noite de Halloween (conhecida na Morada da Noite como *Samhain*, a noite em que o véu entre o nosso mundo e o mundo dos espíritos fica mais tênue), conjurado uns espíritos vampíricos bem pavorosos e depois perdeu o controle deles quando Heath, meu ex-namorado humano, deu de cara com a cena quando estava à minha procura. De modo que eu não queria jamais mencionar o que só umas poucas pessoas sabiam – que Heath estava à minha procura porque eu provei de seu sangue e ele estava ficando cada vez mais obcecado por mim, o que acontece facilmente quando humanos se envolvem com *vamps* – mesmo sendo *vamps* novatos, aliás. Então Aphrodite, que era então líder das Filhas das Trevas, perdeu totalmente o controle dos fantasmas e eles iam devorar Heath. Literalmente. Pior ainda; eles estavam agindo como se quisessem dar umas mordidas no resto de nós, também, incluindo o ultragostoso Erik Night, o jovem *vamp* que tenho a felicidade de dizer que não é meu ex-namorado, mas com quem venho ficando de um mês para cá, de modo que ele é meu quase-namorado. Enfim, eu tinha de fazer alguma coisa, então, com a ajuda de Stevie Rae, Damien e as gêmeas, eu projetei meu próprio círculo, conectando-me ao poder dos cinco elementos: ar, fogo, água, terra e espírito. Valendo-me de minha afinidade com os elementos, eu consegui banir os fantasmas de volta para o lugar onde viviam, fosse lá qual fosse (ou será que eles "desviviam"?). Quando eles foram embora eu estava com essas tatuagens novas, uma delicada coleção de espirais em forma de renda cor de safira me emoldurando o rosto – algo que nunca se ouviu falar de acontecer com uma novata – e combinando com Marcas entremeadas com os símbolos totalmente lindos em meu ombro, que pareciam runas, o que vampiro novato nenhum jamais teve. Então, Aphrodite foi exposta como a péssima líder que era, o que levou Neferet a exonerá-la do cargo e me colocar em seu lugar. Consequentemente, também estou treinando para ser a Grande Sacerdotisa de Nyx, a Deusa vampira que é a personificação da Noite.

Nada disto soaria muito bem para minha mãe e John, que eram ultrarreligiosos e ultracríticos.

– Bem, houve um pequeno acidente. Zoey pensou rápido e teve a bravura de não deixar que ninguém saísse ferido, e ao mesmo tempo ela se conectou com uma afinidade especial que lhe foi concedida de canalizar a energia dos cinco elementos – Neferet sorriu orgulhosamente e eu senti uma onda de felicidade por ter sua aprovação. – A tatuagem é simplesmente um sinal externo do favorecimento da Deusa.

– O que a senhora está dizendo é blasfêmia – John falou com uma voz tensa e forçada, mas que ao mesmo tempo conseguia soar cheia de condescendência e raiva. – A senhora está colocando a alma imortal dela em perigo.

Neferet voltou seus olhos cor de musgo para ele. Não parecia estar com raiva. Na verdade, parecia estar se divertindo.

– O senhor deve ser um dos Veteranos do Povo de Fé.

Ele inflou o peito de pombo.

– Bem, sim, sou, sim.

– Então vamos chegar logo a um entendimento, senhor Heffer. Eu não pensaria em entrar em sua casa, ou em sua igreja, para depreciar suas crenças, apesar de eu discordar profundamente delas. Mas também eu não espero que o senhor tenha as mesmas crenças que eu. Na verdade, eu jamais pensaria em sequer tentar lhe atrair para minhas crenças, apesar de ter um profundo e permanente compromisso para com minha Deusa. De modo que apenas insisto que o senhor me retribua com a mesma cortesia que já lhe outorguei. Quando estiver em minha casa, respeite minhas crenças.

Os olhos de John se transformaram em pequenas lâminas afiadas e percebi que ele trincou o maxilar e o soltou.

– Seu modo de vida é pecaminoso e errado – ele disse incisivamente.

– Isto de acordo com um homem que admite adorar um Deus que vilifica o prazer, relega as mulheres ao papel de meras serviçais e procriadoras, apesar de elas serem a espinha dorsal de sua igreja, e que busca controlar seus fiéis através de culpa e medo – Neferet riu baixinho, mas o som não transmitia graça nenhuma e o aviso implícito em sua voz me arrepiou os pelos dos antebraços. – Cuidado com a maneira com que julga os outros; talvez o senhor devesse primeiro limpar a própria casa.

John ficou com o rosto vermelho, sugou o ar e abriu a boca para falar o que eu sabia que seria um sermão daqueles sobre como suas crenças eram corretas e como todas as demais eram erradas, mas antes que ele pudesse responder, Neferet o interrompeu. Ela não levantou a voz, mas soou subitamente cheia do poder de uma Grande Sacerdotisa e eu tremi de medo, apesar de sua ira não estar se voltando contra mim.

– O senhor tem duas escolhas. Pode visitar a Morada da Noite como convidado, o que significa que irá respeitar nosso modo de ser e guardar seu descontentamento e suas críticas para si mesmo. Ou então pode ir embora e não retornar. Nunca mais. Decida agora – eu senti as últimas duas palavras na pele e tive de me esforçar para não me encolher de medo. Percebi que minha mãe estava olhando para Neferet com olhos arregalados e vidrados e com o rosto branco como leite. O rosto de John ficou da cor oposta. Seus olhos estavam apertados e as bochechas coradas de um tom de vermelho nada agradável.

– Linda – ele disse entre dentes. – Vamos embora – então ele olhou para mim com tanto nojo e ódio que eu literalmente recuei. Tipo, eu sabia que ele não gostava de mim, mas até aquele momento eu não sabia até que ponto. – Este lugar é o que você merece. Sua mãe e eu não vamos mais voltar. Você está sozinha agora – ele deu meia-volta e começou a andar em direção à porta. Minha mãe hesitou, e por um segundo eu achei que ela fosse dizer algo de bom, como talvez pedir desculpas por ele, ou que estava com saudades de mim, ou que eu não me preocupasse porque ela voltaria a despeito do que ele dissesse.

– Zoey, não acredito no que você foi se meter desta vez – ela balançou a cabeça e, como sempre, seguiu John e saiu do recinto.

– Ah, meu bem, eu sinto muito – vovó estava lá, instantaneamente me abraçando e me confortando com sua voz sussurrante. – Eu voltarei, minha Passarinha. E estou muito orgulhosa de você! – ela me segurou pelos ombros e sorriu entre lágrimas. – Nossos ancestrais *cherokees* também estão orgulhosos de você, posso sentir isso. Você foi tocada pela Deusa e tem a lealdade dos bons amigos – ela olhou para Neferet rapidamente e disse – e sábios professores. Um dia você deve até aprender a perdoar sua mãe. Até este dia chegar, lembre-se que você é minha filha do coração, *u-we-tsi a-ge-hu-tsa* – ela me beijou. – Também tenho de ir. Vim dirigindo seu carrinho e vou deixá-lo aqui, de modo que preciso pegar carona com eles para voltar. – Ela me deu as chaves de meu fusca vintage. – Mas lembre-se sempre que eu amo você, Zoey Passarinha.

– Eu também te amo, vó – eu disse, e retribuí o beijo, abraçando-a com força e respirando fundo como se eu pudesse prendê-la em meus pulmões e exalá-la lentamente ao sentir saudade ao longo do mês seguinte.

– Tchau, meu bem. Quando puder, me ligue – ela me beijou outra vez e então partiu.

Eu a observei ir embora e não me dei conta que estava chorando até sentir as lágrimas pingarem no meu pescoço. Eu havia até esquecido que Neferet ainda estava ao meu lado, de modo que me surpreendi um pouquinho quando ela me passou um lenço.

– Sinto muito por isto, Zoey – ela disse calmamente.

– Pois eu, não – assuei o nariz e sequei o rosto antes de olhar para ela. – Obrigada por enfrentá-lo.

– Não foi minha intenção mandar sua mãe embora também.

– Você não mandou. Ela optou por acompanhá-lo. É o que ela vem fazendo há três anos – senti o calor das lágrimas que ameaçavam surgir e falei rápido, afastando-as. – Ela era diferente. Sei que é idiotice, mas eu ainda fico esperando que ela volte a ser o que era antes. Mas nunca acontece. É como se ele tivesse matado minha mãe e colocado uma estranha em seu corpo.

Neferet envolveu-me com seu braço.

– Gostei do que sua avó disse, que um dia talvez você consiga perdoar sua mãe.

Olhei pela porta através da qual passaram os três.

– Este dia está muito longe.

Neferet apertou meu ombro de modo solidário. Levantei os olhos para ela, muito feliz por ela estar comigo, e desejei – pela zilionésima vez – que ela fosse minha mãe. Então me lembrei do que ela me dissera quase um mês atrás, que sua mãe morrera quando ela era bem pequena e que seu pai abusava dela tanto física quanto mentalmente, até que ela foi salva ao ser Marcada.

– Você chegou a perdoar seu pai? – eu perguntei, hesitante.

Neferet baixou os olhos para mim e piscou várias vezes, como se estivesse lentamente voltando a uma memória que a levara para muito, muito longe. – Não. Jamais o perdoei, mas agora, quando penso nele, é como se me lembrasse de alguma vida passada. As coisas que ele fez comigo, ele as fez quando eu era uma criança humana, não uma vampira e Grande Sacerdotisa. E como Grande Sacerdotisa e vampira, ele, como a maioria dos humanos, não representa nada.

Suas palavras soaram fortes e decididas, mas ao olhar no fundo de seus lindos olhos verdes, percebi uma partícula de algo antigo e doloroso e que certamente não fora esquecido, e me perguntei até que ponto ela estava sendo honesta consigo mesma...

2

Fiquei incrivelmente aliviada quando Neferet disse que não havia razão para eu ficar na recepção. Depois daquela cena com meus pais, comecei a sentir que estavam todos olhando para mim. Afinal, eu era a garota com as Marcas malucas e a família que era um pesadelo. Saí da recepção pelo caminho mais próximo, a calçada que dava para fora, através de um pequeno e lindo pátio para o qual as janelas da sala de jantar davam vista.

Passava um pouquinho da meia-noite, o que era, sim, uma hora totalmente esquisita para uma reunião de pais, mas as aulas começam às oito da noite e terminam às três da manhã. Parecia fazer mais sentido que as visitas fossem às oito da noite, mas Neferet me explicou que o objetivo era fazer os pais aceitarem a Transformação de seu filho ou filha e entender que dias e noites seriam eternamente diferentes para eles. Concluí por mim mesma que outra vantagem de tornar o horário inconveniente seria dar a muitos pais a desculpa que precisavam para não comparecerem e, ainda, não precisarem dizer na cara do filho: *Ei, não quero ter nada a ver com você agora que está virando um monstro bebedor de sangue.*

Que pena meus pais não terem escolhido essa opção.

Suspirei e diminuí o passo, seguindo sem pressa por um dos caminhos sinuosos do pátio. Estávamos em novembro, era uma noite fria e de céu limpo. A lua estava quase cheia, e sua forte luz prateada contrastava lindamente com os antigos lampiões a gás que iluminavam o pátio com seu suave brilho amarelo. Ouvi a fonte que ficava no meio do jardim e automaticamente mudei de direção para ir até ela. Quem sabe o som relaxante da água me ajudasse a diminuir o estresse... e a esquecer.

Quando fiz a curva que levava à fonte, caminhava devagar, sonhando acordada um pouquinho com meu *quase*-namorado, o totalmente delicioso Erik. Ele estava afastado da escola por causa do campeonato anual de monólogos de Shakespeare. Naturalmente, ele terminara em primeiro lugar na nossa escola e avançara tranquilamente para a competição internacional da Morada da Noite. Era quinta-feira, e ele estava fora apenas desde segunda-feira, mas eu sentia uma falta louca dele e mal podia esperar pelo domingo, quando ele estaria de volta. Que coisa! Erik Night devia ser o cara mais gostoso de toda a escola. Alto, moreno e lindo como um astro de cinema das antigas (sem as últimas latentes tendências homossexuais), ele também era incrivelmente talentoso. Qualquer dia desses estaria chegando ao nível de outros *vamps* que são astros de cinema, como Matthew McConaughey, James Franco, Jake Gyllenhaal e Hugh Jackman (que é totalmente lindo para um cara velho). Além disso, Erik era realmente um cara legal, o que só o tornava mais gostoso ainda.

Reconheço que estava absorvida com imagens de Erik, como Tristão, e eu como Isolda (só que nossa apaixonada história de amor teria final feliz), e não percebi que havia outras pessoas no pátio, até que uma voz masculina se levantou e me chocou com seu tom cruel e enojado.

– Você é uma decepção atrás da outra, Aphrodite!

Parei imediatamente. Aphrodite?

– Já foi terrível demais você ser Marcada e não poder ir para Chatham Hall,[1] especialmente depois de tudo que eu fiz para garantir que fosse aceita – uma mulher disse com uma voz fria e rígida.

1 Conceituado colégio de ensino médio só para moças, na Virgínia, EUA. (N. do T.)

– Mãe, eu sei. Já pedi desculpas.

OK, eu devia ir embora. Devia dar meia-volta e caminhar rápido e discretamente de volta para o pátio. Aphrodite era a pessoa de quem eu menos gostava na escola. Na verdade, era a pessoa que eu menos gostava em qualquer parte que fosse, mas ficar observando de propósito o que evidentemente era uma cena nada bela com seus pais era simplesmente errado, errado e errado.

Então, fui voltando, pé ante pé, pelo caminho no qual poderia me esconder melhor atrás de um grande arbusto ornamental e, também, ter uma boa visão do que estava acontecendo. Aphrodite estava sentada em um banco de pedra perto da fonte. Seus pais estavam de pé na frente dela. Bem, sua mãe estava de pé, o pai, andando de lá para cá.

Cara, os pais dela eram realmente muito bonitos. O pai era alto e belo. O tipo do cara que se mantinha em forma, e ainda tinha todos os cabelos e dentes realmente muito bons. Estava usando um terno escuro que parecia ter custado um zilhão de dólares. Ele também parecia estranhamente familiar, e tive certeza de já tê-lo visto na tevê ou algo assim. A mãe era totalmente linda. Tipo, Aphrodite era linda e tinha um visual perfeito, e sua mãe era uma versão mais velha dela, ricamente vestida e bem tratada. Seu suéter era obviamente de casimira, e seu longo colar era de pérolas verdadeiras. Toda vez que ela gesticulava com as mãos o diamante gigantesco em forma de pera brilhava com a mesma frieza e beleza de sua voz.

– Você se esqueceu de que seu pai é prefeito de Tulsa? – a mãe de Aphrodite a repreendeu cruelmente.

– Não, não, claro que não, mãe.

Sua mãe parecia não ouvi-la.

– Inventar uma razão aceitável para você estar aqui e não na Costa Leste se preparando para Harvard já foi suficientemente difícil, mas nós nos consolamos com o fato de vampiros serem capazes de fazer dinheiro, ter poder e sucesso, e esperávamos que você se superasse neste – ela fez uma pausa e uma careta de repulsa – lugar tão incomum.

E agora ficamos sabendo que você não é mais líder das Filhas das Trevas e foi rejeitada no treinamento para Grande Sacerdotisa, o que não a faz diferente do resto da ralé desta escola desprezível – a mãe de Aphrodite hesitou, como se precisasse se acalmar antes de continuar. – Seu comportamento é inaceitável.

– Como sempre, você nos decepcionou – o pai repetiu.

– O senhor já disse isso, pai – Aphrodite disse, soando atrevida como sempre.

Como se fosse uma cobra traiçoeira, a mãe de Aphrodite a esbofeteou no rosto com tanta força que a batida de pele contra pele me fez recuar de um pulo. Pensei que Aphrodite fosse levantar do banco e voar no pescoço da mãe (por favor, nós não a apelidamos de maldita do inferno a troco de nada), mas ela não fez nada disso, apenas apertou o rosto com a palma da mão e abaixou a cabeça.

– Não chore. Já lhe disse, lágrimas representam fraqueza. Ao menos isso você tem de fazer direito, não chore – sua mãe ralhou.

Aphrodite levantou a cabeça lentamente e tirou a mão do rosto.

– Eu não quis decepcioná-la, mãe. Sinto muito mesmo.

– Desculpar-se não resolve nada – a mãe retrucou. – O que queremos saber é o que você vai fazer para conseguir sua colocação de volta.

Prendi a respiração em meio às sombras.

– Eu... não posso fazer nada quanto a isso – Aphrodite respondeu, soando perdida e subitamente muito nova. – Fiz besteira. Neferet me pegou. Ela tirou as Filhas das Trevas de mim e passou para outra. Acho até que ela está pensando em me transferir para outra Morada da Noite.

– Nós já sabemos disso! – sua mãe levantou a voz com palavras cortantes como gelo. – Conversamos com Neferet antes de vir vê-la. Ela ia te transferir para outra escola, mas intercedemos. Você vai continuar aqui. Também tentamos convencê-la a lhe devolver a posição depois de um período de restrição ou detenção.

– Ah, mãe, vocês não fizeram isso!

Aphrodite parecia horrorizada, e ninguém poderia culpá-la. Eu podia imaginar a impressão que aqueles pais frios e metidos a perfeitos causaram em nossa Grande Sacerdotisa. Se Aphrodite tivesse a mínima chance de voltar a receber as graças de Neferet, seus sinistros pais provavelmente teriam acabado de arruinar essa chance.

– Claro que fizemos! Você esperava que ficássemos sentados, sem fazer nada, enquanto você destrói seu futuro e se torna uma vampira desconhecida em alguma Morada da Noite desclassificada no exterior? – sua mãe respondeu.

– E destruísse seu futuro mais do que já destruiu? – seu pai acrescentou.

– Mas... não é que eu esteja recebendo algum tipo de suspensão escolar – Aphrodite retrucou, evidentemente tentando controlar sua frustração e argumentar com eles. – Fiz uma besteira das grandes. Isso já é suficientemente ruim, mas tem uma garota aqui cujos poderes são mais fortes que os meus. Mesmo que Neferet deixe de estar aborrecida comigo, não vai me devolver as Filhas das Trevas – então ela disse algo que realmente me chocou. – A outra garota é melhor líder do que eu. Eu me dei conta disto no *Samhain*. Ela merece ser a líder das Filhas das Trevas. Eu não.

Aimeudeus! Será que ia chover canivete?

A mãe de Aphrodite deu um passo em direção a ela, eu me encolhi, assim como Aphrodite, certa de que ela ia apanhar de novo. Mas não. Sua mãe se abaixou para que seu lindo rosto estivesse na mesma altura que o da filha. De onde eu estava, as duas pareceram tão semelhantes que me deu medo.

– *Jamais* repita que alguém merece algo mais do que você. Você é minha filha e merecerá sempre o melhor – ela se aprumou outra vez e passou a mão nos cabelos perfeitos, apesar de eu ter certeza de que aqueles cabelos jamais ousariam entrar em desalinho. – Nós não conseguimos convencer Neferet a lhe devolver seu cargo, mas você vai ter de convencê-la.

– Mas mãe, eu já lhe disse – ela começou, mas seu pai a interrompeu.

– Tire essa garota nova do seu caminho e será mais provável que Neferet lhe devolva a liderança.

Ah, não... espera aí! A "garota nova" era eu.

– Faça com que ela caia em descrédito. Faça-a errar e providencie para que outra pessoa conte a Neferet; você, não. Assim parecerá melhor – sua mãe falou de modo bastante prático, como se estivesse falando da roupa que Aphrodite deveria usar amanhã e não tramando contra mim. Caramba, isso é que era uma maldita dos infernos!

– E cuidado! Seu comportamento deve ser irrepreensível. Talvez você devesse ser mais acessível em relação às suas visões, ao menos por enquanto – seu pai completou.

– Mas vocês me disseram, por anos, que eu devia tentar guardar as visões para mim mesma, que elas são minha fonte de poder.

Eu mal podia acreditar no que estava ouvindo! Um mês atrás, Damien me disse que vários garotos e garotas pensavam que Aphrodite estava tentando esconder as visões de Neferet porque ela odiava os seres humanos, e as visões de Aphrodite eram sempre relacionadas a tragédias nas quais morriam seres humanos. Nas vezes em que ela compartilhou suas visões com Neferet, a Grande Sacerdotisa quase sempre conseguiu impedir que acontecessem tragédias e salvar vidas. Foi por Aphrodite ficar propositalmente guardando para si mesma suas visões que decidi tomar seu lugar nas Filhas das Trevas. Não tenho sede de poder, nem queria realmente o cargo. Que inferno, eu nem sabia direito o que fazer com ele. Só sabia que Aphrodite não prestava e que eu tinha de fazer alguma coisa para detê-la. Agora estava ouvindo que algumas das burradas que ela fazia eram por ordem expressa de seus detestáveis pais! Eles achavam que era legal guardar informações que poderiam ceifar vidas, ao invés de salvá-las. E seu pai era prefeito de Tulsa! (Não era à toa que parecia familiar.) Era tão bizarro que me dava dor de cabeça.

– As visões não são a *fonte* de seu poder! – sei pai estava dizendo. – Será que você não ouve nunca? Eu disse que suas visões podem ser usadas para você *ganhar* poder, porque informação é sempre poder. A fonte de suas visões é a Transformação que está se processando dentro de você. É genética, só isso.

– Dizem que é um presente da Deusa – Aphrodite quase sussurrou.

Sua mãe deu uma risada fria.

– Não seja imbecil. Se existisse alguma deusa, por que ela presentearia *você* com poderes? Você não passa de uma criança ridícula, daquelas com tendência a fazer tudo errado, como provou novamente com sua última peripécia. Então, seja esperta, só para variar, Aphrodite. Use suas visões para ganhar privilégios outra vez, mas faça-se de modesta. Você tem que fazer Neferet acreditar que está arrependida.

Quase não ouvi Aphrodite dizer.

– Desculpe...

– Nós esperamos muito mais do que desculpas para o mês que vem.

– Sim, mãe.

– Ótimo, agora nos acompanhe até a recepção para que nos misturemos aos demais.

– Por favor, posso ficar aqui um pouquinho? Realmente, não estou me sentindo muito bem.

– De jeito nenhum. O que as pessoas vão dizer? – sua mãe respondeu. – Recomponha-se. Você vai nos acompanhar até a recepção, e graciosamente. Agora!

Aphrodite foi se levantando lentamente do banco e eu, com o coração batendo tão forte que fiquei com medo de chamar atenção, corri de volta para sair do pátio pelo caminho por onde viera. Depois, praticamente saí correndo pelo jardim.

Pensei no que ouvira ao voltar para o dormitório. Eu pensava que meus pais eram um pesadelo, mas, agora, eles pareciam saídos da *Família Dó-Ré-Mi* comparados aos pais odiosos e com mania de poder que Aphrodite tinha. Tipo, como eu seria se não tivesse vovó Redbird para me amar e apoiar, e me ajudar a desenvolver uma estrutura nos últimos três anos? Isso contava muito. Minha mãe tinha sido normal. Claro que era estressada e trabalhava demais, mas tinha sido normal durante treze dos meus dezesseis anos de vida. Ela só mudou depois de se casar com John. Então eu tivera uma boa mãe e ainda tinha uma avó fantástica. E se não tivesse tido? E se tudo tivesse sido sempre como foi nos últimos três anos; eu, uma forasteira indesejável dentro de minha própria família?

Talvez acabasse como Aphrodite, e talvez ainda estivesse deixando meus pais me controlarem por esperar desesperadamente que, se eu fosse boa o bastante e os deixasse orgulhosos, quem sabe um dia me amassem.

Isso me fez ver Aphrodite com olhos totalmente novos, o que não me deixou muito animada.

3

– É Zoey, eu entendo o que você está dizendo e tudo. Mas... *Hello!* Parte do que você ouviu foi que Aphrodite vai tentar armar para você ser chutada da liderança das Filhas das Trevas, então não fique com tanta peninha dela – Stevie Rae me alertou.

– Eu sei, eu sei. Não estou sentindo nenhuma simpatia por ela. Só estou dizendo que depois de ouvir a conversa dela com seus pais psicóticos entendo por que ela é do jeito que é.

Estávamos caminhando para a primeira aula. Bem, na verdade, Stevie Rae e eu quase corríamos para a primeira aula. Como de costume, estávamos quase atrasadas. Eu sabia que não devia ter comido aquela segunda tigela de Count Chocula.[2]

Stevie Rae revirou os olhos:

– E você ainda diz que eu é que sou legal demais.

– Não estou sendo legal, só compreensiva. Mas entender não muda o fato de Aphrodite agir como uma *vagaba* maldita do inferno.

Stevie Rae bufou e balançou a cabeça, fazendo suas mechas louras pularem como se ela fosse uma garotinha. Seus cabelos curtos eram estranhos na Morada da Noite, onde todos, até a maioria dos caras, tinham cabelos ridiculamente longos e grossos. Tudo bem, meu cabelo sempre foi comprido, mas, mesmo assim foi esquisito quando cheguei aqui e me vi bombardeada por cabelos, cabelos e mais cabelos. Agora

---

2 Um cereal cuja embalagem mostra uma espécie de Conde Drácula faminto por chocolate, ao invés de sangue. (N. do T.)

fazia todo sentido. Parte da Transformação física que ocorre quando nos tornamos vampiros é que nossos cabelos e unhas crescem com uma rapidez anormal. Após um pouquinho de prática, dá pra dizer em que série está o novato mesmo sem olhar o brasão em seu peito. Os vampiros eram diferentes dos humanos (não no mau sentido, apenas diferentes), por isso, nada mais lógico que o corpo do novato vá mudando à medida que a Transformação acontece.

– Zoey, você não está prestando atenção.

– Ahn?

– Eu disse que você não pode baixar a guarda com Aphrodite. Sim, os pais dela são um pesadelo. Sim, eles a estão controlando e manipulando. Não interessa. Ela ainda é abominável, malvada e vingativa. Cuidado com ela.

– Ei, não se preocupe. Vou tomar cuidado.

– Muito bem, ótimo. Vejo você na terceira aula.

– Até mais – respondi. Nossa, ela se preocupava demais.

Entrei correndo na sala e sentei-me na carteira ao lado da de Damien, que levantou uma sobrancelha para mim e disse:

– Outra manhã de duas tigelas? – no mesmo instante em que a campainha soou e Neferet entrou na sala.

Tudo bem, eu sei que é meio estranho (ou talvez meio *gay* fosse a palavra certa) ficar reparando como uma mulher é bonita quando se é mulher também, mas Neferet era tão danada de linda que era como se tivesse a capacidade de atrair toda a luz do recinto para si. Ela estava usando um vestido preto simples e botas pretas, lindas de morrer, com os brincos de prata do caminho da Deusa e, como sempre, com a imagem prateada da Deusa sobre o coração. Ela não se parecia exatamente com a Deusa Nyx – a quem juro que vi no dia em que fui Marcada –, mas tinha a aura de força e segurança da Deusa. Vou simplesmente admitir: eu queria ser ela.

Hoje a aula foi diferente. Ao invés de palestrar por quase uma hora (e não, por incrível que pareça, Neferet nunca foi uma palestrante chata), ela nos passou um trabalho sobre as Górgonas, mais especificamente sobre Medusa, que andamos estudando a semana inteira.

Aprendemos que, na verdade, ela não era um monstro que transformava os homens em pedra com o olhar, mas uma famosa Grande Sacerdotisa vampira cujo dom concedido pela Deusa era uma afinidade, ou uma conexão especial, com a terra, provável origem do mito segundo o qual "transformava os homens em pedra". Tenho certeza de que se uma Grande Sacerdotisa *vamp* ficasse furiosa o bastante e tivesse uma conexão mágica com a terra (as pedras *vêm* da terra), poderia facilmente transformar a pessoa em granito. Assim, o trabalho de hoje era escrever uma redação sobre mitos e simbolismos humanos e sobre o significado da ficcionalidade da história da Medusa.

Mas eu estava inquieta demais para escrever, além disso tinha o fim de semana inteiro para terminar a redação. Estava mais preocupada com as Filhas das Trevas. A lua cheia era domingo. Esperava-se que eu liderasse o ritual das Filhas das Trevas, e, de repente, me dei conta de que as pessoas também estavam esperando que eu anunciasse as mudanças que pretendia fazer. Ahn... precisava pensar que mudanças seriam. Surpreendentemente eu tinha uma ideia, mas com certeza precisaria de ajuda.

Ignorei o olhar curioso de Damien quando rapidamente peguei meu caderno e fui à mesa de Neferet.

– Algum problema, Zoey? – ela perguntou.

– Não. Ahn... sim. Bem, na verdade, se você me deixar passar o resto da aula no centro de mídia, meu problema provavelmente será resolvido – percebi que estava nervosa. Na Morada da Noite há apenas um mês, eu ainda não sabia como era o protocolo para pedir dispensa da aula. Tipo, apenas dois alunos ficaram doentes o mês inteiro. E eles morreram. Ambos. Seus corpos rejeitaram a Transformação, um deles bem na minha frente, no meio da aula de Literatura. Foi totalmente nojento. Mas, tirando ocasionais mortes de alunos, raramente alguém faltava à aula. Neferet ficou me observando, e me lembrei que ela era intuitiva e devia estar sentindo o blá-blá-blá em minha cabeça. – Coisas das Filhas das Trevas. Quero apresentar novas ideias de liderança.

Ela pareceu satisfeita.

– Algo em que eu possa ajudar?

– Provavelmente, mas primeiro preciso pesquisar e organizar minhas ideias.

– Muito bem, procure-me quando estiver pronta. E fique à vontade para ficar o tempo que precisar no centro de mídia – Neferet respondeu.

– Preciso de alguma autorização? – perguntei, hesitante.

Ela sorriu.

– Sou sua mentora e estou lhe dando permissão, do que mais você pode precisar?

– Obrigada – agradeci e saí correndo da sala de aula, sentindo-me uma idiota. Ficarei muito contente depois de passar tempo suficiente na escola para conhecer as regras internas. E, de qualquer forma, não sei o que me preocupava tanto. Os corredores estavam desertos. Ao contrário de minha antiga escola (South Intermediate High School, em Broken Arrow, Oklahoma, um subúrbio totalmente chato de Tulsa), não havia complexo de Napoleão, vice-diretores excessivamente bronzeados que não sabem fazer nada a não ser perseguir os alunos pelos corredores. Diminuí o passo e disse a mim mesma, para relaxar: "Nossa mãe... tenho estado muito estressada ultimamente".

A biblioteca ficava na área central da frente da escola, em uma sala de vários níveis construída para emular uma torre de castelo, o que combinava bem com o estilo do resto da escola. A coisa toda parecia saída do passado. Essa foi provavelmente uma das razões pela qual atraíra a atenção dos *vamps* cinco anos atrás. Antes, era uma escola de ensino médio para crianças metidas, mas fora construída originalmente como um monastério para os monges agostinianos do Povo de Fé. Lembro-me de que quando perguntei como haviam concordado em vender a escola de segundo grau para os *vamps*, Neferet disse que a proposta que fizeram era irrecusável. A lembrança do tom ameaçador de sua voz ainda me deixa arrepiada.

– *Miaau-ff!*

Dei um pulo e quase fiz xixi nas calças.

– Nala! Você quase me matou de susto!

Despreocupada, minha gata pulou em meus braços, obrigando-me a equilibrar caderno, bolsa e uma pequena (mas gorducha) gata alaranjada. O tempo todo Nala reclamava com sua vozinha de gata velha. Ela me adorava, e realmente me escolhera como sua, mas isso não significava que estivesse sempre feliz. Eu a troquei de lugar e abri a porta do centro de mídia.

Ah... o que Neferet dissera ao idiota do meu "padrastotário" era verdade. Os gatos circulam livres pela escola e, em geral, seguem "seu" dono, ou "sua" dona, para a aula. Nala, especialmente, gostava de me encontrar diversas vezes por dia. Insistia comigo para lhe coçar a cabeça, reclamava um pouquinho e depois saía para fazer sabe-se lá o que os gatos faziam em seu tempo livre (tramar o domínio do mundo?).

– Precisa de ajuda com ela? – perguntou a especialista em mídia. Eu a conhecera brevemente durante minha semana de orientação, mas lembrei-me de que seu nome era Sappho. (Ahn... ela não era a Sappho *de verdade*, a vampira poeta que morrera centenas de anos atrás; estávamos estudando seu trabalho na aula de Literatura.)

– Obrigada Sappho, mas não. Nala não gosta de ninguém, a não ser de mim.

Sappho, uma *vamp* baixinha de cabelos escuros cujas tatuagens eram símbolos elaborados que Damien me dissera serem hieróglifos, sorriu com ternura para Nala:

– Gatos são criaturas maravilhosamente interessantes, não acha?

Passei Nala para o outro ombro e ela resmungou em minha orelha.

– Com certeza não são como cachorros – respondi.

– Graças à Deusa!

– Você se importa se eu usar um dos computadores?

O centro de mídia tinha fileiras e mais fileiras de livros, centenas deles, e também tinha um laboratório de informática muito legal e *up-to-date*.

– É claro que não, fique à vontade, e me chame quando achar o que precisa.

– Obrigada.

Escolhi um computador que estava em uma mesa boa e espaçosa e acessei a internet. Esta era outra coisa totalmente diferente da minha antiga escola. Não havia senhas nem bloqueio de certos sites, porque aqui espera-se dos alunos que tenham bom senso e ajam de forma correta. E, se não agirem assim, sem dúvida os *vamps* descobrem, pois é impossível mentir para eles. Só de pensar em tentar mentir para Neferet meu estômago embrulha.

Concentre-se e pare de enrolar. Isto é importante.

Tudo bem. Uma ideia circulava pela minha cabeça, estava na hora de ver se tinha fundamento. Entrei no Google e digitei "escolas preparatórias particulares". Apareceram zilhões (nada daquelas "academias alternativas" que na verdade preparavam futuros marginais... *Eca*). Eu também queria as escolas antigas, aquelas que estavam aí há séculos; procurava algo que tivesse resistido ao teste do tempo.

Encontrei com facilidade o Chatham Hall, a escola que os pais de Aphrodite lhe jogaram na cara. Era uma escola de ensino médio de elite da Costa Leste, e vou te contar, tinha um clima bem arrogante. Saí do site. Nenhum lugar aprovado pelos pais de Aphrodite poderia servir de modelo para o que eu queria. Continuei procurando... Exter... Andover... Taft... Miss Porter's (Fala sério! O nome da escola era esse?)... Kent...

– Kent. Já ouvi esse nome antes – disse à Nala, que se aninhara sobre a mesa de modo a me observar, sonolenta. Cliquei. Fica em Connecticut. Por isso parece familiar. Era para lá que Shaunee estava indo quando foi Marcada. Naveguei pelo site, curiosa para ver onde Shaunee passara a maior parte do ano como caloura (ou terceira-formanda). A escola era bonita, não dava para negar. Metida, com certeza, mas havia algo nela que parecia mais receptiva que nas demais escolas. Quem sabe fosse só por eu conhecer Shaunee. Continuei navegando pelo site, e, de repente, endireitei as costas. É isto, murmurei comigo mesma. É deste tipo de coisa que preciso.

Peguei a caneta e o caderno e me ocupei com anotações. Montes de anotações.

Se Nala não sibilasse, me avisando, meu espírito teria deixado o corpo quando ouvi aquela voz profunda vindo por trás.

– Você parece bem concentrada nisso aí.

Olhei por sobre o ombro – e gelei. *Aimeudeus*!

– Desculpe, não quis interrompê-la. É só que é tão difícil ver um aluno escrevendo à mão com esse entusiasmo todo, ao invés de ficar batucando no teclado, que achei que você estivesse escrevendo poesia. Sabe, prefiro escrever poesia à mão. O computador é simplesmente impessoal demais.

Deixe de ser idiota! Fale com ele!, minha mente gritava comigo.

– Eu... ahn... não estou escrevendo poesia – Deus, que brilhante!

– Ora... bem, não custava perguntar. Prazer em falar com você.

Ele sorriu, começou a dar meia-volta, e minha boca finalmente conseguiu dizer algo mais coerente.

– Ahn... também acho computadores muito impessoais. Na verdade, nunca escrevi poesia, mas quando escrevo algo importante para mim, faço assim – segurei a caneta de um jeito totalmente idiota.

– Bem, quem sabe você não devesse tentar escrever poesia. Parece que você tem alma de poeta – ele levantou a mão. – Geralmente apareço nesta hora do dia para Sappho descansar um pouco. Não sou professor em horário integral porque só vou ficar aqui por um ano letivo. Dou aula para duas turmas, por isso tenho tempo sobrando. Meu nome é Loren Blake, vampiro poeta laureado.

Segurei-lhe o braço para o tradicional cumprimento vampírico, tentando não pensar em como seu braço era quente, como ele parecia forte, e como estávamos sozinhos naquele centro de mídia.

– Eu sei... – eu disse, e senti vontade de cortar minha garganta. Que coisa mais idiota de se dizer! – Quero dizer, sei quem você é. O primeiro poeta laureado em duzentos anos – percebi que ainda estava segurando o braço dele e soltei. – Meu nome é Zoey Redbird.

O sorriso dele fez meu coração despencar dentro do peito.

– Também sei quem você é – seus olhos lindos, tão escuros que pareciam negros e sem fundo, cintilaram de forma travessa. – Você é a primeira novata a ter uma Marca colorida e expandida, e também é a única *vamp*, novata ou adulta, a ter afinidade com os cinco elementos. É bom conhecê-la pessoalmente, enfim. Neferet me falou muito de você.

– Falou? – fiquei tão aflita que minha voz guinchou.

– Claro que falou. Ela está incrivelmente orgulhosa de você – ele balançou a cabeça para o lugar vazio ao meu lado. – Não quero interromper seu trabalho, mas você se importa se eu me sentar com você um pouquinho?

– Imagina, pode sim. Preciso parar um pouco. Acho que estou com a bunda dormente... – ah, meu Deus, mate-me agora mesmo.

Ele riu.

– Ora... você quer ficar de pé enquanto me sento?

– Não, eu vou... ahn... mudar de posição – e depois me jogar pela janela.

– Então, se a pergunta não for íntima demais, posso saber em que está trabalhando com tamanha dedicação?

Ok. Eu precisava pensar e falar. Ser normal. Esquecer que aquele era de longe o homem mais lindo que já tinha visto em toda a minha vida. Ele era só um professor da escola. Só mais um professor. Nada além. Isso mesmo. Apenas outro professor que parecia o Homem Perfeito dos sonhos de toda mulher. E estou falando de Homem. Erik era gostoso, lindo e muito legal. Loren Blake era outro universo. Um universo totalmente fora de cogitação e impossivelmente *sexy*, ao qual eu não tinha acesso. Até parece que ele me via como algo além de uma garota. Por favor... tenho dezesseis anos. Tudo bem, quase dezessete, mas, mesmo assim... ele provavelmente tinha pelo menos vinte e um, vinte e poucos anos. E estava apenas sendo simpático. O mais provável era que quisesse ver de perto minhas Marcas bizarras. Ele podia estar pesquisando para fazer um poema terrivelmente constrangedor sobre...

– Zoey? Se você não quiser me dizer no que está trabalhando, tudo bem. Eu não queria mesmo incomodá-la.

– Não! Tudo bem – respirei fundo e me recompus. – Desculpe... acho que ainda estava pensando em minha pesquisa – menti, torcendo para que ele fosse um *vamp* jovem o suficiente para não ter os poderes infalíveis de detecção de mentira dos professores mais velhos. E rapidamente desatinei. – Quero mudar as Filhas das Trevas. Acho que precisam de uma base; de regras e diretrizes. Deve haver um padrão não só para entrar no grupo, mas para permanecer nele. Não se pode receber passe livre para ser um babaca, e mesmo assim continuar com o privilégio de ser uma Filha ou Filho das Trevas – fiz uma pausa e pude sentir meu rosto ficando quente e vermelho. Que diabo eu estava tagarelando? Eu devia estar soando como a idiota da escola.

Mas, ao invés de rir de mim, ou, pior ainda, me dar um sermão e me arrasar, ele pareceu pensar no que eu dissera.

– E qual é a sua ideia? – ele perguntou.

– Bem, eu gosto do jeito como esta escola particular chamada Kent lida com seu grupo de liderança entre alunos. Veja – cliquei no link à direita e li o texto. – "O Conselho Sênior e o Sistema de Monitores são parte essencial da vida em Kent. Esses alunos são escolhidos como líderes que fazem votos de ser modelos de conduta e gerenciar todos os aspectos da vida estudantil em Kent" – usei minha caneta para apontar na tela do computador. – Viu, há vários Monitores diferentes, e eles são eleitos todos os anos por um Conselho de alunos e corpo docente, mas a escolha final seria da Diretora, ou seja, Neferet, e da Monitora Sênior.

– Que seria você – ele disse.

Pude sentir meu rosto esquentando. De novo...

– É. Também diz que todo mês de maio os membros do Conselho serão "indicados" como possíveis nomeados para o próximo ano letivo, e haverá uma grande cerimônia em comemoração – sorri e disse, mais para mim mesma do que para ele. – Acho que Nyx aprovaria um novo ritual – ao dizer essas palavras senti dentro de mim como eram corretas.

– Gostei – Loren respondeu. – Acho ótima a ideia.

– É mesmo? Não está falando só por falar?

– Tem uma coisa sobre mim que você precisa saber. Eu não minto.

Olhei dentro dos olhos dele. Pareciam não ter fundo. Ele estava sentado tão perto de mim que dava para sentir o calor de seu corpo, o que me fez conter o arrepio causado por uma súbita onda de desejo proibido.

– Bem... então, muito obrigada! – disse baixinho, sentindo-me subitamente ousada, e continuei: – Quero que as Filhas das Trevas sejam mais do que apenas um grupo social. Quero que deem exemplos, que façam o que é certo. Então, pensei que devíamos jurar fidelidade a cinco princípios representantes dos cinco elementos.

Ele levantou as sobrancelhas.

– O que você pensou?

– As Filhas e Filhos das Trevas iriam jurar autenticidade para o ar; lealdade para o fogo; sabedoria para a água; empatia para a terra; e sinceridade para o espírito – terminei sem olhar para minhas anotações. Já sabia os cinco princípios de cor. Então olhei para os olhos dele. Ele não disse nada por um momento e, então, passou o dedo lentamente por uma linha fluida de minha tatuagem. Quis tremer ao seu toque, mas não podia me mexer.

– Bela, inteligente e inocente – ele sussurrou, e recitou com sua voz incrível: – *O melhor da beleza é que nenhum retrato pode expressá-la.*

– Sinto muito por interromper, mas preciso mesmo levar três livros desta série para a professora Anastasia.

A voz de Aphrodite quebrou o encanto entre eu e Loren, além de quase me provocar um ataque cardíaco. A bem da verdade, Loren pareceu estar tão abalado quanto eu ao se levantar. Ele tirou a mão do meu rosto e caminhou rapidamente para o balcão de entrega de livros. Fiquei sentada onde estava, como se estivesse grudada na cadeira, tentando parecer superocupada, rabiscando minhas anotações (que eram, na verdade, bem.. rabiscos). Ouvi Sappho entrar novamente e assumir seu posto, atendendo Aphrodite e pegando os livros que estavam com Loren. Pude ouvi-lo sair e, de modo quase incontrolável, virei-me para olhar para ele. Ele estava saindo pela porta sem prestar a mínima atenção em nada.

Mas Aphrodite estava me encarando com um sorriso perverso que lhe retorcia os lábios perfeitos.

Ora, que inferno!

4

Eu quis contar a Stevie Rae o que acontecera com Loren e que Aphrodite saíra ao lado dele, mas não queria tocar nesse assunto na frente de Damien e das gêmeas. Não que eles também não fossem meus amigos, mas eu mal tivera tempo de processar o que havia acontecido, e ficava com vontade de sumir só de pensar neles três falando sobre o assunto que nem doidos. (Além do que, o que havia acontecido? Tipo, o cara só pegou no meu rosto.)

– O que é que você tem? – Stevie Rae perguntou.

Os quatro, que estavam tentando entender se havia um fio de cabelo na salada de Erin ou se era só um daqueles fiapos de legumes esquisitos, voltaram-se instantaneamente para mim.

– Nada. Só estou pensando no Ritual da Lua Cheia de domingo – olhei para meus amigos. Eles estavam olhando para mim como se acreditassem piamente que eu fosse dizer alguma coisa, e não bancar a metida. Queria que eles confiassem em mim.

– E então, o que você vai fazer? Já decidiu? – Damien perguntou.

– Acho que sim. Na verdade, o que vocês acham desta ideia... – apresentei toda a ideia do Conselho e da Monitora Sênior e, enquanto falava, me dei conta de que o plano era bom mesmo. Terminei explicando os cinco princípios relacionados aos cinco elementos.

Ninguém disse nada. Eu fiquei apenas olhando para eles, preocupada, quando Stevie Rae estendeu os braços e me deu um abraço forte.

– Ah, Zoey! Você vai ser uma Grande Sacerdotisa! Incrível!

Damien ficou com os olhos marejados e com a voz lindamente embargada.

– Sinto-me como se estivesse na corte de uma grande rainha.

– Ou como se fosse a grande rainha – Shaunee disse.

– Sua Majestade Damien... – Erin riu e completou.

– Pessoal... – Stevie Rae ralhou.

– Desculpe – as gêmeas disseram juntas.

– Foi muito difícil resistir – Shaunee se desculpou. – Mas, falando sério, nós adoramos a ideia.

– Sim, parece uma maneira excelente de afastar as malditas do inferno – Erin disse.

– Bem, esta é outra coisa sobre a qual quero conversar com vocês – respirei fundo. – Acho que sete é um bom número para o Conselho. Assim, fica de um tamanho razoável e não dá para ter voto fechado – eles assentiram. – Então, tudo que tenho lido, não só sobre as Filhas das Trevas, mas também sobre grupos de liderança estudantil em geral, diz que os membros do Conselho são indivíduos pertencentes a uma classe avançada. Na verdade, a Monitora Sênior, que seria eu, é uma, bem, uma sênior, e não uma caloura.

– Gosto do nome "terceira-formanda". Soa mais velha – Damien disse.

– Independente de como vamos chamar, ainda é anormal sermos todos tão jovens. Isso significa que precisaremos de dois dos mais velhos conosco no Conselho.

Houve uma pausa e Damien disse:

– Eu nomeio Erik Night.

Shaunee revirou os olhos, e Erin disse:

– Ok. Quantas vezes vou ter de lhe explicar que esse garoto não joga no seu time. Ele gosta de seios e vagina, não de pênis e...

– Parem! – eu realmente não queria desenvolver esse assunto. – Acho que Erik Night é uma boa escolha, e *não* é por ele gostar de mim nem porque, bem...

– Coisas de garotas? – Stevie Rae sugeriu.

– É, coisas de garotas em contraposição a coisas de garotos. Acho que ele tem as qualidades que procuramos. É talentoso, bem aceito e um sujeito muito legal.

– E é totalmente lindo... – Erin emendou.

– ... de morrer – Shaunee completou.

– É verdade, ele é mesmo. Mas não tomaremos a aparência como requisito para filiação.

Shaunee e Erin fecharam a cara, mas não discutiram comigo. Elas não eram realmente fúteis, só um pouquinho. Respirei fundo:

– E acho que o sétimo membro do Conselho precisa ser um dos seniores que fazia parte do grupo interno de Aphrodite. Isto é, se algum deles pedir para entrar em nosso Conselho.

Desta vez não houve silêncio constrangedor. Erin e Shaunee, como sempre, falaram ao mesmo tempo.

– Uma das malditas do inferno!

– Nem de brincadeira!

Damien falava, enquanto as gêmeas paravam para respirar e voltavam a berrar.

– Não sei onde isso é boa ideia.

Stevie Rae pareceu apenas aborrecida e mordeu o lábio.

Levantei a mão e fiquei contente (e surpresa) quando eles realmente se calaram.

– Não tomei a liderança das Filhas das Trevas para começar uma guerra na escola, mas porque Aphrodite era uma valentona, e alguém tinha que detê-la. Agora que estou no poder, quero que as Filhas das Trevas sejam um grupo do qual as pessoas se orgulhem de fazer parte. E não estou me referindo apenas a um grupo restrito de pessoas, como quando Aphrodite era líder. As Filhas e Filhos das Trevas devem formar um grupo seleto, difícil de entrar, mas não porque apenas os amigos da atual líder tenham chance de entrar. Quero que as Filhas e os Filhos das Trevas formem um grupo do qual todos queiram fazer parte, e acho que permitir a entrada no conselho de alguém do antigo grupo será uma forma de enviar o recado certo.

– Ou então será uma forma de aceitar uma víbora entre nós – Damien disse baixinho.

– Corrija-me se eu estiver errada, Damien, mas as cobras não são aliadas próximas de Nyx? – falei rapidamente, seguindo a intuição que me batera. – Elas não têm má fama porque historicamente foram símbolos de poder feminino? E os homens não quiseram acabar com este poder ao transformá-las em algo nojento e assustador?

– Não, você tem razão – ele disse, relutante. – Mas isso não significa que seja boa ideia aceitar no Conselho alguém da gangue de Aphrodite.

– Veja, esta é a questão. Eu não quero que seja só *nosso* Conselho. Quero que seja algo que se torne tradição na escola. Algo que dure além de nós.

– Então você quer dizer que, se nenhum de nós conseguir completar a Transformação, esse novo tipo de Filhas das Trevas continuará – Stevie Rae tentou esclarecer, e percebi que ela havia despertado o interesse dos demais.

– Foi exatamente o que quis dizer, apesar de só ter me dado conta segundos atrás – emendei rapidamente.

– Bem, eu gosto dessa ideia em parte, apesar de não ter a menor intenção de me afogar na droga dos meus pulmões – Erin disse.

– Claro que não, gêmea. É um jeito muito deselegante de morrer.

– Não quero nem pensar na possibilidade de não completar a Transformação – Damien disse. – Mas se algo terrível tiver de acontecer comigo, vou querer que algo que seja parte de mim continue nesta escola.

– Podemos fazer placas? – Stevie Rae perguntou, e notei que ela ficou estranhamente pálida de uma hora para outra.

– Placas? – eu não fazia ideia do que ela estava falando.

– É. Acho que devíamos ter uma placa ou algo assim com os nomes gravados dos... dos... como foi mesmo que você disse?

– Monitores – Damien respondeu.

– É, monitores. A placa, ou seja lá o que for, poderia ter os nomes de cada um dos Monitores do Conselho, e ficaria em exibição para todo o sempre.

– É – Shaunee disse, acalentando a ideia. – Mas não só uma placa. Precisamos de alguma coisa mais legal do que uma placa velha de nada.

– Algo único... como nós – Erin esclareceu.

– As marcas das palmas das mãos – Damien sugeriu.

– Ahn? – perguntei.

– As marcas das palmas das mãos são únicas. E se fizéssemos placas de cimento com as marcas das nossas mãos e assinássemos nossos nomes embaixo? – Damien disse.

– Como as estrelas de Hollywood! – Stevie Rae lembrou.

Tudo bem, parecia meio brega, ou seja, eu não tinha como deixar de gostar. A ideia era como nós: únicas, legais e quase deselegantes.

– Acho ótima ideia usar as marcas das mãos. E sabem o lugar perfeito para elas? – eles olharam para mim com olhos brilhantes e felizes, esquecendo temporariamente a preocupação de ter um amigo de Aphrodite entre nós e o medo constante da morte súbita que todos trazíamos por dentro. – O pátio seria esse lugar perfeito.

A campainha soou, chamando-nos de volta à sala de aula. Pedi a Stevie Rae que avisasse nossa professora de espanhol, profª Garmy, que eu iria falar com Neferet e, portanto, me atrasaria. Eu realmente queria falar com ela sobre minhas ideias enquanto ainda estavam frescas em minha mente. Não demoraria muito tempo, só lhe faria um esboço básico para ver se ela gostava da direção que eu estava tomando. Talvez... talvez até a chamasse para o Ritual da Lua cheia no domingo, para ela estar presente quando eu anunciasse o novo processo de seleção de membros para as Filhas e Filhos das Trevas. De repente, pensei em como ficaria nervosa se Neferet estivesse lá, me observando traçar o círculo e conduzir o ritual, e estava me censurando severamente, dizendo a mim mesma que tinha de controlar os nervos, que seria a melhor coisa para as Filhas das Trevas ter Neferet apoiando minhas novas ideias e...

– Mas foi isso que eu vi! – a voz de Aphrodite, que veio pela fresta da porta da sala de Neferet, abalou meus pensamentos e me fez parar de repente. Ela soava estranhamente diferente, totalmente aborrecida, e até com medo.

– Se sua visão não lhe traz nada melhor, então talvez esteja na hora de você parar de compartilhar com as pessoas o que vê – a voz de Neferet era como gelo, aterrorizante, fria e dura.

– Mas Neferet, você pediu! Tudo que eu fiz foi dizer o que vi.

Do que Aphrodite estava falando? Ah, que inferno! Será que ela tinha corrido para contar que viu Loren tocando meu rosto? Olhei para os lados no corredor deserto. Eu devia dar o fora de lá, mas não iria embora de jeito nenhum se aquela maldita estivesse falando de mim, apesar de, pelo jeito, Neferet não estar acreditando em uma só palavra do que ela dizia. Então, ao invés de dar no pé (como faria uma garota esperta), caminhei rápida e silenciosamente para um canto não iluminado do corredor, perto da porta entreaberta. Então, pensando rápido, peguei um de meus brincos de argola de prata e joguei no canto. Eu vivo entrando e saindo da sala de Neferet, e não seria nenhum absurdo que eu estivesse procurando por um brinco perdido do lado de fora da porta.

– Você sabe o que quero que você faça? – as palavras de Neferet estavam tão cheias de raiva e poder que pude senti-las galgando minha pele. – Quero que você aprenda a não ficar falando de coisas que são *questionáveis* – ela frisou a palavra com firmeza. Será que ela estava se referindo a Aphrodite ficar fazendo fofoca sobre Loren e eu?

– Eu... eu só queria que você soubesse... – Aphrodite começou a chorar e engasgou com as palavras entre um soluço e outro. – Eu pen... pensei que você pudesse fazer alguma coisa para parar com isso.

– Talvez fosse mais sábio de sua parte pensar que, devido às suas atitudes egoístas no passado, Nyx esteja lhe tomando o poder que tinha, pois não está mais nas graças dela, e o que você está vendo agora são falsas imagens.

Jamais ouvira a voz de Neferet soando tão cruel. Nem parecia que era ela quem estava falando, e senti um pavor difícil de definir. No dia em que fui Marcada sofri um acidente antes de chegar à Morada da Noite. Quando estava inconsciente, tive uma experiência fora do corpo, no final da qual estive com Nyx. A Deusa me disse que tinha planos especiais para mim e beijou minha testa. Quando acordei, minha Marca estava preenchida. Eu tinha uma forte conexão com os elementos (apesar de só me dar conta disso depois), e também desenvolvera uma intuição que às vezes me dizia para falar ou fazer determinadas coisas, e às vezes me mandava claramente calar a boca. No momento, o que minha intuição me dizia era que a raiva de Neferet estava errada, mesmo que fosse causada por Aphrodite fazer fofocas maldosas sobre mim.

– Por favor, não diga isso Neferet! – Aphrodite soluçou. – Por favor, não diga que Nyx me rejeitou!

– Eu não tenho que lhe dizer coisa nenhuma. Procure dentro de sua própria alma. O que ela lhe diz?

Se Neferet tivesse dito aquelas palavras gentilmente, elas não seriam nada mais do que o sábio conselho de uma professora, ou sacerdotisa, orientando uma pessoa que não sabe que rumo seguir. Alguma coisa do tipo olhar para dentro de si para descobrir e resolver o problema. Mas a voz de Neferet estava fria, raivosa e cruel.

– Ela... ela diz que eu... que eu... ahn... eu e-errei, mas não é que a Deusa me odeie.

Aphrodite chorava tanto que estava ficando cada vez mais difícil entender o que ela dizia.

– Então você deve procurar melhor dentro de sua alma.

Aphrodite soluçava violentamente, e eu não conseguia mais ouvir. Larguei meu brinco lá, segui meus instintos e dei o fora.

5

Meu estômago ficou doendo durante todo o resto da aula de espanhol. Tanto, que até dei um jeito de pedir à profª Garmy: *Puedo ir al baño?* Passei tanto tempo no banheiro, que Stevie Rae veio atrás para perguntar se havia algo de errado.

Eu sei que a estava deixando morta de preocupação. Tipo, se um novato começa a dar sinais que está doente, geralmente significa que está morrendo. E eu parecia realmente muito esquisita. Disse a Stevie Rae que estava ficando menstruada e que a cólica estava me matando (mas não literalmente). Aparentemente ela acreditou.

Eu estava incrivelmente feliz por chegar à última aula da semana, Introdução à Equitação. Não só eu adorava a aula, como ela sempre me acalmava. Nesta semana consegui me graduar em cavalgar Persephone, a égua que Lenobia (nada de título de professora para ela, que dizia que o nome de uma antiga rainha vampira já lhe bastava) me designou na primeira semana de aula, e pratiquei troca de sela. Trabalhei com a linda égua até estarmos ambas suando e meu estômago melhorar um pouco. Então, cuidei dela e a acalmei sem pressa, sem me importar que o sinal tivesse soado para avisar o fim das aulas do dia pelo menos meia hora antes de eu emergir do estábulo. Fui até a imaculadamente arrumada sala de equipamentos para guardar as escovas e fiquei surpresa em ver Lenobia sentada em uma cadeira do lado de fora da porta. Ela estava esfregando sabão em uma sela inglesa que parecia totalmente imaculada.

Lenobia era espetacularmente bonita, até mesmo para uma vampira. Tinha cabelos impressionantes que batiam na cintura, e tão louros que eram quase brancos. Seus olhos tinham um tom esquisito de cinza, como se fosse um céu tempestuoso. Ela era pequenina e se movimentava como uma *prima ballerina*. Sua tatuagem era uma intricada série de nós que se retorciam ao redor do rosto, e dentro do desenho de safira cavalos se precipitavam e arrojavam.

– Os cavalos podem nos ajudar a pensar para resolver nossos problemas – ela disse sem tirar os olhos da sela.

Eu não soube bem o que dizer. Gostava de Lenobia. Tá, quando comecei a ter aulas fiquei um pouco amedrontada, ela era durona e sarcástica, mas depois que a conheci melhor (e provei que entendia que cavalos não eram apenas cachorros grandes) passei a gostar de sua sagacidade e seu jeito prosaico. Na verdade, depois de Neferet ela era minha professora favorita, mas nós nunca conversamos sobre nada além de cavalos. Então, enfim respondi, hesitante:

– Persephone me faz sentir calma mesmo quando estou nervosa. Isso faz sentido?

Então ela olhou para mim com os olhos cinzentos, turvos de preocupação.

– Faz total sentido – Lenobia parou e depois acrescentou: – Você assumiu muitas responsabilidades em pouco tempo, Zoey.

– Na verdade não me importo – afirmei. – Tipo, ser líder das Filhas das Trevas é uma honra.

– Frequentemente, aquilo que nos traz mais honra também traz a maioria dos problemas – ela fez outra pausa, e talvez tenha sido imaginação minha, mas ela pareceu estar decidindo se falava mais ou não. Então, empinou mais ainda sua já empinada coluna: – Neferet é sua mentora, então a coisa mais certa é você se confidenciar com ela. Mas às vezes é difícil falar com uma Grande Sacerdotisa. Quero que você saiba que pode recorrer a mim para qualquer coisa.

Fiquei surpresa e um pouco confusa.

– Obrigada, Lenobia.

– Eu guardo essas coisas para você. Corra. Tenho certeza de que seus amigos estão se perguntando o que aconteceu com você – ela sorriu e pegou as escovas das minhas mãos. – E sinta-se à vontade para aparecer no celeiro para visitar Persephone à hora que quiser. Eu senti várias vezes que escovar um cavalo faz o mundo parecer menos complicado.

– Obrigada – agradeci novamente.

Ao sair do celeiro, posso jurar que a ouvi dizer pelas minhas costas algo que soava muito como *Que Nyx a abençoe e proteja*. Mas aquilo era esquisito demais. Claro, também era esquisito demais ter dito que eu podia recorrer a ela. Os novatos formavam vínculos especiais com seus mentores, e eu tinha na Grande Sacerdotisa da escola uma mentora superespecial. Claro que gostávamos dos outros *vamps*, mas se algum aluno tivesse um problema que não conseguisse resolver sozinho, levava o problema ao mentor ou mentora. Sempre.

A caminhada dos estábulos até o dormitório não era das maiores, mas fui sem pressa, tentando prolongar a sensação de paz que sentia ao trabalhar com Persephone. Fui passeando um pouquinho pela calçada, dirigindo-me às árvores antigas alinhadas no lado leste do grosso muro que cercava o terreno da escola. Eram quase quatro (da manhã, é claro), e a profundidade da noite era belamente iluminada pela gorda lua quase cheia.

Eu havia me esquecido de como adorava caminhar perto do muro da escola. Na verdade, fazia um mês que evitava vir para perto do muro. Desde que vira – ou achava ter visto – os dois fantasmas.

– *Miaaauu-ff!*

– Credo, Nala! Não me assuste assim... – meu coração estava batendo como louco quando peguei minha gata nos braços e fiz carinho, enquanto ela resmungava comigo. – *Hello*! Você podia ser um fantasma – Nala me olhou, apertando os olhos, e espirrou bem na minha cara, o que interpretei como sendo seu comentário quanto à possibilidade de ela ser um fantasma.

Tá, a primeira "visão" podia ter sido um fantasma. Eu estava aqui no dia seguinte à morte de Elizabeth, no mês passado. Ela foi a primeira das duas mortes de novatos que abalaram a escola. Bem, mais precisamente, que *me* abalaram. Como os novatos podiam, qualquer um de nós, cair duros a qualquer momento durante os quatro anos que durava a Transformação física de humano para vampiro que acontecia dentro de nossos corpos, a escola esperava que lidássemos com a morte como apenas mais um fato da vida de novato. Uma ou duas preces pelo adolescente morto. Acenda uma vela. Sei lá. Mas supere e volte a tocar suas coisas.

Ainda me parecia errado, mas talvez fosse porque estivesse passando pela Transformação fazia apenas um mês, e mais acostumada a ser humana do que vampira, ou novata que fosse.

Suspirei e cocei as orelhas de Nala. De qualquer forma, na noite depois da morte de Elizabeth vislumbrei algo que achei que fosse ela. Ou seu fantasma, pois Elizabeth estava morta, com certeza. Então, não passou de um vislumbre? Stevie Rae e eu conversamos sobre o assunto sem chegar a uma conclusão do que se tratava. A verdade é que todos nós sabíamos muito bem que fantasmas existiam – aqueles que Aphrodite conjurara no mês passado e que quase mataram meu ex-namorado. Então, eu podia muito bem ter visto o espírito recém-liberto de Elizabeth. Claro que também podia ter visto alguma novata de relance e, como era noite e estava aqui há apenas poucos dias e tinha, naquele pouco tempo, passado por todo tipo de situações inimagináveis, eu podia ter fantasiado aquilo tudo.

Fui para perto do muro e virei à direita, divagando pela direção que acabaria me levando para perto do centro de recreações e depois para o dormitório das garotas.

– Mas a segunda visão com certeza não foi imaginação minha. Certo, Nala? – a resposta da gata foi enfiar a cara no canto do meu pescoço e ronronar como um cortador de grama. Aninhei-a em meus braços, contente por ela ter me seguido. Eu ficava doida só de pensar naquele segundo fantasma. Como agora, Nala estava comigo. (A semelhança me fez olhar ao redor com nervosismo e apertar o passo.) Não fazia muito tempo que o segundo aluno se afogara no próprio pulmão e sangrara bem na minha aula de Literatura. Estremeci ao lembrar como aquilo fora terrível, principalmente por causa da minha atração nojenta pelo sangue dele. Seja como for, presenciei a morte de Elliott. Mais tarde, naquele mesmo dia, Nala e eu esbarramos (quase literalmente) nele, ali perto de onde estávamos agora. Pensei que ele fosse outro fantasma. No começo. Então ele tentou me atacar e Nala (minha preciosa gatinha) se jogou sobre ele, o que o levou a pular o muro de seis metros e desaparecer na noite, deixando Nala e eu totalmente apavoradas. Principalmente depois que percebi que minha gata tinha sangue nas patas. *O sangue do fantasma*. O que não fazia o menor sentido.

Mas não mencionei esta segunda visão a ninguém mais. Nem para Steve Rae, minha melhor amiga e companheira de quarto; nem para Neferet, minha mentora e Grande Sacerdotisa; nem para Erik, meu novo e totalmente delicioso *quase*-namorado. Ninguém. Eu queria contar. Mas então aconteceu aquele troço todo com Aphrodite... eu tomei a liderança das Filhas das Trevas... comecei a sair com Erik... fiquei extremamente ocupada na escola... blá-blá-blá... uma coisa levou à outra, e, assim, um mês se passou e não contei nada a ninguém. Agora, só de pensar em contar isso a alguém me parecia meio patético. *Ei, Stevie Rae / Neferet / Damien / gêmeas / Erik, eu vi o espectro de Elliott mês passado depois que ele morreu e ele estava muito apavorado, e quando tentou me atacar Nala o fez sangrar. Ah, e o sangue dele tinha um cheiro muito esquisito. Acredite em mim. Já estou manjando tudo de sangue cheiroso* (mais uma esquisitice minha, pois a maioria dos novatos não sente atração por sangue). *Só estou comentando.*

Ah, tá... eles provavelmente me mandariam para um psiquiatra *vamp* e, cara, vamos combinar, isso não me ajudaria em nada para ganhar a confiança do povo como nova líder das Filhas das Trevas. Não mesmo.

Além disso, quanto mais o tempo passava, mais fácil ficava convencer a mim mesma que talvez eu tivesse imaginado aquele encontro com Elliott. Talvez não tivesse sido Elliott (nem seu fantasma, ou sei lá o quê). Eu não conhecia todos os novatos do lugar. Podia haver outro garoto ruivo de cabelo grosso e feio, gorducho e branquelo. Claro que não vi mais esse garoto, mas, mesmo assim... e quanto ao sangue de cheiro estranho? Bem, talvez alguns novatos tenham sangue de cheiro estranho. Até parece que eu havia me transformado em alguma *expert* em um mês. E também os dois "fantasmas" tinham olhos vermelho-sangue. Por que será?

Aquela história estava me deixando com dor de cabeça.

Ignorei aquela sensação sinistra e apreensiva causada por toda essa linha de raciocínio e comecei a me afastar resolutamente do muro (e do assunto de fantasmas e coisas do tipo), quando vi de relance algo se mexendo. Parei imediatamente. Era uma silhueta. Um corpo. Era *alguém*. A pessoa estava debaixo do enorme carvalho no qual encontrara Nala um mês atrás. Ele ou ela estava de costas para mim, encostado à árvore, de cabeça baixa.

Ótimo. A pessoa não me vira. Eu não queria saber quem ou o que era. A verdade é que eu já tinha passado por estresse demais em minha vida. E não estava precisando acrescentar nenhum tipo de fantasma (Prometi a mim mesma que desta vez contaria a Neferet tudo sobre os estranhos fantasmas sangrentos que viviam perto do muro da escola. Ela era mais velha. Saberia lidar com o estresse). Com o coração batendo tão alto que podia jurar estar abafando o ronronar de Nala, comecei a me afastar lenta e silenciosamente, dizendo firmemente a mim mesma que jamais voltaria lá sozinha no meio da noite. Nunca mais. Eu era o quê, retardada? Por que não tinha aprendido da primeira, ou mesmo da segunda vez?

Então, pisei bem no meio de um galho seco. *Crack*! Arfei. Nala resmungou bem alto (eu a estava inadvertidamente apertando contra o peito). A silhueta debaixo da árvore levantou e virou a cabeça. Preparei-me para gritar e lutar contra um fantasma malévolo de olhos injetados. De um jeito ou de outro, eu ia gritar mesmo, então, respirei fundo e...

– Zoey? É você?

A voz era profunda, *sexy* e já familiar.

– Loren?

– O que você está fazendo aqui?

Ele não fez nenhum gesto de aproximação, então, por puro desconforto de novata, sorri como se segundos atrás não tivesse quase feito nas calças de tanto medo, dei de ombros casualmente e fui para perto dele debaixo da árvore.

– Oi – eu disse, tentando soar adulta. Então me lembrei que ele havia feito uma pergunta e fiquei contente por estar escuro o bastante para não ficar totalmente evidente que estava corando de vergonha. – Ah, estava voltando do estábulo e eu, e Nala, resolvemos esticar as pernas – esticar as pernas? Eu tinha mesmo dito isto?

Achei que ele parecia tenso quando me aproximei, mas isso o fez rir, e seu rosto, totalmente lindo, se relaxou.

– Esticar as pernas, hein? Olá novamente, Nala – ele coçou o alto da cabeça dela, que de modo rude, porém típico, pulou jeitosamente dos meus braços para o chão, sacudiu-se toda e, ainda resmungando, afastou-se trotando delicadamente.

– Desculpe. Ela não é muito sociável.

Ele sorriu.

– Não se preocupe com isso. Meu gato, Wolverine, me lembra um velho resmungão.

– Wolverine? – levantei as sobrancelhas.

Seu sorriso lindo ficou todo juvenil, de canto de boca, e, por incrível que pareça, ficou mais lindo ainda.

– É, Wolverine. Ele me escolheu quando eu era terceiro-formando. Nesse ano eu estava totalmente ligado nos *X-Men*.

– Talvez ele seja tão resmungão por causa do nome.

– Bem, podia ser pior. No ano anterior eu não conseguia parar de assistir ao *Homem-Aranha*. Por pouco ele não se chamou Spidey ou Peter Parker.

– Está na cara que você é um fardo para o seu gato.

– Wolverine sem dúvida concordaria com você! – ele riu de novo e eu tentei, com todas as forças, não deixar que sua gostosura avassaladora me fizesse dar risadinhas histéricas como seu fosse alguma pré-adolescente no show de alguma *boy band*. Por enquanto eu estava, na verdade, *jogando charme para ele! Fique calma. Não diga nem faça nenhuma idiotice.*

– E então, o que você estava fazendo aqui? – perguntei, ignorando meu blá-blá-blá mental.

– Escrevendo haicais – ele levantou a mão, e percebi pela primeira vez que ele estava segurando um daqueles diários de escritor de capa de couro, lindos e supercaros. – Eu me inspiro aqui, sozinho, nas horas que antecedem o amanhecer.

– Ah, meu Deus! Desculpe. Eu não queria interromper. Vou dizer tchau e deixar você em paz – acenei (como uma pateta) e comecei a dar meia-volta, mas ele segurou meu pulso com sua mão livre.

– Não precisa ir embora. Eu também me inspiro com outras coisas além de ficar sozinho aqui.

Senti a quentura de sua mão ao redor do meu pulso e imaginei se ele conseguia sentir minha pulsação disparada.

– Bem, eu não queria aborrecer você.

– Não se preocupe com isso. Você não está me aborrecendo – ele apertou meu pulso antes de (infelizmente) soltar.

– Então tá. Haicai – seu toque me deixara ridiculamente corada, e tentei novamente fazer cara de bom senso. – Isso é poesia asiática com número determinado de sílabas, não é?

O sorriso dele me deixou contente por ter prestado atenção nas aulas de inglês da senhora Wienecke sobre poesia.

– Isso mesmo. Prefiro o formato cinco-sete-cinco – ele fez uma pausa e seu sorriso mudou. Algo naquele sorriso me causou uma agitação no estômago. Ele cravou seus olhos negros e lindos nos meus. – Falando em inspiração... você podia me ajudar.

– Claro, adoraria – eu disse, contente por não soar tão sem fôlego quanto me sentia.

Ainda me olhando nos olhos, ele levantou a mão, tocando levemente em meu ombro.

– Nyx a Marcou aqui.

Não soou como uma pergunta, mas eu fiz que sim.

– É.

– Eu gostaria de ver. Se não for muito desconfortável para você.

A voz dele vibrava através de mim. A lógica me dizia que ele só estava pedindo para ver minhas tatuagens porque eram bizarras demais, não porque estivesse, de forma alguma, me dando mole. Para ele eu podia não passar de uma criança, de uma novata com Marcas bizarras e poderes incomuns. Isso era o que me dizia a lógica. Mas seus olhos, sua voz, o jeito que sua mão me acariciava o ombro... essas coisas estavam me dizendo algo bem diferente.

– Vou tentar lhe mostrar.

Eu estava usando minha jaqueta favorita, camurça preta e corte perfeito para mim e, por baixo, uma regata roxo-escura. (Sim, era fim de novembro, mas eu não sinto mais o frio que sentia antes de ser Marcada. Nenhum de nós sente.) Comecei a tirar a jaqueta.

– Espere, deixe-me ajudar você.

Ele estava tão perto de mim, de frente e de lado. Ele pegou a gola da minha jaqueta com os dedos da mão direita e deslizou em meu ombro, para cima e para baixo, e parou no cotovelo.

Loren devia estar olhando para meu ombro semidescoberto, perplexo com as tatuagens que nenhum novato ou vampiro que eu conhecesse tinha. Mas não estava. Ele ainda estava me olhando nos olhos. E subitamente algo aconteceu comigo. Parei de me sentir uma adolescente apatetada, tensa e bobalhona. O jeito com que ele me olhou despertou a mulher dentro de mim, e à medida que este novo eu foi se remexendo, encontrei uma calma segurança em mim mesma que poucas vezes pude sentir antes. Lentamente, puxei a alça da minha regata de algodão pelo ombro até ela se juntar à minha jaqueta semi-descartada. Então, ainda olhando nos olhos dele, afastei meus longos cabelos, levantei o queixo e virei o corpo levemente, expondo para ele a parte de trás do meu ombro, que estava agora totalmente de fora, a não ser pela fina linha do meu sutiã preto.

Ele continuou me olhando nos olhos por vários segundos, e eu senti o hálito frio da noite e a carícia da lua quase cheia sobre a pele exposta do meu colo, ombro e costas. De modo bem deliberado, Loren chegou ainda mais perto, segurando meu antebraço enquanto fitava a parte de trás do meu ombro.

– É incrível – sua voz estava tão grave que era quase um sussurro. Senti a ponta de seu dedo traçar levemente uma espiral labiríntica bem parecida com minha Marca facial, a não ser pelos exóticos desenhos parecidos com runas. – Nunca vi algo assim antes. É como se você fosse uma princesa ancestral que se materializou em nosso tempo. Como somos abençoados em ter você, Zoey Redbird.

Ele disse meu nome como se fosse uma prece. Sua voz misturada ao seu toque me fez tremer e me deixou arrepiada.

– Desculpe. Você deve estar com frio – gentil, mas rapidamente, Loren puxou a alça de minha regata e a gola de minha jaqueta.

– Eu não estava tremendo de frio – peguei-me dizendo aquelas palavras sem saber se devia sentir orgulho de mim mesma ou ficar chocada com minha ousadia.

Creme e seda: um
Provar, tocar, mui quero
A lua nos vê.

Seus olhos continuaram firmes nos meus enquanto ele recitava o poema. Sua voz, que era normalmente tão perfeita e hábil, ficara toda profunda e áspera, como se ele estivesse com dificuldade de falar. Como se sua voz tivesse a capacidade de me aquecer, fiquei tão corada que senti meu sangue bombeando rios de fogo através do meu corpo. Minhas coxas formigaram e foi muito difícil manter a respiração pausada. *Se ele me beijar, vou explodir.* Esse pensamento me fez falar:

– Você escreveu isso agora? – desta vez minha voz soou tão sem fôlego quanto estava me sentindo.

Ele balançou a cabeça levemente, e um sorriso quase imperceptível lhe tocou os lábios.

– Não. Foi escrito séculos atrás por um antigo poeta japonês, inspirado pela visão de sua namorada nua sob a lua cheia.

– É lindo – eu disse.

– Você é linda – ele disse, e segurou meu queixo. – E nesta noite você foi minha inspiração. Obrigado.

Senti que estava me inclinando em direção a ele, e pude jurar que o corpo dele correspondeu. Posso não ter muita experiência, e, droga, ainda sou virgem, sim, mas não sou uma debiloide total (ao menos não o tempo todo). Sei quando um cara está a fim de mim. E aquele cara, naquele momento, estava, com certeza, a fim de mim. Cobri sua mão com a minha e me esqueci de tudo, inclusive de Erik e do fato de Loren ser um *vamp* adulto e eu ser uma novata, e facilitei para que ele me beijasse, facilitei para que me tocasse mais. Nós nos encaramos. Estávamos ambos com a respiração pesada. Então, dentro do espaço de um instante, seus olhos cintilaram e mudaram de negros e insinuantes para negros e distantes. Ele tirou a mão do meu rosto e deu um passo para trás. Senti seu distanciamento como se fosse um vento gelado.

– Foi bom vê-la, Zoey. E obrigado mais uma vez por me deixar ver sua Marca – seu sorriso foi educado e adequado. Ele acenou com a cabeça de um modo quase formal e foi embora.

Eu não sabia se gritava de frustração, se chorava de vergonha ou se berrava de ódio. Com uma expressão de raiva e murmurando sozinha, ignorei o fato de minhas mãos estarem tremendo e voltei para o dormitório. Esta era uma situação do tipo "preciso-de-minha-melhor-amiga-urgente".

6

Ainda murmurando sozinha sobre os homens e suas mensagens confusas, entrei pela porta da frente do dormitório e não foi surpresa ver Stevie Rae e as gêmeas juntas, assistindo a um dos aparelhos de tevê. Eu não queria que o mundo inteiro (tradução: as gêmeas e/ou Damien) soubesse o que havia acabado de acontecer, mas ia contar a Stevie Rae todos os detalhes, os menores e mais interessantes sobre Loren, e deixar que ela me ajudasse a entender que diabos aquilo tudo significava.

– Ahn, Stevie Rae, estou perdida com nosso... hummm... trabalho de sociologia para segunda-feira. Será que você pode me ajudar? Tipo, não vai demorar muito e... – comecei a dizer, mas Stevie Rae me interrompeu sem tirar os olhos da tevê.

– Espere Z., venha aqui. Você tem de ver isto – ela apontou para a televisão. As gêmeas também estavam com os olhos colados no aparelho.

Franzi a testa quando percebi que elas pareciam todas tensas, o que tirou (temporariamente) o assunto Loren da minha cabeça.

– O que está havendo? – elas estavam assistindo a uma retransmissão do noticiário noturno da rede Fox 23. Chera Kimiko, a âncora, estava falando, e imagens familiares do Woodward Park faiscavam na tela. – Difícil acreditar que Chera não seja uma *vamp*. Ela é anormalmente linda – eu disse automaticamente.

– Cale a boca e venha escutar o que ela está dizendo – Stevie Rae me chamou novamente.

Continuando surpresa pelo jeito estranho delas, calei a boca e ouvi.

Então, para repetir a notícia principal da noite: Prossegue a busca pelo adolescente Chris Ford da Union High School. O rapaz de dezessete anos de idade desapareceu ontem depois de uma partida de futebol. A foto na tela mostrava Chris com o uniforme de futebol. Soltei um gritinho ao reconhecer o nome e a foto.

– Ei! Eu conheço ele!

– Por isso eu a chamei aqui – Stevie Rae disse.

Grupos de busca estão vasculhando a área ao redor de Utica Square e Woodward Park, onde ele foi visto pela última vez.

– Pertinho daqui – eu disse.

– Shhh! – Shaunee me repreendeu.

– A gente sabe! – Erin disse.

Por enquanto não se sabe a razão de ele estar na área de Woodward Park. A mãe de Chris disse que nem tinha conhecimento de que o filho soubesse o caminho para Woodward Park, jamais soube que ele tivesse ido lá antes. A senhora Ford também disse que esperava que ele voltasse para casa logo depois do jogo de futebol. Ele já está desaparecido há mais de vinte e quatro horas. Se alguém tiver qualquer informação que possa ajudar a polícia a localizar Chris, favor ligar para Crime Stoppers. Garantimos seu anonimato.

Chera passou para outra matéria, e todo mundo relaxou.

– Então você conhece o garoto? – Shaunee perguntou.

– É, mas não tão bem assim. Tipo, ele é um dos jogadores mais conhecidos do time da Union, e quando eu estava ficando com Heath... vocês sabem que ele é zagueiro do Broken Arrow?

Impaciente, elas fizeram que sim com a cabeça.

– Bem, Heath costumava me levar a festas onde todos os atletas se conheciam. Então, eu, Chris e o primo dele, Jon, estávamos sempre juntos. Dizem que eles foram promovidos de beberrões de cerveja barata a beberrões de cerveja barata que fumam baseado – olhei para Shaunee, que andava demonstrando um interesse incomum nas notícias. – E antes que vocês perguntem, sim, ele é tão bonitinho na vida real quanto na foto.

– É mesmo uma pena quando alguma coisa acontece com um irmão bonitinho – Shaunee disse, balançando a cabeça tristemente.

– É mesmo uma pena quando algo acontece com qualquer cara bonitinho, não interessa de que cor, gêmea – Erin disse. – Não devemos discriminar. Beleza é beleza.

– Como de costume, você tem razão, gêmea.

– Eu não gosto de maconha – Stevie Rae entrou no papo. – Aquilo fede. Experimentei uma vez e tossi feito uma condenada, e minha garganta ficou ardendo. Além do quê, um pouco da erva veio parar na minha boca. Foi simplesmente péssimo.

– Nós não fazemos nada que seja prejudicial – Shaunee disse.

– É, e maconha é prejudicial. Além disso, faz você comer sem razão nenhuma. É uma pena que jogadores de futebol gostosinhos gostem desse troço – Erin disse.

– Assim eles ficam menos gostosos – Shaunee disse.

– Muito bem, gostosura e maconha não são a questão – eu disse. – Estou com um mau pressentimento sobre toda essa história de desaparecimento.

– Ah não! – Stevie Rae disse.

– Ora, que coisa... – Shaunee retrucou.

– Eu odeio tanto quando ela vem com esses pressentimentos – Erin emendou.

Não conseguíamos parar de falar no desaparecimento de Chris e como era bizarro que ele tivesse sido visto pela última vez tão perto da Morada da Noite. Em comparação ao desaparecimento do garoto, meu pequeno drama-trauma com Loren parecia insignificante. Tipo, eu ainda queria contar, ao menos para Stevie Rae, mas não conseguia me concentrar o bastante em nada além da sensação pesada que me sugava desde que vira as notícias.

Chris morreu. Eu não queria acreditar nisso, não queria saber. Mas tudo dentro de mim dizia que aquele garoto seria encontrado, mas morto.

Encontramos Damien na sala de jantar e todo mundo estava conversando sobre Chris e tecendo teorias sobre seu desaparecimento, que incluíam a insistência das gêmeas em dizer que "o gostosinho deve ter brigado com os pais e saiu para beber cerveja por aí", e a firme crença de Damien que ele havia descoberto ter tendências homossexuais e fugiu para Nova York, para realizar o sonho de ser um modelo *gay*.

Eu não tinha teoria nenhuma. Tudo que eu tinha era uma terrível sensação sobre a qual não estava disposta a falar.

Naturalmente, não consegui comer. Meu estômago estava me matando. De novo.

– Você está só beliscando esta comida excelente – Damien disse.

– Só não estou com fome.

– Foi o que você disse na hora do almoço.

– Tá bom, ué, estou dizendo de novo! – rebati e me arrependi no momento em que vi o olhar magoado de Damien, que fechou a cara e olhou para sua saborosa salada de macarrão vietnamita de nome *Bun Cha Gio*. As gêmeas levantaram sobrancelhas olhando para mim e voltaram a se concentrar no uso correto dos pauzinhos de comida asiática. Stevie Rae apenas ficou olhando para mim, com uma expressão de silenciosa preocupação no rosto.

– Tome. Encontrei isto. Tenho impressão que é seu.

Aphrodite soltou o brinco de prata ao lado do meu prato. Olhei para o rosto perfeito dela. Estava estranhamente sem expressão, como sua voz.

– E então, é seu?

Peguei o brinco automaticamente e toquei seu par, que ainda estava em minha orelha. Havia me esquecido totalmente de ter jogado o maldito brinco para fingir estar procurando por ele enquanto ouvia a conversa de Neferet e Aphrodite. Que mancada! – Sim. Obrigada.

– Não há de quê. Acho que você não é a única que *sente* as coisas, hein?

Ela deu meia-volta e saiu da sala de jantar pelas portas de vidro e foi para o pátio. Apesar de estar carregando uma bandeja com seu jantar intocado, ela sequer parou para olhar para a mesa onde estavam sentadas suas amigas. Percebi que elas olharam quando Aphrodite passou, mas depois desviaram o olhar rapidamente. Nenhuma olhou nos olhos dela. Aphrodite comeu do lado de fora, no pátio mal iluminado, onde vinha geralmente comendo no último mês. Sozinha.

– Ok, ela é simplesmente esquisita – Shaunee disse.

– É, esquisita como uma maldita maluca do inferno – Erin replicou.

– Nem suas amigas querem ter nada a ver com ela – completei.

– Pare de sentir pena dela! – Stevie Rae disse com um tom de incomum irritação. – Ela é fonte de problema, será que você não enxerga isso?

– Eu não disse que ela não era – justifiquei-me. – Só comentei que até suas amigas lhe viraram as costas.

– Tem alguma coisa que não sabemos? – Shaunee perguntou.

– O que está havendo entre você e Aphrodite? – Damien me perguntou.

Abri a boca para contar o que havia escutado um pouco antes, mas fui silenciada pela voz suave de Neferet dizendo:

– Zoey, espero que não se importe se eu privá-la da companhia de seus amigos nesta noite.

Olhei lentamente para ela, quase com medo do que veria. Tipo, da última vez que ouvi sua voz ela soara incrivelmente irada e fria. Meus olhos se depararam com os dela. Eram belos olhos verde-musgo, mas seu sorriso gentil começou a transparecer preocupação:

– Zoey? Algo errado?

– Não! Desculpe. Eu estava com a mente distraída.

– Eu gostaria que você jantasse comigo nesta noite.

– Ah, sim. Claro. Sem problema; acho ótimo – surpreendi-me tagarelando, mas parecia não ter outro jeito. Torci para que um dia aquilo parasse. Tipo, quando você sente que não pode ter diarreia para sempre... uma hora tem que parar.

– Ótimo – ela sorriu para meus amigos. – Preciso pegar Zoey emprestada, mas a devolvo logo.

Os quatro sorriram com adoração e deixaram claro que para eles qualquer coisa estava ótimo.

Eu sei que é ridículo, mas o fato de eles me liberarem tão prontamente me fez sentir abandonada e insegura. Mas isso é estupidez. Neferet é minha mentora e Grande Sacerdotisa de Nyx. Ela é um dos bons.

Então, por que eu estava sentindo meu estômago girar enquanto saía com ela da sala de jantar?

Virei a cabeça rapidamente para olhar para meu grupo de amigos. Eles já estavam conversando outras coisas. Damien segurava os pauzinhos, obviamente dando às gêmeas mais uma lição de como usá-los. Stevie Rae estava demonstrando para ele. Senti que estava sendo olhada por detrás da porta de vidro que separava a sala de jantar do pátio. Sentada sozinha na noite, Aphrodite me observava com uma expressão que talvez fosse quase de pena.

7

A sala de jantar dos *vamps* não era um refeitório. Era um recinto bem legal que ficava logo acima da sala de jantar dos alunos e também tinha uma parede com janelas arqueadas. Havia mesas e cadeiras de ferro forjado fixadas no balcão que dava para o pátio abaixo. O resto da sala era decorada com bom gosto e objetos caros; uma variedade de mesas de diferentes tamanhos e até alguns balcões de cerejeira. Não havia bandejas nem bufês *self-service*. As mesas eram jeitosamente arrumadas com linho, porcelana e cristal, e velas finas e brancas em forma de cone queimavam animadamente em candelabros de cristal. Eles acenaram com a cabeça respeitosamente para Neferet, deram-me rápidos sorrisos de boas-vindas e voltaram para suas refeições.

Tentei dar uma olhada no que eles estavam comendo sem ser óbvia demais, mas só consegui ver a mesma salada vietnamita que estávamos comendo lá embaixo e uns rolinhos primavera, que pareciam ótimos. Não havia sinal de carne crua nem de nada que lembrasse sangue (bem, exceto pelo vinho tinto). E, é claro, eu nem precisava me preocupar em espiar. Se eles estivessem se fartando de sangue eu teria sentido o cheiro. Eu estava íntima do cheiro delicioso de sangue...

– O ar frio da noite a incomodaria se sentássemos na varanda? – Neferet perguntou.

– Não, acho que não. Já não sinto frio como costumava sentir antes – dei-lhe um sorriso caloroso, procurando me lembrar seriamente de que ela era intuitiva e provavelmente estava "ouvindo" pedaços do blá-blá-blá idiota que caía feito uma cascata em meus pensamentos.

– Ótimo. Eu prefiro jantar na varanda seja qual for a estação do ano – ela me conduziu pelas portas para uma mesa já posta para dois. Uma serviçal apareceu do nada, obviamente era uma vampira, pois tinha uma Marca preenchida e uma série de tatuagens delgadas emoldurando seu rosto em forma de coração, mas parecia realmente jovem. – Sim, traga-me o *Bun Cha Gio* e uma jarra do mesmo vinho tinto que bebi ontem – ela parou e sorriu em segredo para mim, acrescentando: – E, por favor, traga para Zoey uma taça de qualquer refrigerante de cola, contanto que não seja *diet*.

– Obrigada – agradeci.

– Procure apenas não beber demais desse negócio. Não é mesmo muito bom para você – ela piscou para mim, fazendo piadinha da pequena repreensão.

Sorri, feliz por ela se lembrar do que eu gostava, começando a me sentir mais à vontade. Esta era Neferet, nossa Grande Sacerdotisa. Ela era minha mentora e minha amiga e, desde que vim para cá, um mês atrás, tem sido nada menos que gentil comigo. Sim, ela soou assustadora como o inferno quando a ouvi falar com Aphrodite, mas Neferet era uma Sacerdotisa poderosa e, como Stevie Rae vivia me lembrando, Aphrodite era uma valentona egoísta que merecia estar em maus lençóis. Que inferno! Ela devia estar fazendo fofoca de mim.

– Está se sentindo melhor? – Neferet perguntou.

Olhei nos olhos dela. Ela estava me observando cuidadosamente.

– Estou sim.

– Quando soube do adolescente humano desaparecido, fiquei preocupada com você. Esse Chris Ford era seu amigo, não era?

Nada que ela dissesse me surpreenderia. Neferet era incrivelmente esperta e dotada pela Deusa. Acrescente-se a isso o estranho sexto sentido que todo *vamp* tem, e era mais do que provável que ela soubesse literalmente de tudo (ou ao menos de tudo que fosse importante). Devia ter sido moleza para ela saber de minhas intuições sobre o desaparecimento de Chris.

– Bem, ele não era exatamente meu amigo. Nós frequentávamos as mesmas festas, às vezes, mas eu não sou muito de festas, então não o conhecia tão bem assim.

– Mas algo em relação ao desaparecimento dele a aborreceu.

Eu fiz que sim.

– É só uma sensação que tenho. É bobeira. Ele deve ter brigado com os pais, seu pai deve ter dado uma prensa ou algo assim e ele caiu fora. Já deve até ter voltado para casa.

– Se você realmente achasse isso, não estaria tão preocupada – Neferet esperou a serviçal terminar de servir as bebidas e a comida para continuar a falar. – Os humanos acreditam que vampiros adultos são todos médiuns. A verdade é que, apesar de a maioria de nós ter o dom da profecia ou da clarividência, a vasta maioria de nosso povo simplesmente aprendeu a ouvir a própria intuição, o que é algo que a maioria dos humanos tem tido medo de fazer – seu tom de voz estava bem parecido com o que usava em sala de aula, e eu a ouvi avidamente enquanto comia. – Pense nisso, Zoey. Você é uma boa aluna, tenho certeza de que se lembra do que aprendeu nas aulas de História sobre o que acontece historicamente com os humanos, especialmente as mulheres, quando prestam muita atenção à própria intuição e começam a "ouvir vozes na cabeça" ou mesmo "prever o futuro".

– Nós costumávamos achar que eles tinham ligação com o demônio ou coisa assim, dependendo da época histórica. E acabavam se ferrando – corei por usar aquele tipo de linguagem com uma professora, mas ela não pareceu se importar, pois estava balançando a cabeça, concordando comigo.

– Sim, exatamente. Eles até atacaram pessoas santas, como Joana D'Arc. Então, você pode perceber que os humanos se acostumaram a calar seus instintos. Já os vampiros aprenderam a ouvir sua intuição e a prestar muita atenção nela. No passado, quando os humanos tentaram caçar e destruir nossa raça, o que salvou as vidas de muitos de nossos ancestrais foi exatamente a intuição.

Estremeci, pois não queria nem pensar em como devia ser difícil ser vampira cerca de cem anos atrás.

– Ah, e você não precisa se preocupar, Zoey Passarinha – Neferet sorriu. E eu sorri também ao ouvir o apelido pelo qual minha avó me chamava. – A era da Caça às Bruxas não vai voltar. Podemos não ser reverenciados como éramos em tempos antigos, mas os humanos nunca mais poderão nos caçar e destruir – por um momento seus olhos verdes cintilaram ameaçadoramente. Tomei um bom gole do refrigerante marrom, desviando-me daqueles olhos assustadores. Quando ela prosseguiu, parecia normal de novo. Todos os traços de ameaça sumiram de sua voz e ela voltou a ser apenas minha mentora e amiga. – Então, o que tudo isso quer dizer é que você deve sempre ouvir seus instintos. Se você tiver uma sensação ruim relacionada a alguém ou a alguma situação, preste atenção. E é claro que, se precisar falar comigo, pode me procurar a qualquer momento.

– Obrigada Neferet, isso é muito importante para mim.

Ela fez um gesto com as mãos, dispensando agradecimentos.

– É para isso que sou mentora e Grande Sacerdotisa; duas funções que espero que você desempenhe um dia.

Eu sempre sentia algo estranho quando ela falava sobre meu futuro e sobre eu ser Grande Sacerdotisa. Em parte por esperança e excitação, em parte por um medo abjeto.

– Na verdade, fiquei muito surpresa de você não ter me procurado hoje ao sair da biblioteca. Você não decidiu que rumo dar às Filhas das Trevas?

– Ah, ahn... sim. Decidi – esforcei-me para não pensar na biblioteca e no meu encontro com Loren e no muro ao leste e no meu novo encontro com Loren... não queria que Neferet intuísse nada sobre... bem... *sobre ele*.

– Estou sentindo sua hesitação, Zoey. Prefere não me dizer o que decidiu?

– Ah, não! Quer dizer, sim. Na verdade, fui até sua sala, mas você estava... – levantei os olhos rapidamente, relembrando o que ouvira por acaso. Seus olhos pareciam ver minha alma. Engoli em seco. – Você estava ocupada com Aphrodite. Então fui embora.

– Ah, sei. Agora seu nervosismo comigo faz muito mais sentido – Neferet deu um suspiro triste. – Aphrodite... ela se tornou um problema. É realmente uma pena. Como disse na noite de *Samhain*, quando percebi como ela tinha ido longe demais, sinto-me parcialmente responsável pela criatura sinistra em que ela se transformou. Eu sabia que ela era egoísta desde que entrou em nossa escola. Eu devia ter agido antes e ter tido pulso mais firme com ela – Neferet olhou nos meus olhos. – O que você chegou a ouvir hoje?

Senti um arrepio de advertência me subir a espinha.

– Não ouvi muito – disse logo. – Aphrodite estava chorando bastante. Eu a ouvi dizer para ela olhar para dentro de si. Eu sabia que você não ia querer ser interrompida – parei, tomando cuidado para não dizer especificamente que tinha ouvido *só* aquilo, para não mentir descaradamente. E não desviei o olhar de seus olhos incisivos.

Neferet suspirou de novo e tomou um gole de vinho.

– Eu normalmente não falaria de uma novata com outra, mas este é um caso único. Você sabe que a Deusa havia concedido a Aphrodite o dom de prever desastres?

Fiz que sim, percebendo o tempo verbal que ela usou para falar do dom de Aphrodite.

– Bem, parece que o comportamento de Aphrodite fez Nyx tomar-lhe o dom. É algo altamente incomum. Uma vez que a Deusa toca alguém, ela raramente retira o que deu – Neferet deu de ombros com tristeza. – Mas, quem pode saber o que passa pela mente da Grande Deusa da Noite?

– Deve ser terrível para Aphrodite – eu disse, mais pensando alto do que realmente tecendo um comentário.

– Aprecio sua compaixão, mas não disse isso para você ficar com pena de Aphrodite. Na verdade, contei-lhe para que você saiba que deve ficar alerta. As visões de Aphrodite não valem mais nada. Ela pode dizer ou fazer coisas perturbadoras. Como líder das Filhas das Trevas, será sua responsabilidade garantir que ela não atrapalhe o equilíbrio delicado entre os novatos. Claro que encorajamos vocês a resolver seus problemas entre si. Vocês são muito mais do que adolescentes humanos, e esperamos mais de vocês, mas sinta-se à vontade para me procurar se o comportamento de Aphrodite se tornar por demais... – ela fez uma pausa, como se estivesse escolhendo a palavra cuidadosamente – ... errático.

– Pode deixar – eu disse, sentindo o estômago doer de novo.

– Ótimo! Agora, por que não me conta seus planos para seu reinado como líder das Filhas das Trevas?

Tirei Aphrodite da cabeça e expus meus planos para o Conselho Sênior e as Filhas das Trevas. Neferet escutou atentamente e ficou claramente impressionada com minha pesquisa e com o que chamei de "reorganização lógica".

– Então, o que você quer de mim é que lidere o corpo docente que vai votar nos dois novos Monitores, por eu concordar que você e seus quatro amigos têm poderes mais do que comprovados e já são na prática um excelente Conselho.

– Sim. O Conselho quer nomear Erik Night para a primeira das duas vagas.

Neferet assentiu com a cabeça.

– Erik é uma sábia escolha. Ele é popular entre os novatos e tem um futuro excelente pela frente. E quem você tem em mente para a outra vaga?

– Aí está o ponto de desacordo entre eu e meu Conselho. Eu acho que precisamos de outro membro de uma série mais avançada, e que essa pessoa deve ter pertencido ao círculo interno de Aphrodite – Neferet levantou as sobrancelhas, surpresa. – Bem, incluir uma amiga dela reforça o que eu disse o tempo todo, que não entrei nisso por ter apego ao poder e querer roubar o que era de Aphrodite nem nenhuma idiotice do tipo. Eu só quero fazer a coisa certa. Não quero começar nenhum rixa boba. Se algum dos amigos dela quiser fazer parte do meu Conselho, nós entenderemos que a questão não é eu vencê-la, mas que a coisa é mais importante do que isso.

Neferet considerou o que eu estava dizendo por um tempo que pareceu infinito e finalmente disse:

– Você sabe que até os amigos dela lhe viraram as costas?

– Eu percebi hoje na sala de jantar.

– Então, para que colocar um ex-amigo ou ex-amiga dela em seu Conselho?

– Não estou convencida que sejam ex-amigos. As pessoas agem de um jeito em público e de outro na intimidade.

– Concordo com você mais uma vez. Já anunciei ao corpo docente que neste domingo as Filhas e Filhos das Trevas farão um Ritual da Lua Cheia especial. Espero que a maioria dos antigos membros compareça, nem que seja por curiosidade sobre seus poderes.

Engoli em seco e assenti. Eu já sabia bem que era a atração principal do circo de horrores.

– Domingo é o momento certo para você dizer às Filhas das Trevas sobre sua nova perspectiva para o grupo. Anuncie que há uma vaga no Conselho e que ela deve ser preenchida por um sexto-formando. Eu e você examinaremos as candidaturas e decidiremos quem se encaixa melhor.

Franzi o cenho.

– Mas eu não quero que seja só nossa escolha. Quero que o corpo docente vote e o corpo discente também.

– Eles vão votar – ela disse suavemente. – Então decidiremos.

Eu quis dizer mais, mas seus olhos verdes ficaram frios; não tenho vergonha de dizer que fiquei com medo. Então, ao invés de discutir com ela (o que era totalmente impossível), peguei outro rumo (como diria minha avó).

– Também quero que as Filhas das Trevas se envolvam com algum tipo de caridade.

Desta vez Neferet levantou tanto as sobrancelhas que elas quase desapareceram pela raiz dos cabelos.

– Você quer dizer caridade com humanos?

– Sim.

– Você acha que eles receberiam bem sua ajuda? Eles nos evitam, nos abominam. Eles têm medo de nós.

– Talvez por não nos conhecerem – eu disse. – Talvez, se agirmos como cidadãos de Tulsa, passemos a ser tratados como tal.

– Você já leu sobre as revoltas de Greenwood nos anos 1920? Aqueles afro-americanos eram cidadãos de Tulsa, e Tulsa os destruiu.

– Não estamos mais em 1920 – eu disse. Foi difícil encarar seus olhos, mas eu sabia, bem no fundo, que estava fazendo a coisa certa. – Neferet, minha intuição diz que eu devo fazer isso.

Vi que sua expressão ficou mais suave.

– E eu lhe disse para seguir sua intuição, não disse?

Fiz que sim.

– Que instituição de caridade você ajudaria... considerando-se, é claro, que eles aceitem sua ajuda?

– Ah, acho que eles vão aceitar sim. Resolvi entrar em contato com os Street Cats, aquela entidade de caridade para gatos.

Neferet jogou a cabeça para trás e riu.

8

Eu já havia saído da sala de jantar e estava indo para o dormitório quando me dei conta de que não dissera nada a Neferet sobre os fantasmas, mas não queria voltar a subir as escadas e tocar no assunto. A conversa com Neferet já me deixara totalmente exausta e, apesar da linda sala de jantar com aquela vista maravilhosa e cristais e linho, eu estava ansiosa para sair de lá. Queria voltar para o dormitório e contar a Stevie Rae toda a história sobre Loren e depois ficar sem fazer nada, só assistindo às reprises de programas ruins na tevê, e tentar esquecer (ao menos por uma noite) que tivera uma terrível premonição sobre o sumiço de Chris e que eu era uma Figurona agora, responsável pelo grupo de estudantes mais importante da escola. Que seja... eu só queria ser eu mesma por enquanto. Como disse a Neferet, Chris já devia estar em casa, em segurança. E havia tempo de sobra para tudo o mais. Amanhã eu ia escrever um esboço do que diria para as Filhas das Trevas no domingo. Acho que também teria de trabalhar em um Ritual da Lua Cheia... minha primeira vez projetando um círculo em público, pra valer, em um ritual formal. Meu estômago começou a revirar. Ignorei.

Já a meio caminho do dormitório lembrei-me de que também tinha que fazer um trabalho de Sociologia Vamp para segunda-feira. Claro que Neferet me liberou da maioria dos trabalhos de terceiraformanda para que eu pudesse me concentrar em ler material dessa matéria das séries mais avançadas, mas eu vinha tentando ao máximo ser "normal" (seja lá o que isto significasse. Tipo assim: "Oi! Eu sou uma adolescente e vampira novata". Como isso poderia ser normal?), o que significava que tinha de me afundar nos papéis quando o resto da turma assim fazia. Então, fui às pressas para a sala de chamada, onde ficavam meu armário e todos os meus livros. Também era a sala de Neferet, mas eu a deixara tomando vinho com vários dos outros professores no andar de cima. Pra variar, eu não tinha preocupação nenhuma de ouvir algo esquisito.

Como sempre, a porta estava destrancada. Para que trancas, se existe a intuição dos vampiros para deixar o povo de cabelo em pé? O recinto estava escuro, mas não importava. Fazia apenas um mês que eu fora Marcada, mas já via tudo tão bem com as luzes apagadas quanto com as luzes acesas. Na verdade, melhor. Luzes fortes me feriam os olhos; a luz do sol era quase insuportável.

Hesitei antes de abrir meu armário, percebendo que fazia quase um mês que não via o sol. Não havia pensado nisso antes. Ahn... estranho...

Eu estava considerando a bizarrice de minha nova vida quando notei o pedaço de papel que fora posto dentro do meu armário. O papel flutuou na brisa temporária que causei ao abrir a porta. Acalmei-o com a mão e senti uma onda de prazer ao perceber o que era.

Poesia.

Ou, mais especificamente, um poema. Era curto e escrito em letras atraentes e bem desenhadas. Li e reli, registrando o que era exatamente. Haicai.

Ontem Rainha
Acorda crisálida
Asas abrirá?

Esfreguei aquelas palavras com os dedos. Eu sabia quem as escrevera. Só havia uma resposta lógica. Senti um aperto no coração ao murmurar seu nome. Loren...

– Estou falando sério, Stevie Rae. Se eu te contar, você tem que jurar que não vai contar para mais ninguém. E quando digo *ninguém*, estou me referindo especialmente a Damien e às gêmeas.

– Caramba, Zoey, pode confiar em mim. Já disse que juro. O que você quer, que eu abra uma veia?

Eu não disse nada.

– Zoey, você pode mesmo confiar em mim. Prometo.

Estudei o rosto de minha melhor amiga. Eu precisava conversar com alguém; alguém que não fosse um *vamp*. Procurei dentro de mim mesma, bem no fundo daquilo que Neferet chamaria de minha intuição. Parecia certo confiar em Stevie Rae. Parecia seguro.

– Desculpe. Sei que posso confiar em você. Estou só... sei lá.. – balancei a cabeça, frustrada por minha própria confusão. – Bom, aconteceram coisas estranhas aqui hoje.

– Você quer dizer coisas mais estranhas do que já acontecem normalmente?

– É. Loren Blake entrou na biblioteca hoje quando eu estava lá. Ele foi a primeira pessoa com quem conversei sobre o Conselho Sênior e as novas ideias para as Filhas das Trevas.

– Loren Blake? Tipo, o *vamp* mais lindo que jamais se viu? *Aimeudeus*. É melhor eu me sentar – Stevie Rae se jogou na cama.

– Esse mesmo.

– Não acredito que você não me disse nada até agora. Você deve estar morrendo.

– Bem, não é só isso. Ele... ahn... me tocou. E mais de uma vez. Tá, na verdade eu estive com ele mais de uma vez hoje. A sós. E acho que ele escreveu um poema para mim.

– O quê?

– É, no começo eu estava certa de que era totalmente inocente e que eu estava imaginando coisas. Na biblioteca nós conversamos sobre as ideias que tive para as Filhas das Trevas. Achei que não tinha nada demais. Mas... bem... ele tocou minha Marca.

– Qual delas? – Stevie Rae perguntou. Seus olhos estavam arregalados e redondos, e ela parecia prestes a explodir.

– A do meu rosto. Da primeira vez.

– Como assim, *da primeira vez*?

– Bem, depois que acabei de escovar Persephone, não estava com muita pressa de voltar para o dormitório. Então, fui dar uma caminhada perto do lado leste do muro. Loren estava lá.

– *Aimeusantodeus*. O que aconteceu?

– Acho que rolou um clima.

– Você acha?

– Estávamos sorrindo um para o outro, dando risada.

– Para mim rolou um clima mesmo. Deus, como ele é lindo!

– Nem me fale. Quando ele sorri para mim, mal consigo respirar. E escuta essa: *ele recitou um poema para mim*. Era um haicai de um cara que escreveu quando estava vendo a namorada nua ao luar.

– Você só pode estar brincando! – Stevie Rae começou a se abanar com a mão. – Vamos para a parte do toque.

Respirei fundo.

– Foi realmente confuso. Tudo estava indo bem. Como eu disse, estávamos rindo e tal. Então, ele disse que estava lá para buscar inspiração para escrever haicais...

– O que é loucamente romântico!

Concordei e continuei:

– Eu sei. Enfim, eu disse que não queria estragar sua inspiração nem incomodar, e ele disse que havia mais coisas que o inspiravam além da noite. E então me perguntou se *eu poderia ser* sua inspiração.

– *Cara*... isso é muito pra minha cabeça!

– Foi exatamente o que pensei.

– Naturalmente, você disse que seria um prazer inspirá-lo.

– Naturalmente – afirmei.

– E... – Stevie Rae me estimulou a falar logo.

– E ele pediu para ver minha Marca. A dos ombros e costas.

– Não!

– Sim.

– *Cara*, eu teria tirado a camisa antes que você conseguisse terminar de dizer "com todo o prazer!"

Eu ri.

– Bem, não tirei a camisa, mas baixei a jaqueta. Na verdade, ele me ajudou.

– Você está me dizendo que Loren Blake, vampiro poeta laureado, o cara mais totalmente lindo da escola inteira a ajudou a tirar a jaqueta como um cavalheiro à moda antiga?

– É. Assim – mostrei pra ela, baixando a jaqueta até o cotovelo, expondo as costas e o ombro e boa parte do meu seio (aliviada novamente por estar usando meu bom sutiã preto). – Foi quando ele me tocou. De novo.

– Onde?

– Ele traçou o desenho da Marca nas minhas costas e ombro. E me disse que eu parecia uma rainha vampira ancestral e recitou um poema pra mim.

– *Cara*... isso é muito pra minha cabeça! – Stevie Rae disse outra vez.

Joguei-me sobre a cama, olhando para ela, e suspirei, suspendendo a alça da camiseta.

– É, foi impressionante por um tempinho. Eu tive certeza de que estávamos conectados. Conectados *mesmo*! Então, ele quase me beijou. Na verdade, ele quis. Mas, de repente, ele mudou. Ficou todo educado e formal, me agradeceu por mostrar a Marca e foi embora.

– Bem, não é grande surpresa.

– Pois para mim foi uma droga de uma baita surpresa. Tipo, uma hora ele fica olhando nos meus olhos e dando sinais de estar a fim e depois... *nada*.

– Zoey, você é aluna. Ele é professor. Isto aqui é uma escola de *vamps*, logo, totalmente diferente de uma escola normal, mas algumas coisas não mudam. Professores não podem se envolver com alunos.

– Ele é só um professor temporário de meio expediente – respondi, mordendo os lábios.

Stevie Rae revirou os olhos.

– Como se isso quisesse dizer alguma coisa.

– Mas não foi só isso. Acabei de encontrar este poema no meu armário – passei a ela o papel com o haicai.

Stevie Rae assoviou.

– *Aimeudeusdocéu*. Isto é tão romântico que dá vontade de morrer. Como? Como foi que ele tocou sua Marca nas costas?

– *Putz*! Como você acha? Com o dedo. Ele traçou o desenho da Marca – eu jurava que ainda podia sentir o calor daquele toque.

– Ele recitou um poema de amor para você, tocou sua Marca e depois escreveu um poema para você... – ela suspirou sonhadoramente. – Parece que vocês são Romeu e Julieta com toda essa coisa de amor proibido – Stevie Rae estava se abanando freneticamente, mas parou de súbito. – *Ah... oh...* e Erik?

– Como assim, e Erik?

– Ele é seu namorado, Zoey.

– Não oficialmente – respondi acanhada.

– Ora, que coisa, o que o garoto precisa fazer para se tornar oficial? Ficar de joelhos? Está mais do que na cara que vocês estão ficando faz um mês.

– Eu sei – reconheci, melancolicamente.

– Então você gosta mais de Loren do que de Erik?

– Não! Sim. Ah, que inferno, não sei. É como se Loren fosse de um mundo totalmente diferente. E eu e ele nem podemos ficar de verdade, ou, sei lá... – eu não tinha muita certeza quanto ao "sei lá". Será que Loren e eu podíamos nos ver às escondidas? Será que eu queria isso?

Como se lesse meus pensamentos, Stevie Rae disse:

– Você podia se encontrar com ele sem ninguém saber.

– Isso é ridículo. Ele nem deve sentir nada disso por mim – ao dizer isso, lembrei-me do calor de seu corpo e do desejo em seus olhos escuros.

– E se sentir, Z.? – Stevie Rae me observava cuidadosamente. – Sabe, você é tão diferente do resto de nós. Ninguém foi Marcado como você antes. Ninguém jamais teve afinidade pelos cinco elementos. Talvez as mesmas regras não se apliquem a você.

Senti um nó no estômago. Desde que chegara à Morada da Noite, vinha me esforçando para me enquadrar. Eu queria demais fazer deste novo lugar meu lar; ter amigos que considerasse como família. Não queria ser diferente nem jogar com regras diferentes.

– Não quero ser assim, Stevie Rae. Eu só quero ser normal – eu disse entredentes, balançando a cabeça.

– Eu sei – Stevie Rae disse tranquilamente. – Mas acontece que você *é* diferente. Todo mundo sabe disso. Além disso, você não quer que Loren goste de você?

– Não sei bem o que quero, só sei que *não* quero que ninguém saiba de Loren e eu – respondi num suspiro.

– Meus lábios estão trancados – Stevie Rae, nerdzinha de Oklahoma que era, fez a pantomima de fechar os lábios com um zíper e jogar a chave por trás do ombro. – De mim, ninguém vai ouvir nada – ela murmurou com lábios semicerrados.

– Inferno! Isso me lembra que Aphrodite viu Loren me tocando.

– Aquela maldita seguiu você até o muro? – Stevie Rae gritou.

– Não, não, não. Ninguém nos viu lá. Aphrodite entrou no centro de mídia quando ele estava tocando meu rosto.

– Ah... não pode ser!

– Mas foi, mesmo! E tem mais. Lembra-se de quando perdi parte da aula de espanhol porque queria falar com Neferet? Não falei com ela. Fui até sua sala, a porta estava entreaberta, e pude ouvir o que se passava lá dentro. Aphrodite estava lá.

– Aquela *vagaba* estava falando mal de você?

– Não tenho certeza. Só ouvi um pouquinho do que estavam dizendo.

– Aposto que você ficou bolada quando Neferet te chamou para jantar com ela.

– Total – concordei.

– Não é à toa que você parecia doente. Pô, agora tudo faz sentido – ela arregalou mais os olhos. – Aphrodite prejudicou você com Neferet?

– Não. Quando Neferet falou comigo nesta noite, disse que as visões de Aphrodite eram falsas, pois Nyx havia tomado seu dom. Por isso, Neferet não acredita em nada do que ela disse.

– Ótimo! – Stevie Rae parecia ter vontade de quebrar Aphrodite ao meio.

– Não, não é ótimo. A reação de Neferet foi ríspida demais. Ela fez Aphrodite soluçar. Sério mesmo, Stevie Rae, Aphrodite ficou destruída com o que Neferet lhe disse. Além do que, Neferet nem parecia ela mesma.

– Zoey, não acredito que você vai começar com isso de novo. Você tem que parar de sentir pena de Aphrodite.

– Stevie Rae, você não está entendendo. A questão não é Aphrodite, mas Neferet. Ela foi cruel. Mesmo que Aphrodite estivesse me esculhambando e exagerando no que viu, a reação de Neferet foi errada. E me deixou com uma sensação ruim.

– Está com sensação ruim em relação a Neferet?

– Sim... não... não sei. Não é só Neferet. É uma mistura... tudo ao mesmo tempo. Chris... Loren... Aphrodite... Neferet... algo está errado, Stevie Rae – minha amiga pareceu confusa, e percebi que ela precisava de uma analogia de Oklahoma para entender. – Sabe quando você sente antes de um tornado aparecer? Tipo, quando o céu está claro, mas o vento começa a ficar frio e mudar de direção? Você sabe que está vindo alguma coisa, mas nem sempre sabe o que é. É isso que estou sentindo agora.

– Como se uma tempestade estivesse chegando?

– É. Das grandes.

– Então você quer que eu...?

– Me ajude a ficar de olho na tempestade.

– Tudo bem.

– Obrigada.

– Mas, primeiro, podemos ficar de olho em um filme? Damien encomendou *Moulin Rouge* pelo Netflix. Ele está trazendo o DVD, e as gêmeas finalmente arrumaram umas batatas fritas com molho de verdade, nada de *fat-free* – Stevie Rae deu uma olhada para seu relógio de Elvis. – Eles já devem estar lá embaixo, irritados de ficar esperando por nós.

Eu adorava o fato de poder desabafar qualquer coisa devastadora com Stevie Rae. Segundos depois de ficar soltando seus *aimeudesdocéu*, ela podia voltar a falar de coisas tão simples quanto filmes e batata-frita. Ela fazia eu me sentir normal e pé no chão, como se nada fosse tão pesado e confuso.

– *Moulin Rouge*? Não é com o Ewan McGregor?

– Com certeza. Tomara que a gente consiga ver aquele bumbum estonteante.

– Conseguiu me convencer. Vamos lá. E lembre-se...

– Caramba! Eu sei, eu sei. Não contar nada dessa história a ninguém – ela parou e mexeu as sobrancelhas. – Então me deixe falar mais uma vez. *Loren Blake tá a fim de você!*

– Acabou?

– Acabei – ela sorriu maliciosamente.

– Espero que algum de vocês tenha trazido refrigerante de cola para mim.

– Sabe, Z., você é esquisita com esse negócio de refrigerante de cola.

– É mesmo, senhorita cereal matinal Lucky Charms? – respondi, empurrando-a porta afora.

– Ei, cereais fazem bem à saúde.

– Ah é? Então me diga, como se faz marshmallow? Com frutas ou legumes?

– Ambos. Eles são únicos... como eu.

Eu estava rindo das bobeiras de Stevie Rae e me sentindo melhor do que durante o dia inteiro quando descemos as escadas e chegamos à parte da frente do dormitório. As gêmeas e Damien ligaram uma das enormes telas planas e acenaram para nós. Stevie Rae acertara, eles estavam comendo Doritos de verdade com um molho de cebola bem gorduroso (parece nojento, mas é uma delícia). Minha boa sensação ficou ainda melhor depois que Damien me deu um copo de refrigerante de cola.

– Demoraram, hein – ele disse, abrindo espaço no sofá para eu me sentar ao lado dele. As gêmeas, naturalmente, haviam confiscado duas poltronas grandes e idênticas que puxaram para a beira do sofá.

– Desculpe – Stevie Rae disse, e sorrindo para Erin: – Eu tive que ir ao trono.

– Excelente escolha de palavras, Stevie Rae – Erin disse, parecendo satisfeita.

– *Eca*, ponha logo o filme – Damien disse.

– Espere aí, o controle remoto está comigo – Erin disse.

– Espere! – disse eu, bem na hora em que ela ia apertar o *play*. O volume estava baixo, mas vi Chera Kimiko, da Fox News 23. Ela estava com o rosto muito sério e triste enquanto falava, olhando para a câmera. Na parte de baixo da tela, em letras garrafais, estava escrito "encontrado corpo do adolescente". – Aumente o volume. – Shaunee tirou da função *mute*.

Repetindo o assunto principal desta manhã: o corpo do jovem Chris Ford, atacante do Union, foi encontrado por dois homens que remavam num caiaque, no final da tarde de sexta-feira. O corpo foi jogado entre as pedras pela correnteza e bancos de areia usados para represar o Rio Arkansas, na altura da Rua 21, para criar as novas correntes recreativas. Nossas fontes disseram que o adolescente morreu por perda de sangue associada a múltiplas lacerações e que ele pode ter sido mutilado por algum animal grande. Teremos mais notícias sobre este assunto depois que for divulgado o relatório oficial dos médicos legistas.

Meu estômago, que havia finalmente se aquietado e estava agindo normalmente, trincou. Senti meu corpo gelar. Mas não haviam acabado as más notícias. Chera encarou a câmera com seus lindos olhos muito sérios e continuou:

Imediatamente após essa notícia trágica, mais um jogador de futebol do Union foi dado como desaparecido. Apareceu na tela a foto de outro gatinho com o uniforme vermelho e branco do Union. *Brad Higeons foi visto pela última vez depois da aula de sexta-feira no Starbucks da Utica Square, onde estava pendurando fotos de Chris. Brad, além de companheiro de time, era também primo de Chris.*

– *Aimeudeusdocéu*! O time inteiro do Union está morrendo como moscas – Stevie Rae disse. Ela olhou para mim e vi que seus olhos se arregalaram. – Zoey, você está bem? Você não está com uma cara muito boa.

– Eu também conhecia esse garoto.

– Que esquisito – Damien disse.

– Os dois viviam juntos nas festas. Todo mundo os conhecia porque eram primos, apesar de Chris ser negro e Brad, branco.

– Para mim faz sentido – Shaunee disse.

– É isso aí, gêmea – Erin concordou.

Eu mal podia ouvi-las em meio ao zumbido em meus ouvidos.

– Eu... eu preciso dar uma caminhada.

– Vou com você – Stevie Rae disse.

– Não, você fica aqui para ver o filme. Eu só... só preciso respirar um pouco de ar puro.

– Tem certeza?

– Tenho. Não vou demorar. Volto a tempo de ver o bumbum de Ewan – apesar de quase sentir o olhar de preocupação que Stevie Rae estava me lançando pelas costas (e ouvir as gêmeas discutindo com Damien se aparecia mesmo o bumbum de Ewan no filme), saí do dormitório para a fria noite de novembro.

Afastei-me cegamente da construção principal, indo, por instinto, para a direção oposta de qualquer lugar no qual corresse o risco de esbarrar em alguém, esforçando-me para continuar me mexendo e respirando. *Que diabo havia de errado comigo?* Meu peito estava preso e meu estômago tão enjoado que tive que ficar engolindo com dificuldade para não vomitar. O zumbido em meus ouvidos melhorara, mas não havia alívio da ansiedade que se jogara sobre mim como uma cortina. Tudo dentro de mim gritava *Algo está errado! Algo está errado!*.

Ao caminhar, fui gradualmente percebendo que a noite, antes de céu limpo e cheio de estrelas, havia subitamente ficado nublada. A brisa fria e suave ficara gelada, fazendo folhas secas caírem em cascata ao meu redor, misturando o cheiro de terra e de vento com a escuridão... e isso acabou me acalmando, o tumulto dos pensamentos desconexos e a ansiedade diminuíram, a ponto de eu poder voltar a pensar.

Fui para os estábulos. Lenobia disse que eu podia cuidar de Persephone sempre que estivesse querendo pensar e ficar sozinha. Com certeza eu estava precisando disso, e ter uma direção para seguir, um destino real, era uma coisinha bastante boa no meio do meu caos interior.

Os estábulos ficavam logo em frente, esparramando-se longa e lentamente, e minha respiração foi ficando mais tranquila, até que ouvi um som. Primeiro, não o identifiquei. Era um som abafado e estranho demais. Então achei que pudesse ser Nala. Era típico ela me seguir e ficar resmungando com aquela voz de gata velha até eu pegá-la no colo. Olhei ao redor e fiz *cuti-cuti* baixinho.

O som ficou mais discernível, mas com certeza não era um gato. Um movimento próximo do celeiro me chamou a atenção. Vi aquela silhueta curvada no banco perto das portas da frente. Havia só um lampião por lá, e bem do lado das portas. O banco ficava logo depois do alcance da luz amarela.

Outro movimento. Vi que a silhueta era de uma pessoa... ou novato... ou vampiro. Estava sentada, meio encurvada, quase se dobrando para dentro de si. O som começou outra vez. De perto pude ouvir que era um gemido estranho, como se a criatura lá sentada estivesse sofrendo.

Naturalmente, quis correr na direção oposta, mas não consegui. Aquilo não podia ser boa coisa. Além do que, *senti* aquilo, aquela sensação dentro de mim dizendo que eu não podia ir embora. Que tinha de encarar o que estava acontecendo naquele banco, fosse o que fosse.

Respirei fundo e fui até lá.

– Ahn... você está bem?

– *Não*! – a palavra foi como uma lúgubre explosão de som.

– Posso... posso ajudar? – perguntei, tentando ver em meio às sombras quem estava sentado lá. Achei que estava conseguindo ver os cabelos claros e as mãos cobrindo o rosto...

– A água! A água está muito funda e gelada. Não consigo sair... não consigo sair.

Ela tirou as mãos do rosto e olhou para mim, mas eu já sabia quem era. Eu reconhecera a voz. E também o que estava acontecendo com ela. Esforcei-me para me aproximar com calma. Ela me encarou. Seu rosto estava coberto de lágrimas.

– Vamos, Aphrodite. Você está tendo uma visão. Preciso levá-la para Neferet.

– Não! – ela disse, arfante. – Não! Não me leve para ela. Ela não vai me ouvir. Ela... ela não acredita mais em mim.

Lembrei-me do que Neferet havia dito sobre Nyx ter tomado os poderes de Aphrodite. Por que eu tinha que me envolver com ela? Quem sabia o que estava se passando com Aphrodite? Provavelmente ela estivesse fazendo algum drama patético para chamar atenção, e eu não tinha tempo para isso.

– Tudo bem. Digamos que eu também não acredite – eu lhe disse. – Fique aqui e tenha sua visão, ou sei lá o quê. Tenho mais com o que me preocupar – virei-me para ir para o estábulo e ela me agarrou o pulso.

– Você tem que ficar! – ela disse, trincando os dentes, obviamente com dificuldade de falar. – Você tem que ouvir a visão!

– Não tenho, não – olhei para seus dedos, que mais pareciam garras, ao redor do meu pulso. – Seja o que for que esteja acontecendo, é com você, não comigo. Resolva você – desta vez, ao me virar, caminhei mais rápido.

Mas não tão rápido assim. Suas próximas palavras foram como facas me cortando.

– Você tem que me ouvir. Senão, sua avó morre.

9

– Que diabo você está dizendo? – cerquei Aphrodite.

Ela estava arfando baixinho, de um jeito esquisito, e seus olhos começaram a tremular. Mesmo no escuro dava para ver seus olhos se revirando e expondo a parte branca. Eu a agarrei pelos ombros e a sacudi.

– Diga o que você está vendo!

Em um evidente esforço para se controlar, Aphrodite balançou a cabeça fazendo um movimento contido e irregular.

– Vou dizer – ela estava arfando. – Mas fique comigo.

Sentei-me ao seu lado no banco e deixei que ela segurasse minha mão, sem me importar por apertar com tanta força que parecia prestes a quebrar alguma coisa, por ela ser minha inimiga e alguém em quem eu jamais confiaria; enfim, sem me importar com nada, a não ser com a possibilidade de minha avó estar correndo perigo.

– Não vou a lugar nenhum – eu disse, fazendo cara feia. Então me lembrei de como Neferet a induzira. – Diga o que você está vendo, Aphrodite.

– Água! É horrível... tão marrom e tão fria. É só confusão... não consigo... não consigo abrir a porta do Saturn...

Senti um choque horroroso. Vovó tinha um Saturn! Ela o comprara por ser um daqueles carros superseguros supostamente capazes de resistir a qualquer coisa.

– Mas onde está o carro, Aphrodite? Em que água ele está?

– Rio Arkansas – ela grunhiu. – A ponte... caiu – Aphrodite soluçou, parecendo aterrorizada. – Eu vi o carro, na minha frente, cair e bater na barcaça. Está pegando fogo! Aqueles garotinhos... que estavam tentando fazer os caminhões buzinarem ao passar... eles estão no carro.

Engoli em seco.

– Tá, mas que ponte? Quando?

O corpo de Aphrodite ficou subitamente retesado.

– Não consigo sair! Não consigo sair! A água está... – ela fez um barulho horrível (eu posso jurar que era como ela estivesse se afogando) e então tombou de novo contra o banco, e sua mão ficou pesada sobre a minha.

– Aphrodite! – eu a sacudi. – Você tem que acordar. Você tem que me contar mais sobre o que viu!

Suas pálpebras se moveram lentamente. Desta vez não vi o branco dos olhos e, quando ela os abriu, pareceram normais. Aphrodite soltou minha mão abruptamente e tirou o cabelo do rosto com a mão trêmula. Percebi que ela estava molhada e coberta de suor. Ela piscou mais algumas vezes antes de olhar nos meus olhos. Seu olhar estava firme, mas eu não conseguia perceber nada, a não ser exaustão em sua expressão e sua voz.

– Que bom que você ficou – ela disse.

– Diga o que você viu. O que aconteceu com minha avó?

– A ponte na qual ela estava ruiu e ela caiu no rio e se afogou – ela disse categoricamente.

– Não, não, isto não vai acontecer. Diga que ponte era esta. Quando? Como? Eu vou impedir.

Os lábios de Aphrodite curvaram-se em uma sugestão de sorriso.

– Ah, quer dizer que de repente você passou a acreditar nas minhas visões?

O medo por minha avó parecia uma dor que fervia dentro de mim. Agarrei o braço dela e fiquei de pé, puxando-a comigo.

– Vamos.

Ela tentou se soltar de mim, mas estava fraca demais, e consegui segurá-la com facilidade.

– Aonde?

– Falar com Neferet, é claro. Ela vai decifrar essa merda, e você tem que falar com ela de qualquer jeito.

– Não! – ela quase gritou. – Não vou falar com ela. Juro que não vou. Não importa o que aconteça, vou dizer que não me lembro de nada a não ser água e uma ponte.

– Neferet vai arrancar isso de você.

– Não vai, não! Ela pode ver que estou mentindo, que estou escondendo alguma coisa, mas não pode dizer o que é. Se você me levar para falar com ela, sua avó vai morrer.

Fiquei tão enjoada que comecei a tremer.

– O que você quer, Aphrodite? Você quer voltar a ser a líder das Filhas das Trevas. Tudo bem. Pegue de volta. Mas me fale de minha avó.

Uma expressão de pura dor cruzou o rosto de Aphrodite.

– Você não pode me devolver as Filhas das Trevas. Neferet tem que fazer isso.

– Então o que você quer?

– Só quero que você me ouça para saber que Nyx não me abandonou. Quero que você acredite que minhas visões ainda são reais – ela me olhou nos olhos. Sua voz estava baixa e tensa. – E quero que você fique em dívida comigo. Um dia você será uma poderosa Grande Sacerdotisa, mais poderosa até que Neferet. Talvez um dia eu precise de proteção, e então será útil para mim que você me deva um favor.

Eu quis dizer que não havia jeito de protegê-la de Neferet. Nem agora e talvez nunca. E não queria fazer isso. Aphrodite estava ferrada, e eu já presenciara como ela pode ser egoísta e detestável. Não queria ficar em dívida com ela; não queria ter nada com ela.

Mas eu não tinha escolha.

– Tudo bem. Não vou levar você para falar com Neferet. Agora, o que você viu?

– Primeiro, me dê sua palavra de honra que está em dívida comigo. E lembre-se, isto não é nenhuma promessa humana vazia. Quando um vampiro dá sua palavra de honra, seja novato ou adulto, a coisa é pra valer.

– Se você me disser como salvar minha avó, dou-lhe minha palavra que ficarei lhe devendo um favor.

– De minha escolha – ela disse com malícia.

– Tá, que seja.

– Você tem que dizer isso para completar a jura.

– Se você me disser como salvar minha avó, dou-lhe minha palavra de que ficarei lhe devendo um favor de sua escolha.

– Assim foi dito, assim será – ela murmurou, e sua voz me causou arrepios na espinha, mas ignorei.

– Diga.

– Tenho que me sentar primeiro – subitamente trêmula outra vez, ela caiu sobre o banco.

Sentei-me ao seu lado e esperei impacientemente enquanto ela se recompunha. Quando Aphrodite começou a falar, senti o nítido horror do que ela me dizia atravessando-me e soube, no fundo da alma, que o que ela estava me dizendo era uma visão verdadeira. Se Nyx estava furiosa com Aphrodite, não o estava demonstrando nesta noite.

– Nesta tarde sua avó estará no pedágio da estrada Muskogee a caminho de Tulsa – ela parou e inclinou a cabeça para o lado, como se estivesse escutando o vento ou algo assim. – Seu aniversário é no mês que vem. Ela vai comprar um presente para você.

Senti uma onda de surpresa. Aphrodite tinha razão. Meu aniversário era em dezembro, a droga da data era 24 de dezembro, por isso eu nunca o comemorava de verdade. Todo mundo sempre queria misturar o aniversário com o Natal. Até no ano passado, quando fiz dezesseis anos e devia ter tido uma festa grande das boas, não tive nada de especial. Era realmente irritante... procurei despertar das divagações, agora não era hora de me perder em minhas eternas lamentações de aniversário.

– Tá, então ela está vindo para a cidade nesta tarde, e o que acontece?

Aphrodite apertou os olhos como se estivesse tentando enxergar na escuridão.

– É estranho. Normalmente eu sei dizer exatamente por que acontecem esses acidentes, como o avião que não funciona ou sei lá, mas desta vez estava tão focada em sua avó que não sei direito por que a ponte cai – ela olhou para mim. – Talvez porque esta seja a primeira visão que tenho na qual reconheço um dos mortos. Isso me distraiu.

– Ela não vai morrer – eu disse com firmeza.

– Então ela não pode estar naquela ponte. Lembro-me de que o relógio no carro dela marcava três e quinze, então tenho certeza de que acontece à tarde.

Automaticamente olhei para meu relógio de pulso: 6h10m. Amanheceria dentro de uma hora no máximo (e eu devia estar indo para a cama), o que significa que vovó estaria acordando. Eu conhecia sua rotina. Ela acordava ao amanhecer para caminhar à luz suave da manhã e então voltava para sua aconchegante cabana e tomava um café da manhã leve antes de começar a trabalhar no que fosse preciso em sua fazenda de lavandas. Eu ia ligar para ela e dizer para que ficasse em casa, que não devia nem tentar dirigir hoje. Ela ficaria em segurança, eu me certificaria disso. Então, outra coisa me veio à mente. Olhei para Aphrodite.

– Mas e as outras pessoas? Lembro-me de que você disse que havia uns garotos no carro da frente, e que o carro bateu e pegou fogo.

– É.

Eu fiz cara feia para ela.

– É o quê?

– É, eu estava vendo do ponto de vista de sua avó, e vi um monte de outros carros batendo ao redor de mim. Mas foi muito rápido, não pude ver direito quantos eram.

Ela não disse mais nada, e eu balancei a cabeça, enojada.

– E quanto a salvá-los? Você disse que os garotinhos morriam!

Aphrodite deu de ombros.

– Eu disse que minha visão era confusa. Eu não sabia dizer exatamente onde era, e só soube as horas por ter visto o relógio do carro de sua avó.

– Então você vai deixar essas pessoas morrerem?

– Por que se importa? Sua avó vai ficar bem.

– Você me dá nojo, Aphrodite. Você se importa com alguém além de si mesma?

– Não enche, Zoey. Até parece que você é perfeita. Não vi você se preocupar com ninguém a não ser sua avó.

– É claro que me preocupei mais com ela! Eu a amo! Mas não quero que mais ninguém morra. E ninguém mais vai morrer se eu puder fazer alguma coisa. Por isso preciso que você dê um jeito de me dizer que ponte é essa.

– Eu já disse que é no pedágio da estrada Muskogee. Não sei qual.

– Pense melhor! O que mais você viu?

Ela suspirou e fechou os olhos. Observei seu rosto enquanto sua sobrancelha franzia. De repente ela pareceu se encolher de medo. Ainda de olhos fechados, ela disse:

– Espere, não. Não é no pedágio. Eu vi uma placa. É na ponte I-40 sobre o Rio Arkansas; a que fica logo após o pedágio perto de Webber's Falls – ela abriu os olhos. – Você sabe onde e quando. Não tenho muito mais o que dizer. Acho que uma espécie de barcaça bate na ponte, mas é só isso que sei. Não vi nada que identificasse o barco. E como você vai impedir que isso aconteça?

– Não sei, mas vou – murmurei.

– Bem, enquanto você pensa em como salvar o mundo, vou voltar para o dormitório e fazer as unhas. Se tem algo que considero trágico é uma unha quebrada.

– Sabe, ter pais de merda como os seus não é desculpa para não ter coração – eu disse. Ela deu meia-volta e vi que parou, empinou bem as costas e olhou para mim com olhos apertados de raiva.

– O que você sabe sobre isso?

– Sobre seus pais? Não muito, exceto que eles são controladores e que sua mãe é um pesadelo. Sobre pais que não valem nada de modo geral? Sei bastante. Tenho convivido com problemas paternos que são um verdadeiro pé no saco desde que minha mãe se casou de novo três anos atrás. É um saco, mas não é desculpa para ser uma vadia.

– Experimente dezoito anos de algo mais sério que um "pé no saco" e quem sabe você comece a entender do assunto. Até então, você não saberá de coisa nenhuma – então, como a velha Aphrodite que eu conhecia e não suportava, ela jogou o cabelo e saiu andando, sacudindo aquela bunda magra como se eu me importasse.

Problemas. Essa garota tem problemas sérios, falando comigo mesma, sentei-me no banco e comecei a procurar o celular na bolsa, feliz por carregá-lo sempre comigo, apesar de ter de deixá-lo sempre silencioso, nem mesmo vibrando. A razão se resumia em um só nome: Heath, meu *quase-ex*-namorado humano. Desde que ele e minha *ex-melhor*-amiga Kayla tentaram me "arrancar" da Morada da Noite (foi o que disseram, os tapados), Heath extrapolou em sua obsessão por mim. Claro que não era mesmo culpa dele. Fui eu quem provei de seu sangue e o Carimbei, mas, mesmo assim... enfim, apesar de suas mensagens diminuírem de um zilhão (tipo vinte, mais ou menos) por dia para duas ou três, mesmo assim não me sentia à vontade para deixar o celular ligado e ser perturbada por ele. E, com certeza, quando eu abrisse o aparelho, já haveria duas ligações perdidas, ambas de Heath. Mas, como não havia mensagem nenhuma, achei que ele estava começando a aprender.

Vovó soou sonolenta quando atendeu ao telefone, mas despertou assim que percebeu que era eu.

– Ah, Zoey Passarinha! Que bom ouvir sua voz – ela disse.

Eu sorri para o fone.

– Que saudade, vovó.

– Também estou com saudade, meu bem.

– Vovó, a razão pela qual liguei é meio estranha, mas você precisa acreditar em mim.

– É claro que eu acredito em você – ela respondeu sem hesitar. Vovó é tão diferente de minha mãe que às vezes me pergunto como elas podem ser da mesma família.

– Bem, você está pensando em ir a Tulsa mais tarde para fazer compras, não está?

Houve uma breve pausa, e então ela riu.

– Acho que vai ser difícil fazer surpresas de aniversário para minha neta vampira.

– Preciso que a senhora me prometa uma coisa, vó. Prometa que não vai a lugar algum hoje. Não entre em seu carro. Não dirija para parte alguma. Fique em casa e relaxe.

– Por que isso, Zoey?

Hesitei, sem saber direito o que dizer. Então, com sua típica capacidade de me entender, ela disse baixinho:

– Lembre-se de que pode me contar tudo, Zoey. Eu vou acreditar.

Não me dera conta de que estava prendendo a respiração até aquele instante. Ao soltar o ar, eu disse:

– A ponte I-40 que passa sobre o Rio Arkansas perto de Webber's Falls vai cair. Era para você estar nela, e morreria se estivesse – disse a última parte mais baixinho, quase sussurrando.

– Ah! Ah, meu Deus! É melhor eu me sentar.

– Vó, a senhora está bem?

– Acho que sim, mas não estaria se você não tivesse me avisado, por isso estou me sentindo meio zonza – ela devia ter pegado uma revista ou algo assim, pois ouvi que estava se abanando. – Como você descobriu isso? Está tendo visões?

– Não, eu não. Foi Aphrodite.

– A garota que era líder das Filhas das Trevas? Achei que vocês não fossem amigas.

– Não somos. Com certeza, não. Mas eu a encontrei tendo uma visão e ela me disse o que viu – respondi, depois de um riso debochado.

– E você acredita nessa garota?

– De jeito nenhum, mas acredito no poder dela, e eu a vi, vó. Era como se estivesse lá com você. Foi terrível. Ela viu você batendo e viu aqueles garotinhos morrendo... – parei para respirar. A verdade me pegou de jeito de repente: minha avó podia morrer hoje.

– Espere aí, havia mais pessoas no acidente?

– É, a ponte ruía e um monte de carros caíam no rio.

– E as outras pessoas?

– Vou resolver isso também. E a senhora, fique em casa.

– Será que eu não devia ir até a ponte e detê-los?

– Não! Fique longe de lá. Vou cuidar para que ninguém saia ferido, juro. Mas tenho que saber que a senhora está em segurança – supliquei.

– Está certo, meu bem. Acredito em você. Não precisa se preocupar comigo. Vou ficar sã e salva em casa. Faça o que tiver de fazer e, se precisar de mim, me ligue. A qualquer hora.

– Obrigada, vó. Amo a senhora.

– Eu também amo você, *u-we-tsi a-ge-hu-tsa*.

Depois de desligar ainda fiquei um tempinho lá, sentada, querendo parar de tremer, mas só por um tempinho. Um plano já se formava em minha mente e eu não tinha tempo para um ataque histérico. Precisava agir.

10

– Então, por que não podemos contar a Neferet sobre esta confusão? Ela só precisaria dar uns telefonemas, como no mês passado, quando Aphrodite teve a visão do avião que ia cair sobre o Aeroporto de Denver – Damien disse, tomando o cuidado de manter a voz baixa. Eu tinha voltado correndo para o dormitório, reunido meu grupo e contado uma versão resumida da visão de Aphrodite.

– Ela me fez prometer que não diria nada a Neferet. As duas estão tendo alguma briga esquisita.

– Está mais do que na hora de Neferet começar a ver a cretina que ela é – Stevie Rae disse.

– Mulherzinha nojenta – Shaunee disse.

– Maldita do inferno – Erin concordou.

– É, bem... o que ela é não importa. O que importa são suas visões e as pessoas correndo risco de vida – ressaltei.

– Ouvi dizer que suas visões não são mais verossímeis, pois Nyx tomou o dom que concedera a Aphrodite – Damien disse. – Talvez seja por isso que ela a fez prometer não contar a Neferet, pois isso é tudo invenção, e ela quer que você se assuste e faça algo que a constranja, ou então que prejudique sua imagem ou a envolva em apuros.

– Eu pensaria a mesma coisa se não a tivesse visto tendo a visão. Ela não estava fingindo, tenho certeza.

– Mas ela está lhe dizendo toda a verdade? – Stevie Rae perguntou.

Pensei nisso por um momento. Aphrodite já havia reconhecido que podia não contar partes de suas visões à Neferet. O que me levava a achar que não faria isso comigo também? Então, lembrei-me da palidez do seu rosto, do modo como apertou minha mão, do medo em sua voz ao ver a morte de minha avó. Estremeci.

– Ela estava me dizendo a verdade – afirmei. – Vocês terão que acreditar na minha intuição – olhei para meus quatro amigos. Nenhum deles estava contente com isso, mas eu sabia que todos acreditavam em mim e que eu podia contar com eles. – Bem, o negócio é o seguinte, eu já liguei para minha avó. Precisamos dar um jeito de salvar as outras pessoas.

– Aphrodite disse que uma barcaça batia em uma ponte, fazendo-a cair? – Damien perguntou.

Fiz que sim.

– Bem, você podia fingir ser Neferet e fazer o que ela faz, ligar para a pessoa que estiver no comando da barcaça e dizer que uma de suas alunas teve a visão de uma tragédia. As pessoas dão ouvidos a Neferet; elas têm medo de não ouvi-la. Todo mundo sabe que suas informações já salvaram muitas vidas humanas.

– Já pensei nisso, mas não vai dar certo, porque Aphrodite não viu o barco com muita clareza. Ela nem tinha certeza se era uma barcaça mesmo. Por isso não posso saber nem por onde começar. E não posso me passar por Neferet. Eu me sentiria muito errada. Tipo, seria pedir para arrumar problema. Vocês não podem me garantir que a pessoa para quem eu ligasse não daria algum retorno a Neferet. E aí o bicho ia pegar.

– A coisa ia ficar feia – Shaunee disse.

– É, Neferet descobriria que a maldita teve outra visão, e você quebraria a promessa de guardar segredo – Erin disse.

– Tudo bem, então o barco não rola, e fingir que é Neferet também não. A única opção que resta é fechar a ponte – Damien disse.

– Foi o que pensei – eu disse.

– Ameaça de bomba! – Stevie Rae disse subitamente. Olhamos todos para ela.

– Ahn? – Erin perguntou.

– Explique – Shaunee disse.

– Nós ligamos como se fôssemos um desses malucos que fazem avisos de ameaças de bomba.

– Isso pode dar certo – Damien disse. – Quando há ameaça de bomba em um edifício, eles sempre evacuam. Então, se houver uma ameaça de bomba em uma ponte, ela será fechada, ao menos até descobrirem que a ameaça é falsa.

– Se eu ligar do meu celular eles não vão saber quem eu sou, vão? – perguntei.

– Ah, por favor – Damien disse, balançando a cabeça como se eu fosse uma completa toupeira. – É claro que eles podem rastrear telefones celulares. Não estamos nos anos noventa.

– Então, o que eu faço?

– Ainda pode usar um celular. Só precisa ser um celular descartável – Damien explicou.

– Você diz aqueles tipo "câmera descartável"?

– Onde você esteve? – Shaunee perguntou.

– Quem não sabe da existência de celulares descartáveis? – Erin disse.

– Eu não sabia – Stevie Rae disse.

– Exatamente – as gêmeas disseram juntas.

– Tome – Damien pegou um Nokia grande e cafona do bolso – use o meu.

– Por que você usa descartável? – observei o telefone, parecia bem normal.

– Passei a usar depois que meus pais deram ataque por eu ser *gay*. Até ser Marcado e vir para cá, parecia que eles iam ficar me patrulhando a vida inteira. Tipo, não que eu realmente esperasse que fossem me prender em algum armário, mas é bom estar preparado. Desde então sempre tenho um comigo.

Nenhum de nós soube o que dizer. Era realmente uma droga que os pais de Damien fossem tão neuróticos com o fato de ele ser *gay*.

– Obrigada, Damien – agradeci.

– Sem problema. Quando terminar de ligar, não se esqueça de desligar e me devolver. Eu vou destruí-lo.

– Tá.

– E não se esqueça de dizer que a bomba está plantada debaixo d'água. Assim eles terão que fechar a ponte por tempo suficiente para mandar mergulhadores procurarem.

Fiz que sim com a cabeça.

– Boa ideia. Vou dizer a eles que a bomba explodirá às três e quinze, que foi a hora exata que Aphrodite viu no relógio do carro de minha avó quando ela bateu.

– Não sei quanto tempo essas coisas levam, mas você devia ligar para a Emergência lá pelas duas e meia, pois deve dar tempo de eles chegarem lá e fecharem a ponte, mas não de eles descobrirem que a ameaça é falsa e liberarem o trânsito rápido demais – Stevie Rae disse.

– Ah, pessoal? – Shaunee disse. – Para quem vocês vão ligar?

– Droga, sei lá. – eu estava sentindo o estresse se alojando em meus ombros e vi que estava chegando uma dor de cabeça das grandes.

– Procure no Google – Erin disse.

– Não – Damien disse rapidamente. – Nós não queremos deixar pistas no computador. Basta ligar para o escritório local do FBI. Está na lista telefônica. Eles fazem de tudo quando recebem ligações desses malucos.

– Como rastreá-los e prendê-los por toda a eternidade – murmurei sinistramente.

– Não, eles não vão pegá-la. Você não vai deixar nenhum tipo de pista. Eles não terão por que achar que é um de nós. Ligue lá pelas duas e meia. Diga que você plantou uma bomba debaixo da ponte porque... – Damien hesitou.

– Por causa da poluição! – Stevie Rae trinou.

– Acho que não. Por que não dizer que você está de saco cheio da interferência do governo na vida pessoal dos cidadãos? – Erin disse.

Fiquei olhando para ela, confusa. Que diabo ela tinha acabado de dizer?

– Ótima ideia – Shaunee disse.

Erin sorriu.

– Falei como meu pai. Ele ficaria orgulhoso. Bem, não pela parte de simular a explosão da ponte, mas pelo resto.

– Nós entendemos, gêmea – Shaunee disse.

– Ainda acho legal dizer que é porque você está cansada da poluição. A poluição é um problema real – Stevie Rae disse, teimosa.

– Tá, que tal se eu disser que é por causa da interferência do governo *e* da poluição de nossos rios? Esta vai ser a razão para explodir a ponte – eles me olharam sem expressão, eu suspirei. – Por causa da poluição no rio.

– *Ahhh...* – eles disseram.

– Nós seríamos uns terroristas patéticos – Stevie Rae disse com uma risada.

– Na verdade, acho uma boa – Damien retrucou.

– Então concordamos? Eu ligo para o FBI e não falamos nada sobre a visão de Aphrodite.

Eles assentiram.

– Ótimo. Certo. Acho que vou pegar uma lista telefônica e procurar o número do FBI e então...

Um movimento que vi de relance me chamou a atenção, então dei uma olhada e vi Neferet acompanhando dois homens de terno até o dormitório. Todo mundo ficou mudo de repente, e eu ouvi um bochicho de *eles são humanos...* começando a soar pelo recinto. Então, não tive tempo de pensar nem de ouvir, pois era óbvio que Neferet e os dois homens humanos estavam caminhando na minha direção.

– Ah, Zoey, aí está você – Neferet sorriu para mim com a simpatia de sempre. – Estes cavalheiros precisam falar com você. Acho que podemos ir para a biblioteca. Não vai demorar nada – Neferet fez um gesto majestoso para que os engravatados e eu seguíssemos do salão principal (com todo mundo boquiaberto olhando para nós) para a salinha que chamávamos de biblioteca do dormitório, mas que, na verdade, era mais uma sala de informática com algumas poltronas confortáveis e umas poucas estantes cheias de brochuras. Havia apenas duas garotas entre a fileira de computadores, e Neferet se livrou delas com um rápido comando. Elas caíram fora, Neferet fechou a porta e se virou para nós. Dei uma olhada no relógio acima do computador. Eram sete e seis da manhã de sábado. O que estava acontecendo?

– Zoey, estes são o detetive Marx – ela indicou o mais alto dos dois homens – e o detetive Martin da divisão de homicídios do Departamento de Polícia de Tulsa. Eles queriam lhe fazer umas perguntas sobre o garoto humano que foi morto.

– Tudo bem – eu disse, imaginando que tipo de pergunta poderiam querer me fazer. Diabo, eu não sabia de nada, nem o conhecia direito.

– Senhorita Montgomery – o detetive Marx começou a falar, mas foi habilmente interrompido por Neferet.

– Redbird – ela disse.

– Desculpe, senhora, não entendi.

– Zoey mudou seu sobrenome legalmente para Redbird ao ser emancipada no mês passado, quando chegou à nossa escola. Todos os nossos alunos são legalmente emancipados. Consideramos conveniente devido à natureza única de nossa escola.

O policial fez que sim com a cabeça. Não deu para perceber se ele estava irritado ou não, mas pelo jeito que ficou olhando para Neferet, acho que a resposta era não.

– Senhorita Redbird – ele prosseguiu –, fomos informados de que Chris Ford e Brad Higeons eram seus conhecidos. É verdade?

– É sim – eu disse, procurando falar corretamente. Aquilo obviamente não era hora de parecer uma adolescente boba. – Eu conheço... bem... *conhecia* os dois.

– O que quer dizer com *conhecia*? – o outro tira, detetive Martin, perguntou de modo incisivo.

– Bem, quero dizer que não saio mais com adolescentes humanos, mas mesmo antes de eu ser Marcada, não costumava ver Chris ou Brad com frequência – imaginei por que ele estava tão tenso e então me dei conta de que, por Chris ter morrido e Brad estar desaparecido, referir-me a eles no passado deve ter soado muito mal.

– Quando viu os dois garotos pela última vez? – Marx perguntou.

Mordi o lábio, tentando me lembrar.

– Faz meses... desde o começo da temporada de futebol, e depois só estive em duas ou três festas nas quais eles estavam também.

– Então você não esteve com nenhum dos dois?

Franzi a testa.

– Não. Eu estava ficando com o zagueiro do Broken Arrow. Esta é a única razão pela qual eu conhecia qualquer um desses caras do Union – sorri, tentando aliviar o clima. – A maioria das pessoas acha que os jogadores do Union odeiam os jogadores do BA, mas não é verdade. A maioria deles cresceu junto. Um monte deles continuam amigos.

– Senhorita Redbird, há quanto tempo se encontra na Morada da Noite? – o tira baixinho perguntou, como se eu não tivesse tentado ser agradável.

– Zoey está conosco há exatamente um mês – Neferet respondeu por mim.

– E neste mês Chris ou Brad a visitaram aqui?

Totalmente surpresa, respondi:

– Não!

– Está me dizendo que nenhum adolescente humano a visitou aqui? – Martin disparou a pergunta rapidamente.

Pega de surpresa, desembestei a falar como uma demente, e tenho certeza de que pareci completamente culpada. Felizmente, Neferet me salvou.

– Dois amigos de Zoey vieram vê-la durante a primeira semana, apesar de que não creio que chamariam aquilo de uma visita oficial – ela disse com um sorriso suave e adulto que dizia claramente aos policiais que *sabem como são esses garotos.* Então ela balançou a cabeça, encorajando-me: – Vamos, conte-lhes sobre seus dois amigos que acharam divertido escalar nossos muros.

Neferet cravou os olhos verdes em mim. Eu lhe contara tudo sobre Heath e Kayla escalando os muros com aquela ideia ridícula de me resgatar. Ao menos essa era a ideia de Heath. Kayla, minha *ex-melhor*-amiga, só queria mostrar que estava querendo disputar Heath comigo. Contei tudo isso a Neferet, e mais. Como, meio que acidentalmente, provei do sangue de Heath, até Kayla flagrar isso e perder a cabeça totalmente. Olhando nos olhos de Neferet, tive certeza, como se ela estivesse dizendo as palavras em voz alta, que devia guardar aquele pequeno incidente de beber sangue para mim mesma, o que por mim estava mais do que bem.

– Não aconteceu nada demais, e faz um mês. Kayla e Heath pensaram que iam entrar e me resgatar – parei e balancei a cabeça um pouquinho, dando a entender que os achava totalmente doidos, e o tira alto logo perguntou:

– Kayla e Heath quem?

– Kayla Robinson e Heath Luck – respondi. (É, o sobrenome de Heath é Luck mesmo, mas a única sorte que ele tinha mesmo era nunca ser pego dirigindo alcoolizado.) – Enfim, Heath é meio lento às vezes, e Kayla, bem, Kayla entende de sapatos e cabelos, mas não tem muito bom senso. De modo que eles não pensaram em toda a questão de *ei, ela está se transformando em vampira e, se sair da Morada da Noite, vai morrer.* Então expliquei a eles que não só não queria sair como *não podia* sair. E foi isso.

– Não aconteceu nada de incomum quando você viu seus amigos?

– O senhor quer dizer quando voltei para o dormitório?

– Não. Deixe-me refazer a pergunta. Nada de incomum aconteceu quando esteve com Kayla e Heath? – Martin perguntou.

Engoli em seco.

– Não – o que não era realmente mentira. Ao que parece, não é incomum que novatos sintam sede de sangue. Não era para eu sentir isso tão cedo, mas minha Marca também não devia estar preenchida nem ter desenvolvido as tatuagens de adorno de vampiros adultos. Para não falar do fato de que nenhum novato ou *vamp* jamais fora Marcado nos ombros e costas como eu. Tudo bem, eu não sou exatamente uma novata normal.

– Você não cortou o pulso do garoto e bebeu seu sangue? – o tira baixinho era como gelo.

– Não! – eu gritei.

– O senhor está acusando Zoey de alguma coisa? – Neferet perguntou, aproximando-se de mim.

– Não, senhora. Estamos simplesmente interrogando e tentando entender melhor a dinâmica dos amigos de Chris Ford e Brad Higeons. Há vários aspectos do caso que são bastante incomuns e... – o tira baixinho continuou enquanto minha mente dava voltas.

O que estava acontecendo? Eu não havia cortado Heath, eu o arranhara. E não foi de propósito. E "beber" do sangue dele não foi exatamente o que fiz, foi mais tipo uma lambida. Mas como diabo eles sabiam de alguma coisa sobre isso? Heath não era muito inteligente, mas não acho que sairia contando às pessoas (menos ainda policiais) que a gata na qual ele estava ligado curtia beber sangue. Não. Heath não teria dito nada, mas...

E eu soube por que eles estavam me fazendo perguntas.

– Tem algo que os senhores devem saber sobre Kayla Robinson – eu disse de repente, interrompendo a falação do tira baixinho. – Ela me viu beijar Heath. Bem, na verdade, foi Heath quem me beijou. Ela gosta de Heath – olhei de um tira para outro. – Sabe, ela realmente *gosta* de Heath, tipo, ela quer ficar com ele agora que estou fora da jogada. Então, quando ela o viu me beijando, ficou furiosa e começou a gritar comigo. Tudo bem, admito que não tinha sido muito maduro de minha parte. Tipo, é errado quando sua melhor amiga dá em cima do seu namorado. Enfim – falei de um jeito desconfortável, como se estivesse embaraçada de lhes contar aquilo –, eu disse umas maldades que assustaram Kayla. Ela ficou histérica e foi embora.

– Que tipo de maldade? – o detetive Marx perguntou.

Suspirei.

– Algo do tipo, se ela não caísse fora eu ia voar do muro e sugar seu sangue.

– Zoey! – a voz de Neferet foi incisiva. – Você sabe que isso não é certo. Nós já temos problemas de imagem demais para você apavorar adolescentes humanos de propósito. Não me admira que a pobre garota tenha falado com a polícia.

– Eu sei. Sinto muito, mesmo – apesar de entender que Neferet estava fingindo, tive de me esforçar para não me encolher ao ouvir o poder em sua voz. Olhei para os detetives. Ambos estavam olhando para Neferet, que me encarava com olhos arregalados e assustados. *Huu.* Até então ela só tinha mostrado sua bela face pública. Eles não faziam ideia do tipo de poder com que estavam lidando.

– E você não viu mais nenhum deles desde então? – o tira alto perguntou depois de uma pausa desconfortável.

– Só uma vez, mas foi apenas Heath, durante nosso ritual de *Samhain*.

– Desculpe, seu o quê?

– *Samhain* é o nome antigo para uma noite que devem conhecer melhor como Halloween – Neferet explicou. Ela voltara à sua forma estonteantemente linda e gentil, e entendi por que os tiras pareceram confusos, mas corresponderam ao sorriso como se não tivessem opção e, conhecendo os poderes de Neferet, eles não deveriam ter mesmo. – Vamos, Zoey – ela me disse.

– Bem, havia vários de nós e estávamos fazendo um ritual. Tipo uma missa de igreja – expliquei. Tá, não era *nada* parecido com uma missa de igreja, mas estava fora de questão explicar o que era projetar um círculo e invocar os espíritos de *vamps* mortos carnívoros para dois tiras humanos. Dei uma olhada para Neferet. Ela balançou a cabeça, encorajando-me. Respirei fundo e editei mentalmente o que se passara para poder saber o que falar. Eu sabia que o que eu dizia não importava muito. Heath não se lembrava de nada daquela noite, a noite em que ele quase fora morto por fantasmas de vampiros ancestrais. Neferet se certificara de que sua memória fosse permanente e totalmente bloqueada. Ele só sabia que me encontrara com um bando de outros garotos e desmaiara. – Enfim, Heath se enfiou no meio do ritual. Foi muito constrangedor, principalmente porque... bem... ele estava totalmente doidão.

– Heath estava bêbado? – Marx perguntou.

Assenti.

– Sim, estava bêbado. Mas não quero arrumar encrenca para ele – eu já havia decidido não mencionar a infeliz e, tomara que temporária, experiência de Heath com maconha.

– Ele não está encrencado.

– Ótimo. Tipo, ele não é meu namorado, mas é basicamente um cara legal.

– Não se preocupe com isso, senhorita Redbird, apenas nos conte o que aconteceu.

– Nada demais. Ele invadiu nosso ritual e foi constrangedor. Eu o mandei ir para casa e não voltar mais aqui, que havia acabado tudo entre nós. Ele pagou um mico e desmaiou. E foi isso.

– Desde então você não o viu mais?

– Não.

– Ouviu falar dele?

– Sim, ele me liga demais e deixa recados irritantes no meu celular. Mas está melhorando – acrescentei apressadamente. Eu realmente não queria encrencá-lo. – Acho que ele está finalmente entendendo que acabou.

O tira alto terminou de tomar nota e pegou do bolso um saco plástico com algo dentro.

– E isto, senhorita Redbird? Já viu isto antes?

Ele me passou o saco e percebi o que havia dentro. Era um pingente com um longo laço de veludo preto. O pingente era em forma de duas luas crescentes, uma de costas para a outra, sobre uma lua cheia incrustada com granadas. Era o símbolo da Deusa tríplice, mãe, moça e idosa. Eu tinha um igualzinho, pois era o colar usado pela líder das Filhas das Trevas.

11

– Onde arrumou isso? – Neferet perguntou. Percebi que ela estava tentando manter a voz sob controle, mas que havia o traço de uma raiva poderosa impossível de esconder.

– Este colar foi encontrado perto do corpo de Chris Ford.

Minha boca se abriu, mas não consegui dizer nada. Sabia que tinha ficado pálida, e meu estômago deu um nó doloroso.

– Conhece este colar, senhorita Redbird? – o detetive Marx repetiu a pergunta.

Engoli em seco e limpei a garganta.

– Sim. É o pingente da líder das Filhas das Trevas.

– Filhas das Trevas?

– As Filhas e Filhos das Trevas são uma organização fechada da escola composta por nossos melhores alunos – Neferet disse.

– E a senhorita pertence a essa organização? – ele perguntou.

– Eu sou a líder.

– Então se importa de nos mostrar seu colar?

– Ele... ele não está comigo. Está em meu quarto – o choque estava deixando minha cabeça tonta.

– Cavalheiros, estão acusando Zoey de alguma coisa? – Neferet perguntou. Sua voz estava calma, mas com a ameaça subjacente de uma raiva ultrajada que chegou a roçar minha pele, fazendo minha carne pinicar e crescer. Percebi pelo olhar que os detetives trocaram que eles sentiam o mesmo.

– Senhora, estamos apenas lhe fazendo perguntas.

– Como ele morreu? – minha voz era um fiapo, mas soou anormalmente alta no silêncio tenso que cercava Neferet.

– De múltiplas lacerações e perda de sangue – Marx disse.

– Alguém o cortou com um canivete ou algo assim? – o noticiário disse que Chris fora ferido por um animal, de modo que eu já sabia a resposta, mas me senti compelida a perguntar.

Marx balançou a cabeça.

– Os ferimentos não pareciam nada com algo produzido por faca. Pareciam mais arranhões e mordidas de animal.

– O corpo dele estava praticamente sem sangue nenhum – Martin acrescentou.

– E estão aqui porque parece um ataque de vampiro – Neferet disse, fechando a cara.

– Estamos aqui em busca de respostas, senhora – Marx disse.

– Então sugiro que faça um teste de álcool no sangue do garoto humano. Pelo pouco que sei sobre o grupo de adolescentes que eram amigos do garoto, eles costumavam beber muito. Ele deve ter se intoxicado e caído no rio. As lacerações foram muito provavelmente causadas por pedras, ou talvez até por animais mesmo. Não é incomum encontrar coiotes pelo rio, mesmo dentro dos limites da cidade de Tulsa – Neferet disse.

– Sim, senhora. Estão sendo feitos testes no corpo. Mesmo sem sangue, os testes esclarecerão muita coisa.

– Ótimo. Tenho certeza de que uma dessas muitas coisas será que o garoto humano estava bêbado, talvez até drogado. Acho que o senhor deveria procurar causas mais razoáveis para a morte dele do que um ataque de vampiro. Bem, creio que podemos encerrar.

– Mais uma pergunta, senhorita Redbird – o detetive Marx me perguntou sem olhar para Neferet. – Onde estava na quinta-feira entre as oito e dez horas?

– Da noite? – perguntei.

– Sim.

– Eu estava na escola. Aqui. Na sala.

Martin olhou para mim sem entender.

– Escola? À essa hora?

– Talvez seja melhor o senhor se preparar melhor antes de interrogar meus alunos. As aulas na Morada da Noite começam às oito da noite e terminam às três da manhã. Os vampiros sempre preferiram a noite – o tom ameaçador voltou à voz de Neferet. – Zoey estava na sala de aula quando o garoto morreu. Podemos encerrar *agora*?

– Por enquanto podemos encerrar com a senhorita Redbird – Marx virou a página do bloquinho no qual estava escrevendo e acrescentou: – Precisamos falar com Loren Blake.

Tentei não reagir à menção àquele nome, mas sei que quase pulei e senti meu rosto esquentar.

– Desculpe, mas Loren partiu ontem antes do amanhecer, no jato particular da escola. Ele foi participar da final do nosso concurso de monólogos shakespearianos em nossa escola da Costa Leste. Mas sem dúvida darei o recado para que ele entre em contato assim que voltar no domingo – Neferet respondeu, enquanto caminhava até a porta, claramente dispensando os dois.

Mas Marx não se mexeu. Ele ainda estava me observando. Lentamente, tirou um cartão do bolso interno de sua jaqueta. Entregou-me e disse:

– Se lembrar de alguma coisa, qualquer coisa que ache que possa nos ajudar a descobrir quem fez isso com Chris, me ligue – então ele cumprimentou Neferet com um aceno de cabeça. – Obrigado pela atenção, senhora. Voltaremos no domingo para falar com o senhor Blake.

– Vou acompanhá-los até a saída – Neferet disse. Ela apertou meu ombro e instou os detetives a sair do recinto.

Eu fiquei lá tentando coordenar meus pensamentos trôpegos. Neferet mentira, e não só por omissão quanto a eu beber o sangue de Heath e ele quase ter sido morto durante o ritual de *Samhain*. Ela mentira sobre Loren. Ele não saíra da escola ontem antes do amanhecer. No amanhecer ele estava no muro leste comigo.

Enlacei as mãos para tentar impedir que tremessem.

Só consegui dormir pouco antes das dez (da manhã). Damien, as gêmeas e Stevie Rae queriam saber tudo sobre a visita dos detetives, e não era problema para mim lhes contar. Achei que rever os detalhes podia me ajudar a entender que diabo estava acontecendo. Eu estava errada. Ninguém fazia ideia do que estaria fazendo um colar de liderança das Filhas das Trevas junto ao corpo morto de um garoto humano. Erin, Shaunee e Stevie Rae pensaram que talvez Aphrodite estivesse por trás do colar encontrado e talvez até do assassinato. Damien e eu não tínhamos tanta certeza. Aphrodite não suportava os humanos, mas para mim isso não queria dizer que seria capaz de sequestrar e matar um jogador de futebol corpulento que não poderia exatamente esconder dentro de sua linda bolsinha. Com certeza ela não se dava com humanos. E, sim, ela tinha um colar de líder das Filhas das Trevas, mas Neferet o tomara e me dera na noite em que me tornei líder das Filhas e Filhos das Trevas.

À parte o mistério do colar, tudo que pudemos concluir era que a "cachorrinha fedida" (como as gêmeas chamavam Kayla) havia basicamente contado à polícia que eu era a assassina por ciúme, porque Heath ainda era louco por mim. Claro que os tiras não tinham nenhum suspeito de verdade, senão não teriam dado ouvidos às palavras de uma adolescente enciumada. Claro que meus amigos não sabiam sobre o episódio em que bebi sangue. Ainda não havia conseguido reunir forças para dizer a eles que bebera (lambera, sei lá) o sangue de Heath. Então contei-lhes a mesma versão editada que contara aos detetives. As únicas pessoas que sabiam da história real sobre beber sangue (além de Heath e da Kayla "cachorrinha fedida") eram Neferet e Erik. Eu havia contado a Neferet, e Erik me encontrara logo após aquela cena toda com Heath, de modo que ele sabia a verdade. Por falar nisso, subitamente quis que Erik voltasse correndo para a escola. Espera aí. No mesmo dia em que Loren ia voltar? Não, ainda nem sei o que pode estar acontecendo entre Loren e eu e como isso faz parte de eu estar "ocupada" para sentir falta de Erik. E por que diabos os detetives precisavam falar com Loren? Nenhum de nós entendeu.

Suspirei e tentei relaxar. Eu realmente odiava precisar dormir e não conseguir. Mas não podia calar minha própria mente. Além dessa história de Chris Ford/Brad Higeons estar girando sem parar em minha cabeça, logo eu teria de ligar para o FBI e fingir ser terrorista. Acrescente-se a isso o fato de eu mal ter conseguido pensar no círculo que precisava projetar no Ritual de Lua Cheia que deveria conduzir. Por tudo isso, não era de se admirar que eu estivesse com uma enxaqueca horrorosa.

Olhei para o despertador. Eram dez e meia da manhã. Dentro de quatro horas eu teria de me levantar e ligar para o FBI, e depois tentar encarar o dia enquanto esperava para ouvir notícias sobre o acidente na ponte (tomara que fosse evitado) e que encontraram o garoto Higeon (tomara que vivo), e então dar um jeito de conduzir o Ritual da Lua Cheia (tomara que sem passar vergonha).

Stevie Rae, que eu jurava que podia dormir de pé embaixo de temporal, roncava alto no cômodo. Nala estava enroscada ao lado de minha cabeça sobre meu travesseiro. Apesar de ela ficar resmungando e respirando fundo, soltando aqueles seus roncos estranhos de gata, fiquei brevemente preocupada, pensando se não devia ter me certificado se ela tinha alguma alergia. Ela espirrava muito. Mas concluí que isso só estava aumentando meu nível de estresse. A gata era gorda como um peru pronto para o abate. Tipo, parecia que ela tinha uma bolsa na barriga na qual dava para esconder bebês cangurus. Devia ser por isso que respirava com dificuldade. Carregar toda aquela gordura felina não devia ser fácil.

Fechei os olhos e comecei a contar carneirinhos. Literalmente. Era para funcionar. Certo? Então, visualizei um campo com uma porteira, e um rebanho de carneirinhos brancos feito algodão começou a pular a porteira (Acho que esta é a forma certa de contar carneirinhos no sono, ou não?). Após o carneiro de número 56, os números começaram a ficar nebulosos em minha mente e finalmente entrei em um sonho intermitente no qual eu usava o uniforme de futebol vermelho e branco do Union. Os carneirinhos tinham uma pastora que os conduzia à porteira, que eles pulavam (agora mais parecia uma pequena trave de gol). Meu eu onírico flutuava gentilmente sobre a cena do rebanho como se eu fosse uma super-heroína. Não dava para ver o rosto da pastora, mas mesmo de costas percebi que era alta e bela. Seus cabelos castanho-avermelhados batiam na cintura. Como se sentisse que eu a observava, ela virou em minha direção e olhou para mim com seus olhos verde-musgo. Sorri. Claro que Neferet estava no comando, mesmo que em sonho. Acenei para ela, mas, ao invés de responder, Neferet apertou os olhos e girou o corpo subitamente. Rosnando como um animal selvagem, agarrou um carneiro-jogador de futebol, levantou-o, e em um gesto hábil cortou sua garganta com as unhas anormalmente fortes como garras, e enterrou o rosto na garganta do animal que sangrava. Meu eu onírico ficou horrorizado, bem como bizarramente atraído pelo que Neferet estava fazendo. Eu queria desviar o olhar, mas não conseguia... não queria... então o corpo do carneiro começou a brilhar, como ondas de calor subindo de uma chaleira fervente. Pisquei os olhos e não era mais um carneiro. Era Chris Ford, e seus olhos mortos estavam bem abertos, olhando fixamente para mim de modo acusatório.

Levei um susto, horrorizada, e parei de olhar para seu sangue, na intenção de desviar meus olhos daquela cena sanguinolenta, mas não consegui, pois não era mais Neferet quem estava se alimentando da garganta de Chris. Era Loren Blake, e seus olhos sorriam para mim em meio ao rio de sangue. Eu não conseguia olhar para outro lado. Encarei, encarei e...

Meu corpo sonhador estremeceu ao ouvir uma voz familiar flutuando no ar ao meu redor. No começo o sussurro era tão baixinho que eu não conseguia ouvir, mas quando Loren bebeu o último gole do sangue de Chris, as palavras ficaram audíveis e também visíveis. Elas dançavam no ar que me cercava com uma luz prateada tão familiar quanto a voz.

Lembre-se, a escuridão não equivale ao mal, assim como a luz nem sempre traz o bem.

Minhas pálpebras se levantaram e sentei, ofegante. Sentindo-me abalada e ligeiramente enjoada, olhei para o relógio: meio-dia e meia. Reprimi um grunhido. Dormira apenas duas horas. Não era de se admirar que estivesse tão ranzinza. Sem fazer barulho fui para o banheiro que dividia com Stevie Rae para jogar água no meu rosto e tentar afastar o sono. Pena que não dava para lavar tão facilmente o mau presságio que me veio com aquele sonho bizarro.

De jeito algum eu conseguiria cair no sono agora. Caminhei displicentemente até nossa janela de cortinas pesadas e dei uma olhada para fora. O dia estava cinzento. Nuvens baixas obscureciam o sol e a luz, e a garoa incessante deixava tudo meio borrado. Combinava perfeitamente com meu humor e também tornava a luz do sol suportável. Quanto tempo fazia mesmo que eu não saía à luz do dia? Pensei nisso e me dei conta de que fazia um mês que vira apenas um amanhecer ou outro. Estremeci. E de repente não consegui ficar lá dentro mais nem um instante. Senti-me claustrofóbica, funérea, *como se estivesse dentro de um caixão.*

Entrei no banheiro e abri o pequeno frasco com o creme que cobria totalmente as tatuagens dos novatos. Quando cheguei à Morada da Noite tive um miniataque de pânico ao me dar conta de que jamais tinha visto um novato antes de entrar na escola. Tipo, *nunca mesmo.* Naturalmente, pensei que isso significava que os *vamps* mantinham os novatos presos dentro dos muros da escola por quatro anos. Não demorei muito a descobrir a verdade: os novatos tinham bastante liberdade, mas se resolvessem sair dos limites da escola, tinham de seguir duas regras muito importantes. Primeiro, cobrir sua Marca e não usar nada com as típicas insígnias de classe.

Segundo (e, para mim, mais importante), quando um novato entrava na Morada da Noite, ele ou ela devia permanecer em estreita proximidade com *vamps* adultos. A Transformação de humano para vampiro era bizarra e complexa, nem mesmo a ciência de ponta atual entendia o processo completamente. Mas uma coisa era certa em relação à Transformação: se um novato cortasse contato com os vampiros adultos, o processo se acelerava e o adolescente morria. Sempre. Então, podíamos sair da escola para fazer compras e sei lá o quê, mas se ficássemos longe dos vamps por mais que umas horas nossos corpos começavam o processo de rejeição, levando à morte. Não era de se admirar que, antes de ser Marcada, jamais tivesse visto um novato. Provavelmente eu vira, mas, a) ele/ela/eles estavam com as Marcas cobertas; e b) ele/ela/eles entendiam que não podiam ficar vagabundeando por aí como os adolescentes típicos. Eles passavam por lá, mas sempre ocupados e disfarçados.

A razão para o disfarce também fazia sentido. Não era questão de querer se esconder entre os humanos e espionar ou qualquer coisa ridícula que os humanos pudessem presumir. A verdade era que os humanos e os vampiros coexistam em um estado de paz desconfortável. Divulgar que os novatos saíam da escola para fazer compras e ir ao cinema como garotos normais seria pedir para arrumar problemas e exageros. Eu bem podia imaginar o que gente como meu horrendo "padrastotário" diria. Provavelmente que adolescentes *vamps* saíam em gangues cometendo todo tipo de delinquência juvenil. Ele era tão cretino. Mas não seria o único humano adulto a dar ataque. Estava claro que as regras dos *vamps* faziam sentido.

Resolutamente, fui aplicando o creme sobre as Marcas cor de safira que diziam ao mundo quem eu era. Era impressionante como o produto as cobria bem. À medida que minha lua crescente escurecida desaparecia com a série de espirais azuis que me emolduravam os olhos, observei a velha Zoey reaparecer e não soube direito o que senti em relação a ela. Tá, eu sabia que a mudança em mim ultrapassava o que algumas tatuagens podiam representar, mas a ausência da Marca de Nyx era chocante e me dava uma sensação estranha e inesperada de perda.

Pensando bem, eu devia ter escutado minha hesitação interna, esfregado o rosto, pegado um bom livro e ido diretamente para a cama.

Mas o que fiz foi sussurrar *Você parece jovem mesmo* para meu reflexo e pegar minha calça jeans e meu suéter preto. Então procurei criteriosamente (em silêncio; se eu acordasse Stevie Rae ou Nala, não conseguiria sair sozinha de jeito nenhum) pelas gavetas da cômoda até achar e vestir minha velha camiseta *Borg Invasion 4D*, calçar meu par de tênis Puma pretos e colocar na cabeça meu boné da OSU (Ohio State University) e no rosto meus elegantes óculos Maui Jim. Enfim, pronta. Antes de (sabiamente) mudar de ideia, peguei minha bolsa e saí do quarto na ponta dos pés.

Ninguém estava no salão principal do dormitório. Abri a porta e respirei fundo para me preparar antes de sair. Aquela história toda de vampiros arderem em chamas se tocados pelo sol era uma mentira ridícula, mas é verdade que a luz do sol causa dor nos vampiros adultos. Na condição de novata estranhamente "adiantada" no processo de Transformação, o sol é com certeza desconfortável para mim, mas trinquei os dentes e saí sob a garoa.

O campus parecia totalmente deserto. Era estranho não passar nenhum aluno ou *vamp* pela calçada que dobrava a parte detrás do prédio principal (que ainda me lembrava um castelo) e terminava no estacionamento. Meu fusca vintage 1966 era fácil de encontrar em meio aos carros caros e refinados que os *vamps* preferiam. Seu confiável motor emitiu faíscas por um segundo apenas, mas logo começou a funcionar como se fosse novinho em folha.

Dei uma batidinha no pequeno controle remoto que Neferet me dera logo depois de vovó trazer meu carro. O portão de ferro forjado se abriu silenciosamente.

A despeito do fato de mesmo a luz fraca e nebulosa me ferir os olhos e me retorcer a pele, meu humor melhorou assim que eu saí pelo portão da escola. Não que odiasse a Morada da Noite ou algo assim. Na verdade, a escola e meus amigos se tornaram meu lar e minha família. Só que hoje eu precisava de algo mais. Precisava me sentir normal de novo, normal tipo Zoey pré-Marca, quando minha maior preocupação era a aula de geometria e o único "poder" que tinha era um talento sinistro para encontrar sapatos lindos em promoção.

Na verdade, fazer compras parecia boa ideia. Utica Square ficava a menos de dois quilômetros da rua da Morada da Noite, e eu amava a loja da American Eagle de lá. Desde que fora Marcada, meu guarda-roupa ficara, tragicamente, com excesso de cores escuras como púrpura, preto e azul-marinho. Um suéter vermelho vibrante era exatamente do que eu precisava.

Estacionei na parte mais vazia atrás da série de lojas no meio das quais ficava a American Eagle. As árvores naquele terreno eram maiores, e gostei das sombras, além do fato de haver menos gente na parte detrás do terreno. Sei que meu reflexo mostrava uma garota normal, mas por dentro eu ainda era Marcada, e minha primeira viagem ao meu antigo mundo à luz do dia me deixava consideravelmente nervosa.

Não que esperasse dar de cara com algum conhecido. Eu era aquela que meus amigos do ensino médio chamavam de "esquisita" ou "sem noção" por gostar de fazer compras nas lojas chiques do centro, e não em um shopping chato com aquelas praças de alimentação cheirando a comida. Vovó Redbird era responsável por meus gostos fora do comum. Ela costumava chamar de "jornadas no campo" quando me levava por toda Tulsa em divertidos passeios durante o dia. Não havia chance de cruzar com Kayla nem com o pessoal do Broken Arrow em Utica, e logo os aromas e visões conhecidos da American Eagle começaram a operar em mim a magia do varejo. Quando acabei de pagar por aquele lindo suéter de tricô vermelho, meu estômago já havia parado de doer e, a despeito do fato de estarmos no meio do dia e eu estar sem dormir, minha dor de cabeça também se fora.

Mas eu estava morrendo de fome. Havia um Starbucks em frente à American Eagle, do outro lado da rua. Era na esquina que emoldurava um lindo pátio sombrio no meio da praça. Eu podia apostar que, naquele dia cinza e molhado, não haveria ninguém naquelas mesinhas de ferro na ampla calçada orlada por árvores. Eu podia pedir um delicioso cappuccino, um de seus muffins de mirtilo supergrandes, um exemplar do jornal *Tulsa World* e ficar sentada lá fora fingindo que era uma colegial normal.

Parecia um plano irado, de tão bom. E eu estava totalmente certa. Não havia ninguém nas mesas externas, então escolhi uma perto de uma grande magnólia e comecei a colocar a quantidade certa de açúcar cristal em meu cappuccino enquanto beliscava meu muffin do tamanho de uma montanha.

Não me lembro de quando comecei a sentir sua presença. Começou sutilmente, como uma comichão estranha sob a pele. Mexi-me na cadeira, inquieta, tentando me concentrar na página de cinema e pensando que podia tentar convencer Erik a assistir comigo a um filme para meninas no próximo final de semana... mas não consegui prestar atenção às resenhas dos filmes. A sensação irritante sob a pele não passava. Completamente irritada, levantei os olhos e congelei.

Heath estava parado sob um sinal de trânsito a menos de cinco metros de mim.

12

Heath estava colando algum tipo de cartaz no poste de luz. Dava para ver seu rosto claramente e fiquei surpresa por ele estar tão bonito. Tá, lógico que eu o conhecia desde a terceira série e presenciei sua transformação de desajeitado a bonitinho e de bonitinho a gato, mas nunca o vi daquele jeito. Seu rosto tinha uma expressão séria e fechada, fazendo-o parecer bem mais velho que seus dezoito anos. Era como se eu estivesse vendo o homem no qual ele se transformaria, e era uma bela visão. Ele era alto e louro, com maçãs do rosto pronunciadas e um queixo realmente forte. Mesmo a distância dava para ver os cílios grossos e surpreendentemente escuros, e reconheci os delicados olhos castanhos que elas emolduravam.

Então, parecendo sentir meu olhar, seus olhos se desviaram do poste e encararam os meus. Vi seu corpo ficar completamente imóvel e depois estremecer com um súbito calafrio, como se alguém tivesse soprado um ar gelado sobre sua pele.

Eu devia ter me levantado e entrado no Starbucks, que estava cheio de clientes conversando e rindo, e onde seria impossível eu e Heath ficarmos realmente sozinhos. Mas não entrei. Só fiquei lá, sentada, vendo-o soltar os cartazes, que esvoaçaram pela calçada como pássaros moribundos enquanto ele caminhava rapidamente em minha direção. Ele parou em frente à mesinha, sem dizer nada, pelo que pareceu uma eternidade. Eu não sabia o que fazer, especialmente porque estava me sentindo inesperadamente nervosa. Finalmente, não consegui mais aguentar aquele intenso silêncio.

– Oi, Heath.

Seu corpo saltou como se alguém tivesse pulado detrás de uma porta e o matado de susto.

– Caramba! – ele falou de um sopro. – Você está aqui mesmo!

Franzi a testa. Ele nunca tinha sido muito inteligente, mas mesmo para o seu padrão aquilo soou bem retardado.

– Claro que estou aqui. Achou que eu fosse o quê, um fantasma?

Ele desabou sobre a cadeira em frente a mim como se suas pernas simplesmente não o sustentassem mais.

– Sim. Não. Sei lá. É só que tenho visto você direto por aí, mas você nunca é você de verdade. Achei que fosse isso de novo.

– Heath, o que está dizendo? – apertei os olhos e farejei em sua direção. – Você está bêbado?

Ele fez que não.

– Doidão?

– Não. Faz um mês que não bebo. E parei de fumar também.

As palavras pareciam simples, mas pisquei os olhos e senti como se estivesse tentando extrair sentido de uma mente embotada.

– Você parou de beber?

– E de fumar. Parei com tudo. Esta é uma das razões pelas quais tenho ligado tanto para você. Queria que soubesse que mudei.

Eu realmente não sabia o que dizer.

– Ah, bem. Fico, ahn, feliz – sei que pareci uma idiota, mas Heath concentrou os olhos em mim de um jeito quase físico. E havia algo mais. Eu pude farejá-lo. Não era cheiro de colônia, nem cheiro de homem suado. Era um cheiro profundo e sedutor que me lembrava calor, luar e sonhos sensuais. Vinha de seus poros, e me deu vontade de puxar minha cadeira para o outro lado da mesa para ficar mais perto dele.

– Por que não retornou nenhuma de minhas ligações? Você não me respondeu nem com uma mensagem de texto.

Pisquei os olhos novamente, tentando afastar a atração que estava sentindo por ele e pensar direito.

– Heath, não há porquê. Não pode haver nada entre eu e você – disse sensatamente.

– Você sabe que já existe algo entre nós.

Balancei a cabeça, negando, e abri a boca para lhe explicar como estava errado, mas ele me interrompeu.

– Sua Marca! Sumiu.

Detestei aquele tom de voz animado e rebati automaticamente.

– Está errado de novo. Minha Marca não sumiu. Só está coberta para que os humanos idiotas daqui não tenham um ataque histérico – ignorei o olhar magoado, que pareceu tirar do seu rosto toda a maturidade, fazendo-o voltar a ser o garoto bonitinho por quem eu era louca. – Heath – suavizei minha voz –, minha Marca jamais desaparecerá. Ou eu me Transformo em vampira, ou morro dentro de três anos. Essas são minhas únicas opções. Jamais serei como antes. As coisas entre nós não podem voltar a ser como eram antes – fiz uma pausa, e acrescentei gentilmente: – Sinto muito.

– Zo, eu entendo isso. O que não entendo é por que essas coisas têm de representar um fim para nós.

– Heath, as coisas entre nós terminaram antes de eu ser Marcada, lembra-se? – respondi, já exasperada.

Ao invés de dar sua típica réplica abusada, ele ficou me olhando nos olhos e disse, totalmente sério e lúcido:

– Isso porque eu estava agindo como um babaca. Você detestava esse negócio de eu ficar bêbado e doidão. E você tinha razão. Eu estava fazendo besteira. Parei com isso. Agora estou me concentrando no futebol e nas minhas notas para entrar na OSU – Heath deu aquele sorriso adorável de garotinho que me derretia o coração desde a terceira série. – É lá que minha namorada vai estudar também. Ela vai ser veterinária. Uma vampira veterinária.

– Heath... eu... – hesitei, esforçando-me muito para engolir o grande nó que de repente começara a queimar minha garganta, me dando vontade de chorar. – Eu não sei se ainda quero ser veterinária, mas mesmo que eu queira, isso não significa que eu e você possamos ficar juntos.

– Você está saindo com outro – ele não parecia estar com raiva, apenas extremamente triste. – Não me lembro de muita coisa daquela noite. Eu tento, mas sempre que penso demais nela, tudo parece virar um pesadelo confuso e sem sentido, e acabo ficando com uma dor de cabeça daquelas.

Fiquei imóvel. Sabia que ele estava falando do ritual de *Samhain* ao qual me seguira, quando Aphrodite perdera o controle dos fantasmas de vampiros. Heath quase fora morto. Erik estava lá e, como Neferet disse então, provara ser um guerreiro ao ficar ao lado de Heath e lutar contra os espectros, o que me deu tempo de projetar meu próprio círculo e mandar os fantasmas de volta para o lugar de onde haviam saído. Da última vez que vira Heath, ele estava inconsciente e sangrando por causa das múltiplas lacerações. Neferet me garantira que ia curar seus ferimentos e confundir sua memória. Pelo jeito, a névoa do esquecimento estava se dissipando.

– Heath, não pense naquela noite. Acabou, passou, é melhor...

– Você estava lá com alguém – ele me interrompeu. – Você está ficando com ele?

– Estou – respondi num suspiro.

– Me dá uma chance de ter você de volta, Zo.

Balancei a cabeça, apesar de suas palavras me doerem no coração.

– Não, Heath, é impossível.

– Por quê? – ele deslizou a mão pela mesa e a pôs sobre a minha. – Não me importo com essa parada de vampiro. Você ainda é a Zoey. A mesma Zoey de sempre. A Zoey que foi a primeira garota que beijei. A Zoey que me conhece melhor que ninguém no planeta. A Zoey com quem sonho toda noite.

O cheiro vinha, quente e delicioso, direto da mão dele para minhas narinas, e senti sua pulsação em meus dedos. Não queria dizer a ele, mas tinha que dizer. Olhei-o bem nos olhos e desembestei a falar:

– A razão pela qual você não me esqueceu é porque, quando provei do seu sangue no muro da escola, comecei a Carimbá-lo. Você me quer porque é isso que acontece quando um vampiro, ou pelo jeito algum novato, bebe do sangue de uma vítima humana. Neferet, nossa Grande Sacerdotisa, disse que você não foi totalmente Carimbado por mim, portanto, se eu ficar longe, a coisa vai desaparecer e você vai ficar normal de novo e me esquecer, por isso ando afastada – terminei. Eu sabia que ele provavelmente ia ficar bolado e me chamar de monstro ou algo assim, mas, na verdade, não tinha outra escolha, e agora que ele sabia, poderia encarar tudo de outra maneira e...

A risada de Heath interrompeu minha falação mental. Ele jogou a cabeça para trás e riu com toda sua típica exuberância, e foi difícil não rir ao ouvir aquele som familiar, doce e bobo.

– Que foi? – perguntei, tentando fazer cara séria.

– Ah, Zo, você me mata de rir – ele apertou minha mão. – Sou louco por você desde os oito anos de idade. Até parece que isso tem alguma coisa a ver com você sugar meu sangue.

– Heath, acredite em mim, nós começamos a Carimbar.

– Por mim, tudo bem – ele sorriu para mim.

– Pra você também está tudo bem o fato de eu viver vários séculos a mais do que você?

Ele mexeu as sobrancelhas como um debiloide.

– Acho que há coisas piores na vida do que ter uma vampira *sexy* e gata quando eu tiver meus, sei lá, cinquenta anos.

Revirei os olhos. Que cara!

– Heath, não é tão simples assim. Há muitas coisas que precisamos levar em conta.

Ele traçou um círculo com o polegar em minha mão.

– Você sempre complicou as coisas. Só tem eu e você, e só precisamos levar nós dois em conta.

– Isso não é tudo, Heath – um pensamento me veio, levantei as sobrancelhas e dei um olhar de falsa inocência. – Por falar nisso, como vai minha *ex-melhor*-amiga Kayla?

Sem qualquer sinal de abalo, Heath deu de ombros.

– Sei lá. Eu mal a vejo ultimamente.

– Por quê? – aquilo era estranho. Mesmo que não estivesse ficando com Kayla, eles andavam no mesmo grupo desde sempre, como todos nós.

– Não é a mesma coisa. Não gosto das coisas que ela diz – ele não me encarou.

– Sobre mim?

Ele fez que sim.

– O que ela anda dizendo? – eu não sabia se estava mais magoada ou mais furiosa.

– Umas coisas aí – Heath continuou sem me encarar.

Apertei os olhos ao me dar conta do que ele falava.

– Ela acha que eu tenho alguma coisa a ver com o que aconteceu com Chris.

Ele mexeu os ombros, inquieto.

– Não você, pelo menos ela não diz que foi você. Mas acha que foram vampiros, e muita gente também acha.

– Você acha? – perguntei baixinho.

Ele voltou a me olhar nos olhos e disse num repente:

– De jeito nenhum! Mas tem algo ruim acontecendo. Alguém está sequestrando os jogadores de futebol. Por isso estou aqui hoje. Estou espalhando cartazes com a foto de Brad. Quem sabe alguém não se lembra de tê-lo visto sendo arrastado ou algo assim.

– Sinto muito sobre Chris – entrelacei meus dedos aos dele. – Sei que vocês eram amigos.

– É barra. Não acredito que ele morreu – Heath engoliu em seco e percebi que estava tentando não chorar. – Acho que Brad também morreu.

Eu também achava, mas não podia dizer isto.

– Talvez não. Talvez o encontrem.

– É, talvez. Olha, o enterro do Chris é na segunda. Vai comigo?

– Não posso, Heath. Você sabe o que aconteceria se uma novata vampira aparecesse no enterro de um garoto que as pessoas estão achando que foi morto por um vampiro?

– Acho que a coisa ia ficar feia.

– Ficaria, sim. E é isso que venho tentando fazê-lo entender. Você e eu juntos... nós teríamos de lidar com questões como essa o tempo inteiro.

– Não quando não estivermos mais na escola, Zo. Aí você pode usar esse troço que passou no seu rosto agora e ninguém vai nem reparar.

O que ele estava dizendo devia ter me irritado, mas estava tão sério, tinha tanta certeza que se eu passasse um creminho nas tatuagens tudo voltaria a ser como era. Não podia me aborrecer com ele, pois entendia seu querer. Não era isso que eu estava fazendo naquela cafeteria? Não estava tentando reviver parte de minha antiga vida?

Mas eu não era mais aquela e, no fundo, não queria mais ser. Gostava da nova Zoey, apesar de ser não apenas difícil como também um pouco triste dizer adeus à velha.

– Heath, não quero cobrir minha Marca. Não estaria sendo eu mesma – respirei fundo e prossegui. – Fui especialmente Marcada por nossa Deusa, e Nyx me concedeu poderes incomuns. Para mim seria impossível fingir ser a Zoey humana outra vez, mesmo se quisesse. E, Heath, não quero.

Seus olhos percorreram meu rosto.

– Tá. A gente faz do seu jeito e manda pro inferno o pessoal que não gosta.

– Não é meu jeito, Heath, eu não...

– Espere, você não precisa dizer nada agora. Apenas pense nisso. Podemos nos encontrar de novo daqui a alguns dias – ele sorriu. – Posso até encontrá-la à noite.

Foi mais difícil do que imaginava dizer a Heath que nunca mais o veria. Na verdade, sequer imaginara que fosse ter essa conversa com ele. Achei que já tínhamos acabado tudo. Agora, era estranho estar sentada lá com ele. Tipo assim, algo normal, mas também impossível. E isso descrevia muito bem nossa relação. Suspirei, baixei os olhos em direção às nossas mãos entrelaçadas e olhei para o relógio.

– Ah, não acredito! – tirei a mão da dele, peguei minha bolsa e minha sacola da American Eagle. Eram duas e quinze. Eu precisava fazer aquela maldita ligação para o FBI dentro de quinze minutos. – Tenho que ir, Heath. Estou muito atrasada para uma coisa na escola. Eu... eu ligo depois – comecei a sair às pressas e não fiquei realmente surpresa por ele me acompanhar.

– Não – ele interrompeu quando comecei a mandá-lo embora. – Vou com você até o carro.

Não discuti. Conhecia aquele tom de voz. Por mais pateta e irritante que Heath pudesse ser, seu pai o educara bem. Desde a terceira série ele já era um cavalheiro, abrindo portas para mim e carregando meus livros de escola, mesmo quando seus amigos o chamavam de empregadinho de menina. Acompanhar-me até o carro era apenas o jeito normal de Heath. Ponto final.

Meu fusca estava sozinho debaixo de uma árvore enorme, exatamente como estava quando eu o estacionara. Como sempre, Heath passou na minha frente e abriu a porta. Não pude deixar de sorrir para ele. Tipo, havia uma razão para eu gostar daquele garoto por tantos anos, ele realmente era um doce.

– Obrigada, Heath – agradeci e me sentei no banco do motorista. Ia baixar o vidro da janela e me despedir, mas ele já estava dando a volta e em dois segundos já estava sentado no banco do acompanhante, sorrindo para mim. – Ahn? Você não pode vir comigo – afirmei. – Estou com pressa, não posso lhe dar carona.

– Eu sei. Não preciso de carona. Tenho minha caminhonete.

– Está bem. Então, tchau. Depois eu ligo.

Ele não se mexeu.

– Heath, eu preciso...

– Preciso lhe mostrar uma coisa, Zo.

– Pode mostrar rápido? – não queria ser grossa com ele, mas realmente precisava voltar para a escola e fazer aquela ligação. Por que diabos não tinha colocado o celular descartável de Damien na bolsa? Fiquei batendo com os dedos impacientemente no volante enquanto Heath levava a mão ao bolso da calça jeans, procurando alguma coisa.

– Aqui está. Comecei a carregar isto pra toda parte umas duas semanas atrás, só para garantir – ele tirou do bolso um objeto liso de uns três centímetros de comprimento. Estava embalado pelo que parecia papelão dobrado.

– Heath, sério. Eu preciso ir agora... – minhas palavras sumiram e fiquei sem ar. Ele desembalara o pequeno objeto. A lâmina captou a luz vacilante e cintilou sedutoramente. Tentei falar, mas minha boca estava seca.

– Quero que você beba meu sangue, Zoey – ele disse na maior simplicidade.

Um arrepio de profundo desejo atravessou meu corpo. Segurei o volante com as duas mãos para não tremer... ou para não pegar a navalha e cortar aquela pele doce e quente para fazer aquele sangue delicioso pingar e pingar e...

– Não! – eu gritei, odiando o poder em minha voz que o fez se encolher. Engoli em seco e me controlei. – Jogue isso fora e saia do meu carro, Heath.

– Não tenho medo, Zo.

– Eu tenho! – quase solucei.

– Você não tem que ter medo. Somos só nós dois, como sempre foi.

– Você não sabe o que está fazendo, Heath – eu nem conseguia olhar para ele. Tinha medo de olhar e não conseguir dizer não.

– Sei, sim. Você bebeu um pouco do meu sangue naquela noite. Foi... foi incrível. Nunca mais parei de pensar naquilo.

Quis gritar de frustração. Eu também não conseguia parar de pensar naquilo, por mais que tentasse. Mas não podia lhe dizer isso.

Não diria. Finalmente, olhei para ele e forcei minhas mãos a relaxar. Só de pensar em beber seu sangue minha pele ficava tensa e quente.

– Quero que você vá embora, Heath. Isso não é certo.

– Zoey, não me importa o que as pessoas dizem, se é certo ou errado. Eu amo você.

Antes que pudesse detê-lo, Heath levantou a navalha, descendo-a na lateral do pescoço. Fascinada, observei uma fina linha escarlate surgir contra a pele branca.

Então o cheiro me atingiu... Rico, sombrio, sedutor. Como chocolate, só que mais doce e selvagem. Em segundos o pequeno carro ficou pegajoso com aquele cheiro. Ele exercia sobre mim uma atração que jamais senti antes. Não era só o fato de eu querer provar dele. Eu precisava provar. *Eu tinha que provar.*

Nem me dei conta de me mexer enquanto Heath falava, mas de repente eu estava no espaço entre um banco e outro, atraída pelo sangue.

– Sim. Eu quero que você faça isso, Zoey – a voz de Heath soou profunda e áspera, como se estivesse com dificuldade de controlar a respiração.

– Eu... que... quero provar, Heath.

– Eu sei, gata. Vá em frente – ele sussurrou.

Não consegui me segurar. Lambi o sangue do pescoço dele.

13

O gosto explodiu na minha boca. Quando minha saliva tocou o ferimento superficial, seu sangue começou a fluir mais rapidamente e, com um gemido que mal reconheci como meu, abri a boca e apertei meus lábios contra sua pele, lambendo a deliciosa linha escarlate. Ele jogou a cabeça para trás e o ouvi gemer *sim*. Com uma das mãos ele me segurou por trás e com a outra apertou meu seio.

Sentir seu toque só melhorou tudo. O calor invadiu meu corpo, incendiando-me. Como se outra pessoa estivesse no controle de meus movimentos, minha mão deslizou pelo ombro de Heath, desceu pelo peito e esfregou o monte duro que havia na parte da frente de sua calça jeans. Pensamentos racionais fugiram de minha mente. Tudo que eu conseguia fazer era sentir, provar e tocar. Em algum ponto no fundo de minha mente eu sabia que estava reagindo em nível quase animalesco de desejo e ferocidade, mas não me importava. Eu queria Heath. Eu o queria como jamais quis nada na vida.

– Ah, Deus, Zo, *sim* – ele arfou e começou a mexer a cintura no ritmo de minha mão.

Alguém bateu na janela do acompanhante.

– Ei! Vocês não podem ficar de agarração aqui!

A voz do homem me atingiu com um solavanco, despedaçando a quentura que se formara dentro de mim. Vi de relance o uniforme de um segurança e comecei a me afastar de Heath, mas ele apertou minha cabeça contra seu pescoço e virou o corpo para que o segurança, que estava bem ao lado da porta do passageiro, não me visse direito e para que o sangue que gotejava sem parar do pescoço de Heath ficasse completamente escondido.

– Vocês me ouviram, moleques! – o cara gritou. – Caiam fora antes que eu pegue seus nomes e ligue para seus pais.

– Tudo bem, senhor – Heath gritou com voz de bom moço. Ele parecia impressionante e perfeitamente normal, apesar de um pouquinho sem fôlego. – Estamos indo embora.

– É melhor mesmo. Estou de olho em vocês dois. Malditos adolescentes... – ele resmungou e saiu pisando firme.

– Tudo bem, ele já está longe o bastante e não vai ver o sangue – Heath disse ao relaxar a pressão em minha cabeça.

Recuei instantaneamente, apertando as costas contra a porta do carro, o mais longe que podia de Heath. Com as mãos trêmulas, abri minha bolsa, peguei um lenço de papel e lhe entreguei, sem tocá-lo. – Aperte isto contra o pescoço para que pare de sangrar.

Ele fez o que pedi.

Baixei minha janela, entrelacei as mãos e respirei fundo o ar fresco, tentando bloquear o cheiro do corpo de Heath e do seu sangue de minha mente.

– Zoey, olhe para mim.

– Não posso, Heath – engoli as lágrimas que me queimavam o fundo da garganta. – Por favor, vá embora.

– Só depois que você olhar para mim e escutar o que tenho a lhe dizer.

Virei a cabeça para olhar para ele.

– Como você pode soar tão calmo e normal? Que droga!

Ele ainda estava apertando o lenço de papel no pescoço. Seu rosto estava corado e o cabelo bagunçado. Ele sorriu para mim, e reconheci que jamais poderia ver alguém de aparência mais absolutamente adorável.

– Calma, Zo. Ficar de agarração com você é totalmente normal para mim. Há anos você me deixa louco.

Eu já tivera toda aquela conversa de "ainda-não-estou-pronta-para-fazer-sexo-com-você" quando tinha quinze anos e ele quase dezessete. Ele disse então que entendia e estava disposto a esperar. Claro que isso não significava que não tivéssemos umas agarrações pesadas, mas o que acabara de acontecer no carro era diferente. Foi mais quente, mais bruto. Eu sabia que se me permitisse continuar a vê-lo, não continuaria virgem por muito mais tempo, e não porque Heath ficaria me pressionando, mas por não conseguir controlar minha sede de sangue. A ideia me assustava quase tanto quanto me fascinava. Fechei os olhos e esfreguei a testa. Estava ficando com dor de cabeça. De novo.

– Seu pescoço está doendo? – perguntei, espiando por entre os dedos como se estivesse assistindo uma droga de filme *trash*.

– Não. Estou bem, Zo. Você não me machucou nem um pouquinho – ele pegou minha mão e a afastou do meu rosto. – Tudo vai dar certo. Pare de se preocupar tanto.

Eu queria acreditar nele. E me dei conta, subitamente, que também queria revê-lo; e suspirei.

– Vou tentar. Mas realmente tenho que ir. Não posso me atrasar para a escola.

Elc ficou com sua mão na minha. Scnti a pulsação dc scu sanguc e soube que estava batendo no mesmo ritmo do meu coração, como se estivéssemos de alguma forma internamente sincronizados.

– Promete que me liga?

– Prometo.

– E vai me encontrar aqui de novo nesta semana?

– Não sei quando posso sair. Durante a semana vai ser difícil para mim.

Eu já estava esperando ter de discutir, mas ele apenas assentiu e apertou minha mão.

– Tudo bem, entendi. Viver vinte e quatro horas por dia na escola deve ser um pé no saco. Que tal assim: sexta-feira temos um jogo em Jenks. Pode me encontrar neste Starbucks depois do jogo?

– Talvez.

– Tenta?

– Tá.

Ele sorriu e me deu um beijinho rápido.

– Esta é a minha Zo! Até sexta – ele saiu do carro e, antes de fechar a porta, se abaixou e disse: – Eu te amo, Zo.

Saí com o carro, olhando para Heath pelo retrovisor. Ele estava no meio do estacionamento, ainda segurando o lenço de papel no pescoço, acenando para mim.

Você não sabe o que está fazendo, Zoey Redbird, disse em voz alta para mim mesma enquanto o céu cinzento se abria, derramando chuva fria por toda parte.

Eram duas e trinta e cinco quando voltei para meu quarto na ponta dos pés. O fato de eu ter pouco tempo na verdade era positivo. Steve Rae e Nala ainda estavam dormindo profundamente. Na verdade, Nala abandonara minha cama vazia e se acomodara ao lado da cabeça de Stevie Rae em seu travesseiro, o que me fez sorrir. (Aquela gata era uma notória monopolizadora de travesseiros.) Abri a gaveta superior da mesinha do computador e peguei o celular descartável de Damien, além do papel no qual eu anotara o número do FBI, e fui para o banheiro.

Respirei profundamente para me acalmar, lembrando-me do conselho de Damien: "Seja breve. Soe meio irada, e um tanto pirada, mas não soe adolescente".

Teclei o número. Quando um homem com voz de policial atendeu, dizendo "FBI, Polícia Federal Americana, em que posso ajudar?", forcei uma voz mais grave e incisiva, cortando as palavras como se tivesse de me segurar por causa do ódio represado crescendo dentro de mim (foi assim que Erin, com seu súbito, bizarro e inesperado conhecimento político, disse que eu deveria fingir estar me sentindo).

– Meu grupo, Jihad da Natureza (Shaunee inventou este nome), plantou um troço em um dos pilares da ponte que cruza o Rio Arkansas, bem debaixo da linha d'água, na rodovia I-40, perto de Webber's Falls. Está programada para explodir às 15:15 (usar código militar foi outra ideia brilhante de Damien). Assumimos total responsabilidade por este ato de desobediência civil (outra ideia de Erin, apesar de ela dizer que terrorismo não é o mesmo que desobediência civil, é... bem... terrorismo, o que é bem diferente) em protesto contra a interferência do governo dos EUA em nossas vidas e contra a poluição dos rios americanos. Atenção, pois este é apenas nosso primeiro golpe!

Desliguei. E rapidamente virei o pedaço de papel e teclei o número do outro lado.

– Fox News Tulsa – disse a pomposa mulher.

Isto foi ideia minha. Achei que se ligasse para um jornal local teríamos mais chances de ver a notícia veiculada no noticiário local e até saber quando (ou se) nossa tentativa de fechar a ponte se concretizara. Respirei fundo outra vez e segui com o resto do plano.

– Um grupo terrorista conhecido como Jihad da Natureza ligou para o FBI informando que instalou uma bomba na ponte I-40 sobre o Rio Arkansas perto de Webber's Falls. Ela está programada para explodir às três e quinze de hoje.

Cometi o erro de parar por uma fração de segundo e a mulher, que de repente não soava mais tão pomposa assim, perguntou:

– Quem é a senhora e onde conseguiu essa informação?

– Abaixo a interferência do governo, abaixo a poluição e viva o poder do povo! – gritei e desliguei. Imediatamente apertei o botão de desligar o aparelho. Então meus joelhos não me sustentaram mais e despenquei sobre a tampa do vaso sanitário. Eu fizera aquilo. Fizera mesmo.

Duas batidas suaves soaram na porta do banheiro, seguidas pelo sotaque de Oklahoma de Stevie Rae, que falou baixinho:

– Zoey? Tudo bem?

– Tudo – respondi com voz fraca. Forcei-me a levantar e ir até a porta. Ao abri-la, vi o rosto amassado de Stevie Rae me olhando como um coelho sonolento e campesino.

– Você ligou para eles? – ela sussurrou.

– Liguei, e não precisa sussurrar. Só estamos eu e você aqui – Nala bocejou e soltou um *miauff* para mim do meio do travesseiro de Stevie Rae. – E Nala.

– O que aconteceu? Eles disseram alguma coisa?

– Só quando atenderam. Damien disse que eu não devia lhes dar chance de falar, lembra?

– Você disse que somos da Jihad da Natureza?

– Stevie Rae. Nós *não* somos da Jihad da Natureza. Só estamos fingindo.

– Bem... ouvi você gritando "abaixo o governo e a poluição" e tal, então achei que... talvez... na verdade, não sei o que pensei. Acho que me deixei levar pelo momento.

Revirei os olhos.

– Stevie Rae, eu estava apenas fingindo. A mulher do canal de notícias perguntou quem eu era e acho que fiquei bolada. E, sim, eu disse tudo que devia dizer. Só espero que dê certo – tirei meu suéter e pendurei nas costas de uma cadeira para secar.

Stevie Rae subitamente reparou que meu cabelo estava molhado e minha Marca estava coberta, algo de que eu me esquecera totalmente na pressa de ligar. Inferno!

– Você saiu?

– Saí – respondi com relutância. – Não conseguia dormir, então fui para a American Eagle em Utica para comprar um suéter novo – apontei para a sacola encharcada da American Eagle jogada no canto.

– Você devia ter me acordado. Eu teria ido com você.

Se ela não tivesse soado tão magoada, eu teria tido mais tempo de pensar no que ia contar para ela sobre Heath, mas falei sem pensar.

– Dei de cara com meu ex-namorado.

– *Aimeudeusdocéu*! Conta tudo – ela se jogou na cama com os olhos brilhando. Nala resmungou e pulou do travesseiro dela para o meu. Eu peguei uma toalha e comecei a secar o cabelo.

– Eu estava no Starbucks. Ele estava pregando cartazes com a foto de Brad.

– E? O que aconteceu quando ele a viu?

– Nós conversamos.

Ela revirou os olhos.

– Vamos lá... que mais?

– Ele parou de beber e de fumar.

– Uau, que super. Não foi por beber e fumar que você parou de sair com ele?

– Foi.

– Ei, e a Kayla "cachorrinha fedida"?

– Heath diz que parou de encontrá-la por causa das bobagens que ela diz sobre vampiros.

– Viu? Tínhamos razão quando dissemos que era culpa dela os tiras virem interrogá-la – Stevie Rae disse.

– É o que parece.

Stevie Rae estava me observando bem de perto, demais até.

– Você ainda gosta dele, não gosta?

– Não é tão simples.

– Bem, na verdade é, em parte, tão simples, sim. Tipo, se você não gosta dele, assunto encerrado. Você não o encontra mais e pronto. Simples – Stevie Rae explicou, cheia de lógica.

– Eu ainda gosto dele – reconheci.

– Eu sabia! – ela deu um pulinho na cama. – Cara, você está com um zilhão de caras. O que vai fazer?

– Não faço a menor ideia – respondi, triste da vida.

– Erik volta amanhã do concurso de monólogos shakespearianos.

– Eu sei. Neferet disse que Loren foi ajudar Erik e os outros garotos daqui, então também deve voltar amanhã com eles. E eu combinei de sair com Heath na sexta depois do jogo.

– Vai contar a Erik sobre ele?

– Não sei.

– Você gosta mais de Heath do que de Erik?

– Não sei.

– E Loren?

– Stevie Rae, eu não sei – esfreguei a mão na cabeça, que doía como se a dor tivesse sido colada ali. – Podemos não falar sobre isso agora? Pelo menos até eu pensar em alguma coisa...

– Tá. Vamos – ela agarrou meu braço.

– Aonde? – olhei para ela sem entender, totalmente confusa. Ela passara de Heath para Erik para Loren e para "vamos" rápido demais.

– Você precisa de sua dose de Count Chocula e eu preciso de meus Lucky Charms. E nós duas precisamos assistir à CNN e ao noticiário local.

Comecei a me arrastar até a porta. Nala se espreguiçou, miou com irritação e me seguiu, relutante. Stevie Rae balançou a cabeça para nós duas.

– Vamos, vocês duas. Tudo vai ficar melhor depois que você tomar seu Count Chocula.

– E refrigerante de cola – eu disse.

Stevie Rae fez cara de quem chupou limão.

– No café da manhã?

– Sinto que hoje é um daqueles dias para se tomar refrigerante de cola no café da manhã.

14

Felizmente não tivemos de esperar muito para ouvirmos alguma coisa. Stevie Rae, as gêmeas e eu estávamos assistindo ao *Dr. Phil Show* e, exatamente às três e dez (Stevie Rae e eu estávamos em nossa segunda tigela de cereal e eu, no meu terceiro refrigerante de cola), a Fox News interrompeu o programa com uma reportagem especial.

Aqui é Chera Kimiko com as últimas notícias. Ficamos sabendo que pouco depois das duas e meia da tarde o escritório do FBI de Oklahoma recebeu uma ameaça de bomba de um grupo terrorista de nome Jihad da Natureza. A Fox News soube que o grupo alegou ter instalado uma bomba na ponte I-40 sobre o Rio Arkansas, perto de Webber's Falls. Vamos falar ao vivo com Hannah Downs para saber mais.

Nós quatro ficamos sentadas imóveis assistindo à câmera transmitir a imagem da jovem repórter parada em frente a uma ponte de aparência normal. Bem, normal tirando as hordas de homens uniformizados. Soltei um suspiro de alívio. A ponte estava, com certeza, bloqueada.

– Obrigada, Chera. Como pode ver, a ponte inteira foi fechada pelo FBI e pela polícia local, incluindo o Caça Tático Avançado de Tulsa. Eles estão fazendo uma busca completa para achar a suposta bomba.

– Hannah, eles já encontraram alguma coisa? – Chera perguntou.

– Ainda é cedo para dizer, Chera. Os barcos do FBI acabaram de sair.

– Obrigada, Hannah.

A câmera voltou para a redação.

Voltaremos a qualquer momento com novas informações sobre a suposta bomba e esse novo grupo terrorista. Agora, de volta à Fox...

– Ameaça de bomba. Foi uma ideia inteligente.

As palavras foram ditas com tanta suavidade, e eu estava tão concentrada na tevê, que levei um momento para registrar a voz de Aphrodite em minha mente. Quando isso aconteceu, levantei os olhos rapidamente. Ela estava à minha direita, um pouquinho atrás do sofá no qual estávamos eu e Stevie Rae. Esperei que seu rosto exibisse a costumeira expressão de desdém, de modo que me surpreendi ao ver que ela balançou a cabeça levemente para mim, de modo quase respeitoso.

– O que você quer? – a voz de Stevie Rae soou peculiarmente áspera, e percebi que várias garotas que até então estavam voltadas para seus grupinhos assistindo à tevê pararam para olhar para nós. A julgar por sua mudança instantânea de expressão, Aphrodite também percebera.

– De uma ex-geladeira? Nada! – Aphrodite desdenhou.

Senti que Stevie Rae ficou tensa ao ouvir o escárnio. Eu sabia que ela odiava ser lembrada de que um dia permitira que Aphrodite e seu grupinho interno de Filhas das Trevas usassem seu sangue no ritual que dera totalmente errado no mês passado. Ser usada como "geladeira" não era bom, e ser chamada assim era um insulto.

– Ei, sua cachorrinha velha e fedida dos infernos – Shaunee disse em um tom dócil e amigável. – Isso nos faz lembrar que agora o novo grupo interno das Filhas das Trevas...

– Que somos nós, e não você e suas amigas fedidas – Erin continuou.

– ... abriu vaga para uma nova geladeira para o ritual de amanhã – Shaunee continuou com toda a tranquilidade.

– É, e como você não é mais coisa nenhuma, a única maneira de entrar no ritual seria na função de lanche noturno – Erin proclamou. – Veio se candidatar?

– Se veio, sinto muito. Não sabemos por onde você andou e não gostamos de *vagabas* – Shaunee disse.

– Vai tomar... – Aphrodite disse, trincando os dentes.

– Vai você – Shaunee rebateu.

– Sua *vagaba* – Erin completou.

Stevie Rae ficou parada, com uma cara pálida e aborrecida. A vontade que tive foi de bater as cabeças umas nas outras.

– Tá, já chega – todas se calaram, e imediatamente olhei para Aphrodite: – Nunca mais chame Stevie Rae de geladeira – e me voltei para as gêmeas: – Uma das coisas que vou abolir de nossos rituais é o uso de novatos, de modo que não precisaremos de ninguém para usar em sacrifício. O que significa que ninguém vai ser lanche de ninguém – tudo bem que não gritei realmente com as gêmeas, mas elas me olharam com a mesma mágoa e choque. Eu suspirei. – Estamos todos do mesmo lado aqui – eu disse baixinho, tomando cuidado para que minha voz não fosse escutada pelo resto do pessoal. – Exatamente por isso seria legal parar com este bate-boca.

– Não se engane. Não estamos do mesmo lado, longe disso – e, com uma risada que mais parecia um ranger de dentes, Aphrodite saiu andando, toda empinada.

Fiquei olhando-a se afastar e, logo antes de sair pela porta da frente, ela se voltou, olhou rapidamente em meus olhos e piscou.

O que era aquilo? Ela estava com um jeito quase brincalhão, como se fôssemos amigas zoando juntas. Mas isso não era possível. Era?

– Ela me dá calafrios – Stevie Rae disse.

– Aphrodite tem problemas – respondi, e as três me olharam como se eu tivesse acabado de dizer que Hitler não foi tão mau sujeito. – Pessoal, eu realmente quero que as novas Filhas das Trevas sejam um grupo que una as pessoas, não um grupo de metidos tão elitista que só se abre para uma panelinha – elas ficaram apenas olhando para mim. – Foi através do aviso dela que salvei minha avó e várias outras pessoas hoje.

– Ela lhe contou porque quer algo de você. Ela é nojenta, Zoey. Não pense o contrário – Erin disse.

– Por favor, não me diga que você está pensando em deixá-la voltar para as Filhas das Trevas – Stevie Rae disse.

Fiz que não com a cabeça.

– Não. E, mesmo se eu quisesse, e *não quero* – acrescentei rapidamente –, de acordo com minhas próprias novas regras ela não está qualificada para entrar no grupo. Uma Filha ou Filho das Trevas deve fazer jus aos nossos ideais através de seu comportamento.

Shaunee bufou.

– É ruim de essa maldita saber o que é ser autêntica, leal, sábia, sóbria e sincera sobre algo, a não ser seus planos nojentos.

– De dominar o mundo – Erin acrescentou.

– E não acho que estejam exagerando – Stevie Rae me disse.

– Stevie Rae, ela não é minha amiga. Eu só... sei lá ... – me enrolei na tentativa de expressar em palavras o instinto que tão frequentemente me sussurrava, incitando-me a fazer ou deixar de fazer as coisas. – Acho que realmente tenho pena dela às vezes. E também acho que a entendo um pouquinho. Aphrodite só quer ser aceita, mas mete os pés pelas mãos. Ela acha que manipulação e mentira, misturadas ao controle, podem forçar as pessoas a gostar dela. Foi isso que ela viu em casa e é por isso que é assim hoje.

– Sinto muito, Zoey, mais isso é caô – Shaunee disse. – Ela já é bem grandinha pra ficar agindo como idiota porque tem uma mãe perturbada.

– Por favor. Poupe-nos do papinho "sou-uma-cachorrinha-fedida-por-culpa-de-mamãe" – Erin disse.

– Não quero ser injusta nem nada, Zoey, mas você também tem mãe perturbada e não deixou que ela nem seu "padrastotário" a estragassem – Stevie Rae disse. – E Damien tem uma mãe que não gosta mais dele porque é *gay*.

– É, e ele não se transformou em uma "cachorrinha fedida", velha e nojenta – Shaunee disse. – Na verdade, ele é o oposto. Ele é como... ele é como... – ela fez uma pausa, pedindo ajuda a Erin com os olhos. – Gêmea, qual é o nome do personagem de Julie Andrews em *A Noviça Rebelde*?

– Maria. E você tem razão, gêmea. Damien é que nem aquela freira boazinha. Ele precisa se soltar mais, senão nunca vai se dar bem.

– Não acredito que vocês estejam discutindo minha vida amorosa – Damien disse.

Nós todas assumimos a culpa e murmuramos:

– *Sinto muito.*

Ele balançou a cabeça enquanto Stevie Rae e eu corremos para puxá-lo para perto da gente.

– E vou lhes dizer: não quero só "ficar", como vocês dizem tão vulgarmente. Quero um relacionamento duradouro com alguém de quem eu realmente goste, e estou disposto a esperar por isso.

– *Ja, fraulein...* – Shaunee sussurrou.

– Maria – Erin murmurou.

Stevie Rae, tossindo, tentou disfarçar a risada.

Damien olhou para as três apertando os olhos. Decidi que estava na hora de falar.

– Deu certo – eu disse baixinho. – Eles fecharam a ponte – peguei o celular dele do bolso e o devolvi. Ele se certificou de que estava desligado e balançou a cabeça, assentindo.

– Eu sei, vi o noticiário e vim imediatamente – Damien deu uma olhada no relógio digital do DVD player do centro de entretenimento e sorriu para mim. – São três e vinte. Conseguimos – nós cinco sorrimos uns para os outros. É verdade, eu estava aliviada, mas ainda havia uma preocupação que não me largava, e não era só estresse por causa de Heath. Talvez eu precisasse do quarto refrigerante de cola.

– Muito bem, isso está resolvido. Então, por que estamos aqui debatendo minha vida amorosa? – Damien perguntou.

– Ou falta de... – Shaunee sussurrou para Erin, que (como Stevie Rae) tentou não rir (e não conseguiram).

Ignorando-as, Damien se levantou e olhou para mim.

– Bem, vamos lá.

– Ahn?

Ele revirou os olhos e balançou a cabeça.

– Será que eu tenho que fazer tudo? Você tem um ritual para realizar amanhã, o que significa que temos um centro de recreações a transformar. Pensou que Aphrodite fosse se oferecer para ajudar?

– Acho que não pensei nisso – como se tivesse tido tempo.

– Bem... pense nisso agora – ele puxou minha mão e me fez levantar. – Temos trabalho a fazer.

Peguei meu refrigerante de cola e todas seguimos o turbilhão de Damien, saindo para a tarde muito fria e nublada de sábado. A chuva havia cessado, mas as nuvens estavam ainda mais pesadas.

– Parece neve – eu disse, olhando para o céu cor de ardósia com olhos franzidos.

– Cara, quem dera. Eu adoraria um pouco de neve! – Stevie Rae rodopiou de braços abertos, parecendo uma garotinha.

– Mude-se para Connecticut. Você vai ter neve até não aguentar mais. A coisa fica bem cansativa depois de meses de frio e umidade. Por favor! É por isso que nós nortistas somos tão rabugentos – Shaunee disse graciosamente.

– Não ligo para o que você diz. Você não vai conseguir estragar meu prazer. A neve é mágica. Acho que ela faz parecer que a terra está coberta por um cobertor branco felpudo – Stevie Rae abriu bem os braços e gritou: – Eu quero que neve!

– Tá bem. E eu quero aquela calça jeans vintage de quatrocentos e cinquenta dólares que vi no novo catálogo da Victoria's Secret – Erin disse. – O que prova que nem sempre podemos ter o que queremos, seja neve ou jeans maravilhosos.

– *Aaah*, gêmea, talvez a calça entre em promoção. Droga, ela é linda demais para você desistir.

– Então, por que você não pega sua calça jeans favorita e vê se consegue reproduzir o padrão? Não pode ser tão difícil, sabe? – Damien disse com lógica (e de um jeito bem *gay*).

Eu estava abrindo a boca para concordar com Damien quando o primeiro floco de neve caiu subitamente em minha testa.

– Ei, Stevie Rae, seu desejo se realizou. Está nevando.

Stevie Rae deu gritinhos de felicidade.

– É isso aí! Tomara que neve cada vez mais!

E ela, com certeza, teve seu pedido atendido. Quando chegamos ao centro de recreações tudo estava sendo coberto por flocos gordos e enormes. Tive de reconhecer que Stevie Rae tinha razão. A neve era como um tapete mágico sobre a terra. Tudo ficava macio e branco, e até Shaunee (do mal-humorado e atolado em neve Estado de Connecticut) estava rindo e tentando pegar flocos com a língua.

Estávamos todos rindo ao chegar ao centro de recreações. Havia vários garotos lá dentro. Alguns jogando sinuca, outros *videogames* em máquinas antigas que pareciam *jukeboxes*. Ao ouvir nossas risadas e nos ver limpando a neve dos ombros, vários deles pararam o que estavam fazendo para abrir as grossas cortinas negras que impediam que a luz do dia penetrasse no amplo recinto.

– É! – Stevie Rae gritou o óbvio. – Está nevando!

Apenas sorri e fui para a pequena área de cozinha na parte de trás da construção, seguida por Damien, as gêmeas e a louca por neve Stevie Rae. Eu sabia que havia um almoxarifado depois da cozinha, dentro do qual estavam as coisas que as Filhas das Trevas guardavam para seus rituais. Era melhor mesmo ir começando as coisas, e eu também devia fingir saber que diabo estava fazendo.

Ouvi a porta abrir e fechar, e então fui surpreendida pela voz de Neferet:

– A neve é linda mesmo, não é? – o pessoal que estava ao redor das janelas concordou respeitosamente com ela. Fiquei surpresa por sentir um traço de irritação que instantaneamente me fez sentir menor ao parar e me virar para cumprimentar minha mentora. Minha gangue me seguiu como filhotinhos de pato.

– Zoey, ótimo. Que bom encontrá-la aqui – Neferet falou com uma afeição tão óbvia por mim, que a irritação que sentira desapareceu. Neferet era mais que minha mentora. Era como uma mãe para mim, e era egoísmo de minha parte ficar irritada por ela ter vindo falar comigo.

– Oi, Neferet – eu disse de modo caloroso. – Estávamos nos preparando para ajeitar o salão para o ritual de amanhã à noite.

– Excelente! Essa era uma das razões pelas quais eu queria vê-la. Se você precisar de qualquer coisa para o ritual, por favor não hesite em pedir. E eu, com certeza, estarei aqui amanhã à noite, mas não se preocupe – ela sorriu para mim outra vez. – Não ficarei durante todo o ritual, apenas o suficiente para lhe dar apoio em sua visão para as Filhas das Trevas. Depois deixarei as Filhas e Filhos em suas muito competentes mãos.

– Obrigada, Neferet – agradeci.

– Mas a segunda razão pela qual queria encontrar você e seus amigos – ela estendeu seu brilhante sorriso para meu grupo – é porque quero lhes apresentar nosso mais novo aluno – ela fez um gesto e se aproximou de um garoto no qual eu ainda não havia reparado até o momento. Ele era bonitinho, fazendo a linha estudioso, com cabelos louros arruivados e olhos azuis realmente belos. Sem dúvida ele era um daqueles *nerds*, mas tinha potencial (tradução: ele toma banho e escova os dentes, além de ter pele e cabelos bons e de não se vestir como um otário completo). – Gostaria de apresentar a todos Jack Twist. Jack, esta é minha novata, Zoey Redbird, líder das Filhas das Trevas, e seus amigos e membros do Conselho de Monitores, Erin Bates, Shaunee Cole, Stevie Rae Johnson e Damien Maslin.

Neferet fez um gesto para indicar cada um e todos dissemos "oi". O garoto novo parecia um pouco nervoso e pálido, mas, fora isso, tinha um belo sorriso e não parecia socialmente inepto nem nada assim. Eu estava me perguntando por que Neferet olhara para mim para apresentar o garoto, exatamente quando ela explicou:

– Jack é poeta e escritor, e Loren Blake será seu mentor, mas Loren só volta da Costa Leste amanhã. Jack será companheiro de quarto de Erik Night. Como vocês sabem, Erik também só volta amanhã. Então, pensei que seria ótimo se vocês cinco apresentassem o lugar para ele e cuidassem para que se sinta bem-vindo e bem acomodado.

– Claro, será um prazer – eu disse sem hesitar. Nunca era fácil ser novo no pedaço.

– Damien, você pode mostrar a Jack onde fica o quarto dele e de Erik, não pode?

– Lógico, sem problema – Damien disse.

– Eu sabia que podia contar com os amigos de Zoey – o sorriso de Neferet era incrível, parecia iluminar sozinho todo o recinto. De repente, fiquei intensamente orgulhosa por todos os demais garotos verem Neferet nos dar tanta moral assim. – Lembrem-se, se precisarem de qualquer coisa para amanhã, é só falar. Ah, como é seu primeiro ritual, pedi aos cozinheiros que preparassem algo especial para você e as Filhas e Filhos das Trevas. Deve ser uma linda comemoração para você, Zoey.

Eu não cabia em mim mesma ao receber tanta atenção e não pude evitar a comparação com o jeito frio e desatencioso com que minha mãe me tratava. Droga, a verdade é que minha mãe simplesmente não ligava mais para mim. Eu só a vira aquela vez no mês inteiro e, depois da cena idiota que o otário do seu marido fizera com Neferet, pelo jeito não a veria outra vez tão cedo. E eu ligava? Não. Afinal, eu tinha bons amigos e uma mentora como Neferet ao meu lado.

– Eu agradeço muito, Neferet – eu disse, engolindo em seco o nó de emoção que se formara em minha garganta.

– O prazer é meu, e é o mínimo que posso fazer em seu primeiro Ritual Completo de Lua Cheia para os novatos na condição de líder das Filhas das Trevas – ela me deu um rápido abraço e saiu do recinto, acenando gentilmente para o pessoal, que falou com ela e a saudou com respeito.

– Uau – Jack exclamou. – Ela é realmente incrível.

– Só é – eu disse, e sorri para meus amigos (e para o garoto recém-chegado). – E então, prontos para trabalhar agora? Temos um monte de coisas para arrumar por aqui – então, percebi que o pobre do Jack parecia totalmente perdido. – Damien, é melhor você situar Jack em relação aos rituais *vamps* para que ele não se sinta tão perdido – comecei a caminhar de volta para a cozinha (outra vez) e ouvi Damien bancando o professor, iniciando um relato dos fatos sobre o Ritual Completo de Lua Cheia.

– Ahn, Zoey, posso ajudar? – dei uma olhada por sobre o ombro. Drew Partain, um garoto baixinho e atlético, que reconheci porque ele e eu éramos da mesma turma de esgrima (ele é um incrível esgrimista, tão bom quanto Damien, o que não é pouca coisa), estava com um grupo de caras perto da parede das janelas com cortinas pretas. Ele sorriu para mim, mas percebi que não tirava os olhos de Stevie Rae. – Temos muito trabalho pela frente. Eu sei, pois eu e o pessoal costumávamos ajudar Aphrodite a preparar o salão.

– Ahn – ouvi Shaunee dizer entredentes.

Antes que Erin acrescentasse algo ao som sarcástico, eu disse:

– Sim, você pode nos ajudar – e fiz questão de testá-los. – Só que meu ritual vai ser diferente. Damien pode lhes mostrar o que quero dizer – esperei pelos olhares de desdém e pelo sarcasmo com que caras metidos a "macho" costumavam tratar Damien e os poucos *gays* assumidos da escola, mas Drew apenas deu de ombros e disse: – Por mim, tudo bem. É só dizer o que tem de ser feito – ele sorriu e piscou para Stevie Rae, que deu uma risadinha e corou.

– Damien, eles são todos seus – eu disse.

– Tenho certeza de que a "cachorrinha fedida" está tossindo em algum lugar – Damien sussurrou, mal mexendo os lábios, e depois disse com seu tom de voz normal: – Bem, a primeira coisa de que Zoey não gosta é que isto aqui pareça um necrotério com todas essas máquinas encostadas às paredes e cobertas com panos pretos. Então, vamos ver se podemos levar a maioria delas para a cozinha e para o corredor – o grupo de Drew começou a trabalhar junto a Damien e o garoto novo, e meu amigo voltou a dar sua pequena lição.

– Vamos pegar as velas e tirar a mesa daqui – pedi ao pessoal e fiz um gesto para que as gêmeas e Stevie Rae me seguissem.

– Damien morreu e foi direto para o paraíso dos meninos *gays* – disse Shaunee assim que nos afastamos e ninguém poderia nos ouvir.

– Ei, está mais do que na hora de esses garotos pararem de agir como caipiras ignorantes e se comportarem como quem tem algo na cabeça – eu disse.

– Ela não quis dizer isso, apesar de concordarmos com você – Erin disse. – Ela quis dizer que o pequeno Jack Twist é o novo *gay* lindinho do pedaço.

– Mas por que diabos você acha que ele é *gay*? – Stevie Rae perguntou.

– Stevie Rae, você precisa expandir seus horizontes, garota – Shaunee retrucou.

– Tá, eu também boiei. Por que você acha que Jack é *gay*? – perguntei.

Shaunee e Erin trocaram um longo olhar sofrido, e então Erin explicou.

– Jack Twist é o *cowboy gay* gostosão que Jake Gyllenhaal interpreta em *O Segredo de Brokeback Mountain*. E... dá um tempo! Qualquer um que escolha esse nome e tenha esse ar de *nerd* bonitinho só pode estar totalmente, completamente jogando no time de Damien.

– *Hã, hã...* – eu disse.

– Bem, estou nessa – Stevie Rae disse. – Sabe, nunca vi esse filme. Não passou no Cinema 8 em Henrietta.

– Não diga – Shaunee disse.

– Por favor. Estou muito chocada – Erin disse.

– Bem, Stevie Rae. Acho que está na hora de ver o DVD desse filme excelente – Shaunee disse.

– Os caras se beijam no filme?

– Deliciosamente – Shaunee e Erin disseram juntas.

Eu tentei, mas falhei miseravelmente ao tentar não rir da expressão no rosto de Stevie Rae.

15

Estávamos quase terminando de preparar o salão quando alguém ligou a tevê de tela plana (que não podíamos tirar do salão) no noticiário noturno. Nós cinco trocamos um rápido olhar. O que estavam chamando de "a falsa bomba da Jihad da Natureza" era o assunto principal. Apesar de saber que minha ligação não podia ser rastreada e de ter visto Damien "acidentalmente" deixar cair seu celular descartável e pisar para valer em cima dele, esmagando-o, só respirei mais tranquila depois de ouvir Chera Kimiko dizer que até agora a polícia não tinha pistas sobre a identidade do grupo terrorista.

Outra notícia transmitida pela Fox News relacionada ao Rio Arkansas dizia que Samuel Johnson, capitão de uma barcaça de transporte, tivera um ataque cardíaco quando estava pilotando. Foi uma "feliz coincidência" para ele o tráfego no rio estar interrompido e a polícia e os paramédicos estarem por perto. Sua vida fora salva e nem a barcaça nem a ponte foram afetadas.

– É isso! – Damien disse. – Ele teve um ataque cardíaco e bateu com a barcaça na ponte.

Eu concordei, embasbacada:

– E isso prova que a visão de Aphrodite era autêntica.

– O que não é boa notícia – Stevie Rae disse.

– Acho que é – eu disse. – Contanto que Aphrodite nos deixe saber de suas visões, pelo menos podemos levá-las a sério.

Damien balançou a cabeça:

– Tem de haver uma razão para Neferet achar que Nyx tirou o dom de Aphrodite. É uma pena não podermos lhe contar isso, pois talvez ela pudesse nos explicar o que está acontecendo ou talvez até mudasse de opinião sobre Aphrodite.

– Não, eu dei minha palavra que não diria nada.

– Se Aphrodite estivesse mesmo deixando de ser uma cretina, teria tomado a iniciativa de procurar Neferet – Shaunee lembrou.

– Talvez fosse bom você falar com ela sobre isso – Erin disse.

Stevie Rae fez um barulho grosseiro.

Revirei meus olhos para Stevie Rae, mas ela não percebeu porque Drew sorrira para nós, e ela estava ocupada demais ficando corada para prestar atenção em mim.

– Que tal, Zoey? – ele perguntou, sem tirar os olhos de Stevie Rae. *Parece que você está a fim da minha companheira de quarto,* foi o que quis dizer, mas o achei bonitinho, e a cara corada de Stevie Rae deixava claro que ela achava o mesmo, então decidi não matá-la de vergonha.

– Parece legal – respondi.

– Daqui também não parece nada mau – Shaunee disse, olhando para Drew de cima a baixo.

– Com certeza, gêmea – Erin disse, balançando as sobrancelhas para Drew.

O garoto não reparou em nenhuma das gêmeas. Parecia que ele só via Stevie Rae.

– Estou morrendo de fome – ele disse.

– Eu também – Stevie Rae ecoou.

– E então, vamos arrumar algo para comer? – Drew lhe perguntou.

– Vamos – Stevie Rae disse logo, mas então aparentemente se lembrou de que estávamos todos ali olhando para ela e seu rosto ficou ainda mais corado. – Nossa, já está na hora de jantar. É melhor todos irmos comer.

Ela passou os dedos nos cachos curtos em um gesto nervoso e gritou para Damien, que estava do outro lado do recinto, totalmente absorto na conversa com Jack (pelo que ouvi sem querer, ambos gostavam dos mesmos tipos de livros e estavam discutindo qual era o melhor da série Harry Potter; estava na cara que eles gostavam das mesmas *nerdices*.):

– Damien, vamos comer. Você e Jack estão com fome?

Jack e Damien trocaram um olhar e então Damien respondeu:

– Sim, estamos indo.

– Só um minuto – Stevie Rae disse, ainda sorrindo para Drew. – Acho que estamos todos com fome.

Shaunee suspirou e se dirigiu à porta.

– Dá um tempo. Os hormônios de amor juvenil neste recinto chegam a me dar dor de cabeça.

– Parece que fiquei presa em um filme da *Lifetime*. Espere por mim, gêmea – Erin respondeu.

– Por que as gêmeas são tão céticas em relação ao amor? – perguntei a Damien quando ele e Jack atravessaram o salão para se juntar a nós.

– Elas não são céticas. Só estão com raiva porque os últimos caras com quem ficaram eram uns chatos – Damien esclareceu.

Saímos em grupo para a mágica noite nevada de novembro. Os flocos haviam mudado e estavam menores, mas ainda assim caíam sem parar, fazendo a Morada da Noite parecer ainda mais misteriosa do que o normal, como um castelo.

– É, as gêmeas exageram. Elas pegam pesado com os caras – Stevie Rae disse. Percebi que ela estava caminhando bem perto de Drew e ocasionalmente seus braços roçavam um no outro. Ouvi um monte de ruídos de aprovação vindos dos caras que nos ajudaram a arrastar móveis pelo salão de recreação e imaginei que seria assustador para qualquer cara (*vamp* ou humano) tentar ficar com uma das gêmeas.

– Você se lembra de quando Thor chamou Erin para sair? – perguntou um dos amigos de Drew, cujo nome acho que era Keith.

– Sim, ela o chamava de lêmure. Sabe, como aqueles lêmures retardados do filme da Disney – Stevie Rae disse, rindo.

– No total, Walter saiu com Shaunee duas vezes e meia. Então, bem no meio do Starbucks, ela o chamou de processador Pentium 3 – Damien disse.

Olhei para ele sem entender nada.

– Z., nossos processadores atuais são Pentium 5.

– Ah!

– Erin ainda o chama de Lento McSlowenstein sempre que o vê – Stevie Rae disse.

– Está na cara que, para ficar com as gêmeas, só dois caras muito especiais – eu falei.

– Acho que todo mundo tem um par – Jack disse de repente. Todos nós nos voltamos para ele, que ficou corado. Antes que qualquer garoto começasse a zoar, eu disse: – Concordo com Jack – *mas descobrir quem é sua cara metade é a parte mais difícil,* acrescentei em silêncio comigo mesma.

– Totalmente! – Stevie Rae disse, com seu alegre otimismo de sempre.

– Com certeza – Damien reafirmou, piscando para mim. Eu lhe devolvi o sorriso.

– Ei! – Shaunee saiu detrás de uma árvore. – Do que vocês estão falando?

– Da sua inexistente vida amorosa! – Damien gritou animadamente.

– É mesmo? – ela perguntou.

– É mesmo – Damien respondeu.

– Que tal vocês conversarem sobre como estão gelados e molhados? – Shaunee perguntou.

Damien franziu o cenho.

– Ahn? Não estou, não.

Erin saiu do outro lado da árvore com uma bola de neve na mão.

– Mas vai ficar! – ela gritou, jogando a bola de neve e acertando Damien bem no meio do peito.

Claro que começou uma guerra de bolas de neve. O pessoal gritava e corria para se proteger enquanto pegava mais neve para atirar em Shaunee e Erin. Eu comecei a me afastar.

– Não falei que neve era da hora? – Stevie Rae disse.

– Bem, então vamos torcer para cair uma nevasca – Damien gritou, mirando em Erin. – Bastante vento e neve. Totalmente da hora para batalhas de bolas de neve! – ele atirou, mas Erin era rápida demais e pulou para se proteger bem a tempo de escapar de uma bolada bem na cabeça.

– Aonde vai, Z.? – Stevie Rae gritou por trás de um arbusto ornamental. Percebi que Drew estava bem ao lado dela, tacando bolas em Shaunee.

– Para o centro de mídia, tenho que trabalhar nas palavras para o ritual de amanhã, então vou pegar alguma coisa para comer no dormitório depois que acabar – e fui me afastando cada vez mais rápido. – Detesto perder a diversão, mas... – e entrei pela porta mais próxima, fechando-a bem a tempo de escutar o *plop plop plop* de três bolas de neve batendo na madeira antiga.

Eu não estava inventando desculpa para escapar da batalha de bolas de neve. Realmente, já tinha planos de não jantar para passar algumas horas no centro de mídia. Amanhã eu teria que projetar um círculo e conduzir um ritual que devia ser tão antigo quanto a própria lua.

Eu não sabia que diabo ia fazer.

Tá, tudo bem. Havia projetado um círculo com meus amigos no mês passado como uma pequena experiência para ver se realmente tinha afinidade com os elementos ou se era tudo doideira. Até sentir o poder do vento, do fogo, da água, da terra e do espírito me atravessarem, com meus amigos por testemunha, eu também apostaria que eu estava doida. Não que eu seja totalmente cética nem nada assim, mas, por favor... dá um tempo! (como as gêmeas diriam) Ser capaz de conjurar o poder dos cinco elementos era bem bizarro. Tipo, minha vida não era nenhum filme dos *X-Men* (apesar de que eu, com certeza, gostaria de passar um bom tempo com Wolverine).

O centro de mídia estava previsivelmente vazio; afinal, era sábado à noite. Só os mais *nerds* passavam o sábado à noite ali. Sim, eu sabia muito bem no que isso me transformava. Eu já havia decidido por onde começar minha pesquisa. Acessei o catálogo da biblioteca no computador e procurei por livros de antigos encantamentos e rituais, ignorando todos os publicados recentemente. Fiquei particularmente atraída por um, chamado *Ritos Místicos da Lua de Cristal,* de Fiona. Reconheci vagamente seu nome como o de um dos Poetas *Vamp* Laureados do começo dos anos 1800 (havia uma bela foto dela em nosso dormitório). Anotei sua classificação decimal de Dewey e o encontrei em uma prateleira obscura, empoeirada e solitária. Considerei um excelente sinal o fato de ser um daqueles velhos tomos de capa de couro. Eu queria base e tradição para que, sob minha liderança, as Filhas das Trevas conhecessem algo além da influência excessivamente moderna (e do jeito de "cachorrinha fedida") de Aphrodite.

Abri meu bloco e peguei minha caneta favorita, o que me fez pensar no que Loren havia dito quanto a preferir escrever poesia à mão ao invés de no computador... e em Loren tocando meu rosto... e minhas costas... e a faiscante conexão entre nós. Sorri e senti minhas bochechas esquentarem, e então me dei conta de que estava sentada lá, sorrindo e corando como uma demente por causa de um cara que era velho demais para mim, além de ser um vampiro. Ambas as coisas me deixavam nervosa mesmo (como era de se esperar). Tipo, ele era totalmente lindo, mas tinha vinte e poucos anos. Um adulto de verdade que conhecia todos os segredos dos vampiros sobre sede de sangue e sobre, bem, tesão em geral. O que, infelizmente, só o tornava mais delicioso, especialmente depois de minha breve, mas muito indecente, cena de pegação sanguinolenta com Heath.

Fiquei batendo com minha caneta na página em branco do bloco. Tudo bem que andei beijando e ficando um pouquinho com Erik durante o último mês. Sim, gostei. Não, a coisa não foi muito longe. Uma razão era porque, a despeito das recentes provas em contrário, eu não *costumava* me comportar como uma *qualquer*. Outra era que eu ainda me lembrava muito bem de quando acidentalmente vi Aphrodite, a própria ex-namorada de Erik, ajoelhada em frente a ele tentando... você sabe o quê, e eu não queria que Erik achasse que eu era uma "cachorrinha fedida" como Aphrodite Nojenta (ignorei a memória de quando levei a mão ao volume dentro da calça de Heath). E eu com certeza sentia atração por Erik, que todo mundo achava que era meu namorado oficial, apesar de não termos feito muita coisa em relação a essa atração.

Minha mente se voltou para Loren. Lá fora, ao luar, com minha pele exposta para ele, Loren fez com que eu me sentisse mulher – não uma garota inexperiente e nervosa, que é como eu tendia a me sentir junto a Erik. Mas, ao ver o desejo nos olhos de Loren, senti-me linda e poderosa e muito, muito *sexy*. E, sim, eu tive de admitir para mim mesma que gostava da sensação.

E como diabos Heath se encaixava em tudo isso? Eu sentia algo diferente em relação a ele do que sentia por Erik ou Loren. Heath e eu tínhamos uma história. Nós nos conhecíamos desde crianças e pelos últimos dois anos ficávamos indo e voltando no namoro. Eu sempre sentira atração por Heath, e nós nos pegávamos pra valer, mas ele nunca me atraíra antes como da vez em que ele cortara o pescoço e eu bebera seu sangue.

Estremeci e automaticamente lambi os lábios. Só de pensar nisso ficava excitada e horrorizada ao mesmo tempo. Eu, com certeza, queria revê-lo. Mas será que era porque ainda gostava dele ou só por causa do intenso desejo que sentia pelo seu sangue?

Eu não fazia a menor ideia.

É verdade que há anos eu gostava de Heath. Ele às vezes era meio bobo, mas geralmente de um jeito doce. Ele me tratava bem, e eu gostava de sair com ele; ao menos essas coisas já eram assim antes de ele começar a encher a cara e ficar doidão. Então sua bobeira virou estupidez, e eu deixei de confiar nele. Mas ele disse que havia parado com tudo isso, será que isso queria dizer que voltara a ser o cara de quem eu gostava tanto? E, se fosse o caso, que diabos eu faria com: 1) Erik; 2) Loren; 3) o fato de que beber o sangue de Heath era totalmente contra as regras da Morada da Noite; e 4) o fato de que certamente beberia mais de seu sangue?

Meu suspiro soou suspeitamente como um soluço. Eu realmente precisava falar com alguém.

Neferet? De jeito nenhum. Eu não ia contar sobre Loren a um *vamp* adulto. Eu sabia que devia admitir que andei bebendo do sangue de Heath (suspiro, outra vez) e que provavelmente reforçara o Carimbo entre nós. Mas não podia dizer isso. Pelo menos ainda não. Sei que é egoísmo, mas não quero arrumar confusão com ela enquanto ainda estou tentando me ajeitar como líder das Filhas das Trevas.

Stevie Rae? Ela era minha melhor amiga, e eu queria lhe contar, mas, se eu fosse *realmente* conversar com ela, teria de admitir que bebi o sangue de Heath. Duas vezes. E como queria beber de novo. Como ela não ficaria apavorada? *Eu mesma* ficava apavorada. Não aguentava imaginar minha melhor amiga olhando para mim como se eu fosse um monstro. Além disso, eu não achava que ela entenderia, não de verdade.

Eu não podia contar para vovó. Ela com certeza não ia gostar do fato de Loren ter vinte e poucos anos. E eu não conseguia nem pensar em conversar com ela sobre a parte erótica do desejo por sangue.

Ironicamente, dei-me conta de que a pessoa que não ficaria apavorada com o sangue, e com certeza entenderia a parte erótica e tudo mais era... Aphrodite. E, por estranho que pareça, parte de mim queria conversar com ela, especialmente após descobrir que suas visões ainda eram legítimas. Eu *sentia* que havia qualquer coisa em Aphrodite me dizendo que a coisa ia muito além do fato de ela sem dúvida saber ser uma "cachorrinha detestável". Ela enfurecera Neferet, isso era óbvio. Mas Neferet dissera a Aphrodite, com palavras frias e raivosas, que Nyx não mais a apoiava e deixara claro para mim (e praticamente para a escola inteira) que as visões de Aphrodite eram falsas. Mas tive a prova de que não eram. Isso me deu um medo de arrepiar, e comecei a pensar até que ponto eu poderia realmente confiar em Neferet.

Forçando meus pensamentos a voltar para o centro de mídia e a pesquisa por fazer, abri o velho livro de rituais e um pedaço de papel caiu de dentro dele. Eu o peguei, pensando que algum garoto devia ter esquecido suas anotações, e fiquei paralisada. Meu nome estava escrito com uma caligrafia elegante, que reconheci sem pestanejar.

Para Zoey

Airosa Pítia.
Nyx não cobre seu rubro sonho.
Aceita o Desejo.

As palavras do poema me causaram um arrepio. Que diabos? Como alguém, ainda mais Loren, que devia estar na Costa Leste, podia saber que eu ia pegar este livro?

Minha mão estava tremendo, então baixei o papel e lentamente reli o poema. Tirando o fato de que era de um romantismo incrível o Poeta *Vamp* Laureado me escrever poemas, não consegui ler aquelas linhas sem ficar totalmente passada de tão sensual que era, e de repente me dei conta de que havia algo de muito perturbador quanto àquele haicai estar dentro do livro. *Nyx não cobre seu rubro sonho.* Será que eu estava ficando absolutamente doida ou aquele verso soava como se Loren soubesse que andei bebendo sangue? E de repente o poema soou mal... perigoso... como um aviso que não era exatamente aviso, e comecei a pensar no poeta. E se não foi Loren quem escreveu isto? E se fosse Aphrodite? Eu a ouvira conversando com os pais. Ela tinha de me tirar da liderança das Filhas das Trevas. Será que seu plano tinha a ver com isso? (Nossa mãe, o plano dela! Eu estava começando a me sentir um personagem de histórias em quadrinhos.)

Muito bem, Aphrodite me vira com Loren, mas como saberia sobre o haicai? Além do mais, como Aphrodite saberia que eu estaria de volta ao centro de mídia à procura deste velho livro especificamente? Isso mais parecia algum tipo de informação esotérica do que a que algum *vamp* adulto teria, ainda que eu não fizesse ideia de como. Tipo, eu nem sabia que livro ia escolher até minutos atrás...

Nala pulou na mesa do computador, quase me matando de susto. Ela resmungou e se esfregou em mim.

– Tá, tá. Vou trabalhar – mas, à medida que fui procurando rituais e feitiços tradicionais no velho livro, minha mente ficou girando, pensando sem parar no poema e na sensação desconfortável que se alojara de vez sob meu osso esterno.

16

Eu estava saindo do centro de mídia com Nala no colo; a gata dormia tão pesado que nem se dera ao trabalho de resmungar quando a peguei. Dei uma olhada no relógio ao sair e não pude acreditar que várias horas haviam se passado. Não era à toa que eu estava toda dormente da cintura para baixo e meu pescoço, tão duro. Mas o desconforto temporário não importava muito, pois eu chegara a uma conclusão do que fazer no Ritual Completo de Lua Cheia. Era um peso e tanto que eu tirava dos ombros. Ainda estava nervosa, e não passei muito tempo pensando no fato de antes ter realizado o ritual na frente de um bando de garotos, a maioria dos quais provavelmente não estava feliz por eu ter tomado a liderança de sua amiguinha Aphrodite. Eu só precisava manter a concentração no ritual em si e me lembrar das sensações incríveis que me preenchiam sempre que eu invocava os cinco elementos. O resto se resolveria por si só. Tomara!

Abri a pesada porta da frente da escola e entrei em um mundo diferente. Nevava pesadamente; devia ter nevado o tempo todo em que estive no centro de mídia. A área da escola estava completamente coberta por um edredom felpudo e branco. O vento açoitava e a visibilidade era terrível. Os lampiões a gás que marcavam o caminho sombrio não passavam muito de pontinhos amarelos fulgurantes contra a branca escuridão. Eu devia ter tomado o rumo de volta para o dormitório e ficar lá dentro o máximo de tempo possível, e depois correr da parte mais afastada da escola até o dormitório das garotas, mas eu realmente não queria. Pensei se Stevie Rae não teria razão. A neve era realmente mágica. Ela transformava o mundo, deixava-o mais tranquilo, mais suave, mais misterioso. Na condição de novata, eu já tinha um pouco da proteção natural contra o frio de um vampiro adulto, o que me deixava apavorada. É que isso me fazia pensar nas criaturas frias e mortas que conseguiam existir por beber o sangue dos vivos – totalmente pavoroso, apesar de a ideia me atrair bizarramente. Agora eu sabia mais sobre aquilo em que estava me transformando, então entendi que minha proteção contra o frio era mais uma questão de metabolismo acelerado do que de ser uma morta-viva. Os vampiros não são mortos. São apenas Transformados. Eram os humanos que gostavam de alimentar o assustador mito dos mortos-vivos, o qual eu estava começando a achar mais do que levemente irritante. De toda forma, eu realmente gostava de poder andar por aí sob uma nevasca sem me sentir a ponto de congelar. Nala se esfregou em mim, ronronando alto quando a envolvi protetoramente nos braços. A neve abafava meus passos, e naquele momento senti que estava sozinha em um mundo onde preto e branco se misturaram para formar uma cor única só para mim.

Havia caminhado poucos passos quando suspirei, e teria dado um tapa em minha própria testa se meus braços não estivessem segurando minha gata. Eu precisava passar na loja de encantamentos e rituais da escola para pegar um pouco de eucalipto. De acordo com o que eu lera no velho livro de rituais, o eucalipto era associado a cura, proteção e purificação – três coisas que pensei serem importantes evocar durante meu primeiro ritual como líder das Filhas das Trevas. Imaginava que fosse possível conseguir o eucalipto amanhã, mas ia precisar amarrar o eucalipto a uma corda como parte do encantamento que planejava realizar e... bem... devia ser bom praticar para não derrubar nada durante o encantamento ou, pior ainda, descobrir de repente que o eucalipto não era flexível como eu esperava e acabasse se despedaçando, fazendo-me ficar vermelha, querendo me afundar sob o centro de recreações e ficar chorando em posição fetal...

Afastei aquela linda imagem da minha mente, virei e comecei a me arrastar de volta para o edifício principal. Foi quando vi a silhueta. Despertou minha atenção porque havia algo de estranho – e não só por ser incomum que outro novato fosse bobo a ponto de sair para caminhar debaixo da nevasca. O que achei esquisito foi a pessoa (porque com certeza não era um gato ou um arbusto) não estar caminhando sobre a calçada. Ela estava seguindo na direção do centro de recreações, mas cortou pelo gramado ao longe. Parei e franzi os olhos para enxergar em meio à neve. A pessoa estava usando capa longa e escura com capuz levantado.

O ímpeto de segui-la me veio com tanta força que arfei. Quase como se não tivesse mais vontade própria, saí da calçada e corri atrás da pessoa misteriosa, que acabara de entrar na floresta depois do muro da escola.

Arregalei os olhos. No instante em que a silhueta adentrou as sombras, ele ou ela, sabe-se lá, começou a se mexer com velocidade sobre-humana, com a capa ondulando loucamente atrás de si no vento nevado, fazendo-a parecer alada. Vermelho? Será que eu tinha visto lampejos escarlates contra vislumbres de pele branca? A neve me feriu os olhos e minha visão ficou borrada, mas apertei Nala com mais força junto ao peito e saí correndo, apesar de perceber que estava sendo levada à área do muro leste onde ficava o alçapão, o mesmo lugar onde eu vira os outros dois fantasmas, ou espectros, ou sei lá. O lugar aonde eu não queria voltar de jeito nenhum, pelo menos não sozinha.

Sim, eu devia ter virado à esquerda e marchado diretamente para o dormitório. Mas, naturalmente, não foi o que fiz.

Meu coração estava batendo loucamente, e Nala resmungava em minha orelha quando entrei na floresta e continuei correndo em paralelo ao muro, pensando o tempo todo em como era absolutamente insano estar ali perseguindo o que seria, na melhor das hipóteses, algum garoto tentando sair da escola sem ninguém saber ou um fantasma totalmente pavoroso, na pior delas.

Perdi a pessoa de vista, mas sabia que estava chegando perto do alçapão, então diminuí o passo, automaticamente me escondendo nas sombras mais profundas e passando de uma árvore para outra. Agora nevava mais forte, e Nala e eu estávamos cobertas de branco, e eu, na verdade, estava começando a ficar com frio. *O que estou fazendo aqui fora?* A despeito do que dizia minha intuição, minha mente dizia que estava agindo feito louca e que precisava voltar (eu e minha gata trêmula) para o dormitório. Isso realmente não era da minha conta. Talvez um dos professores estivesse conferindo o... sei lá... o terreno... para se certificar de que não havia nenhum novato retardado (como eu) andando por aí debaixo do temporal.

Ou talvez alguém tivesse vindo para o terreno da escola após matar brutalmente Chris Ford e abduzir Brad Higeons e agora estivesse fugindo de novo, e se eu o/a confrontasse, seria assassinada também.

Ah, tá. Isso é que é imaginação fértil.

De repente, ouvi vozes.

Diminuí bastante o passo, praticamente andando nas pontas dos pés, até que finalmente os vi. Havia duas silhuetas paradas bem perto do alçapão aberto.

Pisquei os olhos com dificuldade, tentando enxergar melhor através da cortina de neve branca que não parava de cair. A pessoa mais perto da porta era a que eu acabara de seguir e, agora que não estava correndo (a uma velocidade ridícula), pude ver que tinha uma postura esquisita, meio encurvada, como se fosse corcunda. Voltei minha atenção para o outro vulto e senti o arrepio causado pela neve que me roçava a pele penetrar o fundo da minha alma. Era Neferet.

Ela estava com um jeito misterioso e poderoso, com seus cabelos castanho-avermelhados esvoaçando ao seu redor e a neve cobrindo o longo vestido preto que usava. Estava de frente para mim, por isso pude ver sua expressão severa, quase de raiva, enquanto falava seriamente com a pessoa encapuzada, usando as mãos para se expressar. Silenciosamente me aproximei, contente por estar de roupa escura e poder me esconder nas sombras perto do muro. Do ponto onde parei, o vento nevado me trazia o som do que Neferet estava dizendo.

– ... tenha mais cuidado com o que você faz! Eu não vou... – prestei atenção, tentando ouvir em meio aos gemidos do vento, e me dei conta de que a brisa estava me trazendo mais do que apenas as palavras de Neferet. Eu senti o cheiro de alguma coisa, apesar do cheiro forte da neve. Era um cheiro seco e mofado, estranhamente deslocado naquela noite fria e úmida. – ... perigoso demais – Neferet dizia. – Obedeça, senão... – perdi o resto da frase, e então ela fez uma pausa. O vulto encapuzado respondeu com uma espécie de grunhido esquisito, que era mais animal do que humano.

Nala, que antes estava enrolada debaixo do meu queixo e aparentemente caída no sono outra vez, de repente levantou a cabeça e olhou ao redor. Afundei-me ainda mais por trás do tronco da árvore em cuja sombra estava me escondendo, e de repente Nala começou a rosnar.

– *Shhh* – sussurrei para ela, acarinhando-a para ver se se acalmava. Ela ficou quieta, mas senti que seus pelos da parte de trás estavam arrepiados, e apertou os olhos, que ficaram parecendo lâminas iradas, ao olhar para a pessoa encapuzada.

– Você prometeu! – o som gutural da voz do homem misterioso me fez sentir um arrepio. Dei uma espiada por trás da árvore a tempo de ver Neferet levantar a mão como se fosse bater nele. Ele se encolheu junto ao muro e o capuz caiu do seu rosto, e senti um aperto tão forte no estômago que pensei que fosse vomitar.

Era Elliott. O garoto morto cujo "fantasma" atacara a mim e a Nala no mês passado.

Neferet não bateu nele. O que fez foi um gesto violento em direção ao alçapão aberto. Ela havia levantado a voz, então tudo que ela disse chegou a mim pelo vento.

– Talvez chegue para você! O momento não é bom. Você não entende dessas coisas e não deve me questionar. Agora vá embora daqui. Se você me desobedecer outra vez, vai sentir minha fúria, e a fúria de uma Deusa é algo terrível de se presenciar.

Elliott se encolheu de medo de Neferet.

– Sim, Deusa – ele choramingou.

Era ele, eu sabia que era. Apesar de estar rouco, pude reconhecer. Não sei como, mas Elliott não havia morrido, e não se Transformara em vampiro adulto. Ele era outra coisa. Algo terrível.

No momento em que pensei em como ele era repulsivo, a expressão de Neferet ficou mais suave.

– Não quero me aborrecer com minhas crianças. Você sabe que minhas maiores alegrias são vocês.

Enojada, vi Neferet se aproximar e fazer carinho no rosto de Elliott. Seus olhos começaram a brilhar com a cor de sangue velho, e mesmo de longe pude ver que o corpo inteiro dele estava tremendo.

Elliott fora um garoto baixinho, gordinho e nada atraente, branco demais e com aqueles cabelos cor de cenoura sempre desgrenhados. Ele continuava do mesmo jeito, mas agora suas bochechas pálidas estavam magras e seu corpo, encurvado, como se tivesse se dobrado para dentro. Então Neferet teve de se abaixar para beijar seus lábios. Totalmente enojada, ouvi Elliott gemer de prazer. Ela se empinou e riu. Foi um som sombrio e sedutor.

– Por favor, Deusa! – Elliott choramingou.

– Você sabe que não merece.

– Por favor, Deusa! – ele repetiu. Seu corpo tremia violentamente.

– Muito bem, mas não se esqueça: o que a Deusa dá, ela também pode tomar.

Incapaz de parar de olhar, vi Neferet levantar o braço e subir a manga da blusa. Então, passou a unha no antebraço, deixando uma linha de escarlate vivo de onde o sangue começou a brotar imediatamente. Senti o chamado de seu sangue. Quando ela esticou o braço, oferecendo-o a Elliott, apertei o corpo contra a casca dura da árvore, forçando-me a ficar imóvel e escondida, enquanto ele caiu de joelhos em frente a ela e, soltando ruídos e gemidos bestiais, começou a sugar o sangue de Neferet. Desviei os olhos dele para olhar para Neferet. Ela havia jogado a cabeça para trás e entreaberto os lábios, como se sentir aquela criatura grotesca que era Elliott sugar seu sangue fosse uma experiência sexual.

Bem no fundo de mim surgiu um desejo correspondente. Eu tive vontade de abrir a pele de alguém e...

Não! Eu me escondi completamente atrás da árvore. Não ia me tornar um monstro. Não ia virar uma aberração. Eu não podia deixar essa coisa me controlar. Lenta e silenciosamente, comecei a tomar o caminho de volta, recusando-me a olhar de novo para os dois.

17

Eu ainda estava trêmula, confusa e com o estômago bastante enjoado quando finalmente cheguei ao dormitório. Vários jovens molhados estavam agrupados no salão principal assistindo à tevê e bebendo chocolate quente. Peguei uma toalha de uma pilha perto da porta e me juntei à Stevie Rae, às gêmeas e ao Damien, que estavam sentados assistindo ao nosso programa favorito, *Project Runway*, e comecei a secar Nala, que reclamava sem parar.

Stevie Rae não percebeu que eu estava quieta demais. Ela estava muito ocupada em tagarelar sobre como a batalha de bolas de neve da qual eu havia declinado acabou se transformando em uma verdadeira guerra após o jantar, até que uma bola de neve atingiu uma das janelas do escritório de Dragon. Dragon era como todos chamavam o professor de esgrima, e ele não era o tipo de *vamp* com quem nenhum novato quisesse criar problema.

– Dragon acabou com a guerra de neve – Stevie Rae deu risada. – Mas até então foi bem divertido.

– É, Z., você perdeu uma guerra da hora de tão divertida – Erin completou.

– Nós acabamos com Damien e seu namorado – Shaunee disse.

– Ele não é meu namorado! – Damien disse, mas seu sorrisinho pareceu acrescentar "ainda" ao fim da frase.

– Que...

– ... seja – disseram as gêmeas.

– Eu o acho bonitinho – Stevie Rae disse.

– Eu também – Damien concordou, ficando adoravelmente rosado.

– O que acha dele, Zoey? – Stevie Rae perguntou.

Pisquei para Stevie Rae. Era como se eu estivesse dentro de um pequeno aquário com um tufão no meio e o resto das pessoas estivesse do lado de fora, sem saber de nada, curtindo o tempo bom.

– Tudo bem, Zoey? – Damien perguntou.

– Damien, pode me arrumar um pouco de eucalipto? – eu disse abruptamente.

– Eucalipto?

Eu fiz que sim.

– É, uns ramos de eucalipto e um pouco de sálvia também. Preciso dos dois para o ritual de amanhã.

– Tá, sem problema – Damien respondeu, observando-me de perto demais.

– Você resolveu o que faltava para o ritual, Z.? – Stevie Rae perguntou.

– Acho que sim – parei e respirei fundo, então, encarei com firmeza Damien e seu olhar questionador.

– Damien, já houve algum caso de um novato parecer morrer e depois ser encontrado vivo?

Para seu crédito, Damien não teve um ataque nem me perguntou se eu estava maluca. Senti que as gêmeas e Stevie Rae estavam olhando para mim como se eu tivesse acabado de dizer que tinha feito um filme pelada, mas as ignorei e continuei concentrada em Damien. Todos sabíamos que ele passava horas estudando e se lembrava de tudo que lia. Se algum de nós sabia a resposta para minha bizarra pergunta, esse alguém era ele.

– Quando o corpo de um novato começa a rejeitar a Transformação não há como parar. Todos os livros deixam isso claro. Também foi o que Neferet nos disse. Zoey... – jamais o ouvi soar tão sério – Qual o problema?

– Por favor, por favor, por favor, me diga que não está se sentindo mal! – Stevie Rae praticamente chorou.

– Não! Não é nada disso – tratei logo de dizer. – Estou bem. Juro.

– O que está acontecendo? – Shaunee perguntou.

– Você está nos assustando – Erin continuou.

– Não é minha intenção – justifiquei. – Tudo bem, sei que vai soar esquisito, mas acho que vi aquele garoto, o Elliott.

– Ahn?

– O quê? – as gêmeas disseram juntas.

– Eu não entendo – Damien disse. – Elliott morreu no mês passado.

Os olhos de Stevie Rae se arregalaram de repente.

– Que nem Elizabeth! – ela disse. Antes que eu pudesse dizer qualquer coisa, ela disse em uma única frase, sem pausa para respirar: – No mês passado Zoey pensou ter visto o fantasma de Elizabeth lá no muro leste, mas não dissemos nada porque não queríamos apavorar geral.

Abri a boca para explicar sobre Elliott... e Neferet. Mas calei. Eu devia ter entendido antes que não podia lhes contar sobre Neferet, em absoluto. Todo vampiro era intuitivo em algum nível. A Grande Sacerdotisa Neferet era incrivelmente intuitiva. Tanto que às vezes parecia ler pensamentos. Sem chance de meus quatro amigos ficarem andando pela escola sabendo que eu vira Neferet deixar aquele morto-vivo nojento do Elliott lhe sugar o sangue sem ela saber o que se passava por suas mentes apavoradas. O que eu presenciara tinha de ficar guardado só para mim.

– Zoey? – Stevie Rae pôs a mão em meu braço. – Pode nos contar.

Sorri para ela e desejei, do fundo do coração, poder contar.

– Eu achei mesmo ter visto o fantasma de Elizabeth no mês passado. E hoje acho que vi o de Elliott – eu disse, enfim.

Damien franziu o cenho.

– Se você viu fantasmas, por que me perguntou se novatos se recuperam da rejeição à Transformação?

Encarei meu amigo no olho e menti descaradamente.

– Porque isso me pareceu mais fácil de acreditar do que estar vendo fantasmas – ou ao menos me pareceu mentira até que eu dissesse isso. Depois pareceu maluquice.

– Eu ficaria apavorada se visse um fantasma – Shaunee disse.

Erin balançou a cabeça, concordando entusiasticamente.

– Foi como com Elizabeth? – Stevie Rae perguntou.

Ao menos quanto a isso eu não teria de mentir.

– Não. Ele pareceu mais real, mas eu os vi a ambos no mesmo lugar, no muro leste, e ambos tinham olhos de um tom vermelho vibrante.

Shaunee estremeceu.

– Eu sempre trato de ficar longe daquele muro sinistro – Erin disse.

Damien, sempre erudito, ficou batendo no queixo com jeito de professor.

– Zoey, talvez você tenha outra afinidade. Talvez seja capaz de ver novatos mortos.

Eu teria pensado nessa possibilidade, por mais repulsivo que fosse, se não tivesse visto o suposto fantasma, sólido e totalmente real, bebendo do sangue da minha mentora. Mesmo assim, ainda era uma boa teoria e uma forma excelente de manter Damien ocupado.

– Você deve ter razão – concordei.

– *Eca* – Stevie Rae rejeitou a ideia. – Tomara que não.

– Digo o mesmo. Mas você poderia pesquisar para mim, Damien?

– Claro. Também vou procurar referências a novatos que assombram.

– Obrigada mesmo.

– Sabe, acho que me lembro de ter lido um texto histórico da Grécia antiga sobre espíritos que vagavam incansavelmente pelas antigas tumbas de...

Parei de prestar atenção à palestra de Damien, contente por Stevie Rae e as gêmeas estarem mais interessadas em ouvir histórias de fantasmas do que em fazer perguntas mais específicas. Detestava ter de mentir para eles, especialmente porque gostaria mesmo de lhes contar tudo. O que vi me assustou de verdade. Como diabos iria encarar Neferet outra vez?

Nala esfregou seu rosto no meu e se acomodou no meu colo. Olhei para a tevê e fiquei lhe fazendo carinho enquanto Damien continuava com as velhas histórias de fantasmas *vamps*. Então me dei conta do que estava assistindo e me joguei na frente de Stevie Rae para pegar o controle remoto, que estava na mesinha de canto ao lado dela, fazendo Nala soltar um de seus miados de irritação e pular do meu colo. Nem tive tempo de acalmá-la e aumentei o volume rapidamente.

Era Chera Kimiko outra vez com a principal notícia da noite.

O corpo de Brad Higeons, o segundo adolescente morto da Union High School, foi encontrado no córrego que passa no terreno do Philbrook Museum pelos seguranças do museu. A causa da morte não está sendo oficialmente divulgada desta vez, mas fontes da Fox News garantem que o garoto morreu por perda de sangue decorrente de múltiplas lacerações.

– Não... – senti minha cabeça balançando para a frente e para trás. Minhas orelhas apitavam horrivelmente por dentro.

– Esse é o córrego que cruzamos quando fomos ao pátio do Philbrook para o Ritual de *Samhain* no mês passado – Stevie Rae observou.

– Fica perto daqui – Shaunee completou.

– As Filhas das Trevas sempre iam fazer seus rituais por lá – Erin concluiu.

Então Damien disse o que estávamos todos pensando.

– Alguém está tentando fazer parecer que os vampiros estão matando garotos humanos.

– Talvez seja isso – na verdade acabei pensando alto e fechei os lábios, lamentando imediatamente ter deixado escapar algo.

– Por que diz isso, Zoey? – Stevie Rae soou totalmente chocada.

– Eu... eu não sei. Eu não quis dizer isso – gaguejei, sem saber direito o que realmente quis dizer ou por que dissera.

– Você ficou perturbada, só isso – Erin disse.

– Claro que ficou. Você conhecia os dois garotos – Shaunee acrescentou. – E, para completar, ainda foi ver uma droga de um fantasma hoje.

Damien estava me observando outra vez.

– Você sentiu algo em relação a Brad antes de saber que ele estava morto, Zoey? – ele perguntou baixinho.

– Sim. Não – suspirei. – Pensei que ele estava morto assim que soube que ele sumira – admiti.

– Sentiu algo de específico? Sabe de algo mais? – Damien perguntou.

Como se extraídos de minha memória pelas perguntas de Damien, trechos do que eu ouvira Neferet dizer ficaram se repetindo em minha mente: *perigoso demais... talvez chegue para você... você não entende... não me questione...*

Senti um arrepio terrível que não tinha nada a ver com a nevasca lá fora.

– Não veio nada de específico com a sensação. Tenho de ir para o meu quarto – eu disse, subitamente incapaz de olhar para um deles. Odiava mentir e tinha minhas dúvidas se conseguiria manter o segredo caso ficasse mais tempo. – Tenho de terminar as palavras para o ritual de amanhã – justifiquei de modo pouco convincente. – E não dormi muito ontem à noite. Estou realmente cansada.

– Tá, sem problema. Nós entendemos – Damien disse.

Estava tão óbvia a preocupação deles comigo que mal consegui olhar em seus olhos.

– Obrigada, pessoal – murmurei ao sair do recinto. Estava a meio caminho da escada quando Stevie Rae me alcançou.

– Você se importa se eu também voltar para o quarto agora? Estou com a maior dor de cabeça. Eu realmente quero dormir, não vou perturbar seu estudo nem nada assim.

– Não, eu não me importo – respondi de pronto. Olhei para ela. Estava pálida. Stevie Rae era tão sensível que, mesmo não tendo conhecido Chris ou Brad, suas mortes a chateavam claramente. Acrescente-se a isso as histórias de fantasmas, e a pobre garota provavelmente estava morta de medo. Pus meu braço em seu ombro e a apertei quando chegamos à nossa porta. – Ei, vai dar tudo certo.

– É, eu sei. Só estou cansada – ela sorriu para mim, mas não soou tão espevitada como sempre.

Não falamos quase nada enquanto vestíamos nossos pijamas. Nala entrou pela portinhola para gatos, pulou na minha cama e caiu no sono quase tão rápido quanto Stevie Rae, o que foi um alívio para mim, pois eu não teria que fingir escrever palavras para um ritual que eu já havia terminado de preparar. Havia outra coisa que eu tinha que fazer e não queria contar a ninguém, nem mesmo para minha melhor amiga.

18

Meu livro 415 de Sociologia Vampírica estava exatamente onde o deixara, na estante de livros sobre minha mesa do computador. Era um livro sênior ou, como chamavam aqui, um livro do nível seis. Neferet me dera ele pouco depois que cheguei, quando já era óbvio que a Transformação em meu corpo não estava acontecendo no mesmo ritmo dos novatos normais. Ela queria me fazer passar direto da primeira turma de Sociologia para uma mais avançada, mas consegui convencê-la do contrário ao dizer que eu já era diferente demais e não precisava de algo que chamasse mais ainda a atenção do resto do pessoal. Combinamos, então, que eu estudaria o livro 415, capítulo por capítulo, e iria lhe fazendo perguntas quando tivesse dúvidas.

Tá... bem que eu queria fazer assim, mas no meio disso e daquilo (assumir a liderança das Filhas das Trevas, ficar com Erik, os trabalhos escolares de rotina e sei lá o quê), eu mal passara os olhos no livro em minha estante.

Com um suspiro que soou quase tão cansado quanto eu me sentia, levei o livro para a cama e me acomodei em um monte de travesseiros. Apesar dos eventos terríveis do dia, esforcei-me para manter meus olhos abertos e procurar no índice e descobrir o que estava procurando: desejo por sangue.

Havia uma série de números de páginas depois do tópico, então folheei o livro desanimadamente até chegar à primeira página marcada no índice e comecei a ler. Começava com coisas das quais já havia me dado conta sozinha: ao avançar na Transformação, o novato desenvolve gosto por sangue. Beber sangue deixa de ser uma coisa abominável e passa a ser deliciosa. Quando o novato já está bem adiantado no processo de Transformação pode detectar o cheiro do sangue ao longe. Devido às mudanças de metabolismo, as drogas e o álcool exercem cada vez menos efeito nos novatos e, à medida que isso acontece, os novatos percebem que os efeitos do sangue aumentam cada vez mais.

– Não brinca – disse entredentes. Só de beber sangue de novato misturado com vinho já senti uma onda incrível. Beber do sangue de Heath foi como um fogo explodindo deliciosamente dentro de mim.

Avancei na leitura. Eu já sabia muito bem que sangue era gostoso, então procurei pelo próximo tópico.

Sexualidade e sede de sangue

> Apesar de a frequência do desejo depender de idade, sexo e força geral do vampiro, os adultos devem se alimentar periodicamente de sangue humano para se manterem saudáveis e sãos. Portanto, nada mais lógico do que a evolução, e nossa adorada Deusa Nyx, terem feito do ato de beber sangue algo prazeroso, tanto para o vampiro quanto para o doador humano. Como já aprendemos, saliva de vampiro tem efeito anticoagulante para o sangue humano e também produz endorfinas, no ato de bebê-lo, o que estimula as zonas de prazer do cérebro, tanto do humano quanto do vampiro, podendo inclusive simular um orgasmo.

Pisquei os olhos e esfreguei a mão no rosto. Ora, droga! Não era à toa que agi daquele jeito safado com Heath. Ficar acesa ao beber sangue estava programado nos meus genes de Transformação.

Fascinada, continuei a ler.

Quanto mais velho o vampiro, mais endorfina ele solta ao beber o sangue e mais intensa é a sensação prazerosa, tanto para o vampiro quanto para o humano.

Faz séculos que os vampiros especulam se o desejo por sangue seria a razão principal para os humanos difamarem nossa raça. Os humanos se sentiam ameaçados por nossa capacidade de lhes fazer sentir um prazer tão intenso durante um ato que eles consideravam perigoso e abominável e assim nos rotularam de predadores. É claro que a verdade é que os vampiros são capazes de controlar seu desejo por sangue, de modo que há pouco perigo físico para os doadores humanos. O perigo está na Carimbagem, que frequentemente ocorre durante o ritual de beber sangue.

Completamente enojada, passei para a parte seguinte.

Carimbagem

Uma Carimbagem entre vampiro e humano não ocorre toda vez que um vampiro se alimenta. Muitos estudos têm sido feitos na tentativa de determinar exatamente por que alguns humanos são Carimbados e outros não. Mas, apesar de haver vários fatores determinantes, como a ligação emocional, o relacionamento entre o humano e o vampiro antes da Transformação, idade, orientação sexual e frequência com que se bebe sangue, não há como prever com certeza se um humano será Carimbado pelo vampiro.

O livro seguia falando sobre como os vampiros devem tomar cuidado ao beber de um doador vivo ao invés de arrumar sangue nos bancos de sangue, o que vem a ser um negócio bastante reservado, do qual bem poucos humanos têm conhecimento (parece que esses poucos humanos são extremamente bem pagos para manter o silêncio). O livro de Sociologia condenava claramente o ato de beber sangue dos humanos, e havia vários avisos quanto ao perigo de Carimbar um humano, porque não só o humano fica emocionalmente ligado ao vampiro; o *vamp* também fica ligado ao humano. Ao ler isso, sentei direito. Senti o estômago enjoar enquanto lia que, uma vez iniciada a Carimbagem, o *vamp* pode sentir as emoções do humano e, em alguns casos, até chamar e/ou rastrear o humano.

Daí o livro entrou em uma tangente, sobre como Bram Stoker fora na verdade Carimbado por uma Grande Sacerdotisa *vamp*, mas não entendera que o compromisso que ela tinha com Nyx tinha de vir antes da ligação entre eles dois e, numa furiosa crise de ciúme, acabou exagerando os aspectos negativos da Carimbagem em seu infame livro *Drácula*.

– Ahn. Eu não fazia a menor ideia – disse comigo mesma. Ironicamente, *Dracula* era um de meus livros favoritos desde que o li aos treze anos.

Passei rapidamente às páginas seguintes dessa parte até chegar à outra, que me fez morder o lábio ao ler.

Carimbagem e vampiros novatos

> Como abordado no capítulo anterior, devido à possibilidade de Carimbagem, novatos são proibidos de beber o sangue de doadores humanos, mas podem fazer experimentos entre si. Foi provado que novatos não podem se Carimbar mutuamente. Contudo, é possível para um vampiro adulto Carimbar um novato. Isso leva a complicações emocionais e físicas quando o novato completa a Transformação, complicações essas que também não favorecem o vampiro; portanto, beber sangue é estritamente proibido entre novatos e vampiros adultos.

Balancei a cabeça em negativa, mais uma vez totalmente consternada por ter visto Elliott beber do sangue de Neferet. À parte toda aquela história de Elliott estar morto (que ainda estava me deixando confusa pra diabo), Neferet era uma poderosa Grande Sacerdotisa. Estava fora de questão ela deixar um novato beber do seu sangue (até mesmo um novato morto).

Havia um capítulo sobre romper o efeito de uma Carimbagem, que comecei a ler, mas era deprimente demais. Pelo jeito, era necessário pedir ajuda a uma poderosa Grande Sacerdotisa e envolvia muita dor física, especialmente para o humano, e mesmo assim o humano e o vampiro tinham de tomar cuidado para manter distância ou a Carimbagem se restabeleceria.

De repente senti-me insuportavelmente esgotada. Há quanto tempo eu estava mesmo sem dormir? Mais de um dia. Dei uma olhada no meu despertador. Eram seis e dez da manhã, em breve estaria clareando.

Sentindo-me tensa e acabada, levantei-me e pus o livro de volta na prateleira. Então abri um lado das pesadas cortinas que cobriam completamente a grande e única janela em nosso quarto e bloqueavam toda a luz vinda de fora. Ainda nevava, e o mundo parecia inocente e sonhador à luz hesitante do pré-amanhecer. Era difícil imaginar que coisas horríveis, como adolescentes sendo mortos e novatos mortos-vivos sendo reanimados, pudessem acontecer por aí. Fechei os olhos e apoiei a cabeça contra a vidraça gelada da janela. Eu não queria pensar em nenhuma dessas coisas agora. Estava cansada demais... confusa demais... incapaz demais para conseguir as respostas de que precisava.

Minha mente sonolenta ficou vagando. Eu queria me deitar, mas estava bom sentir o vidro frio em minha testa. Erik ia chegar mais tarde. Só de pensar, senti pontadas de prazer e de culpa, o que, naturalmente, me fez pensar em Heath.

Provavelmente eu o Carimbara. A ideia me assustava, mas também me atraía. Seria tão ruim ser emocional e fisicamente ligada a um Heath sóbrio? Antes de conhecer Erik (ou Loren) eu certamente teria dito que não seria nada mal. Mas, agora, o que me preocupava não era isso, mas ter de esconder o relacionamento de todo mundo. *Claro que eu poderia mentir...* – a ideia se espalhou por minha mente mega-estressada como fumaça tóxica. *Neferet, e até Erik, sabiam que eu me encontrara no mês passado em uma situação na qual bebi do sangue de Heath – antes de eu saber qualquer coisa sobre desejo por sangue e Carimbagem. Eu podia fingir tê-lo Carimbado naquela situação. Eu já mencionara a possibilidade para Neferet. Talvez eu possa dar um jeito de ficar com Heath e com Erik...*

Eu sabia que pensar aquilo era errado. Sabia que ficar com os dois era desonesto, tanto com Erik quanto com Heath, mas estava tão dividida! Estava realmente começando a gostar de Erik; além do quê, ele vivia em meu mundo e entendia de coisas como a Transformação e abraçar um modo de vida totalmente novo. Pensar em acabar tudo com ele me doía o coração.

Mas pensar em nunca mais ver Heath, nunca mais provar de seu sangue... diante desse pensamento sentia-me prestes a ter um ataque de pânico. Suspirei outra vez. Se isso era ruim para mim, era provavelmente um zilhão de vezes pior para Heath. Afinal, fazia um mês que não o via, e nesse tempo todo ele andou com uma lâmina no bolso na expectativa de me encontrar. Ele tinha parado de beber e de fumar por causa do que acontecera entre nós. E ele estava ansioso para se cortar e me deixar beber de seu sangue. Ao me lembrar disso, estremeci, e não por causa do frio da janela contra a qual ainda estava apoiando a testa. Estremeci de desejo. O livro de Sociologia descrevera as razões por trás do desejo por sangue com palavras lógicas e imparciais, que não chegavam nem perto de expressar a verdade da coisa.

Beber do sangue de Heath foi um tesão incrível. Algo que eu queria fazer várias vezes. Logo. Agora mesmo, na verdade. Mordi o lábio para não gemer ao pensar em Heath, no seu corpo firme e no gosto incrível do seu sangue.

De repente, foi como se uma parte de minha mente se elevasse, como um fio sendo puxado de um enorme novelo. Pude sentir aquela parte de mim procurando... caçando... rastreando... até adentrar um quarto escuro e flutuar sobre uma cama. Suguei o ar para dentro dos pulmões. Heath! Ele estava deitado de costas. Seu cabelo louro estava todo desgrenhado, fazendo-o parecer um garotinho. Tudo bem, qualquer pessoa diria que o garoto é totalmente fofo. Tipo, *vamps* eram famosos por sua beleza estonteante, e até um *vamp* seria obrigado a reconhecer que Heath estaria bem cotado em seu padrão de boa aparência.

Como que sentindo minha presença, ele se remexeu, ainda dormindo, virou a cabeça e afastou displicentemente o lençol que o cobria. Estava sem nada, a não ser a cueca azul toda estampada com sapinhos gorduchos. Aquela visão me fez sorrir. Mas o sorriso congelou em meu rosto quando percebi que agora podia ver a fina linha rosada que descia pela lateral do pescoço.

Foi onde ele se cortou com a navalha e onde lhe suguei o sangue. Dava quase para sentir o gosto outra vez, seu calor e sua sombria magnificência, como chocolate derretido, só que um zilhão de vezes melhor.

Incapaz de me deter, gemi, e no mesmo instante Heath gemeu no sono.

– Zoey... – ele murmurou sonhadoramente e trocou de posição, agitando-se outra vez.

– Ah, Heath – sussurrei. – Não sei o que fazer com nós dois – eu sabia *muito bem* o que queria fazer. Eu queria ignorar minha exaustão, entrar no meu carro, ir direto para a casa de Heath, entrar pela janela de seu quarto (nada que já não tenha feito antes), abrir o corte recém-fechado em seu pescoço e deixar seu doce sangue fluir em minha boca, e apertar meu corpo contra o dele, e fazer amor pela primeira vez em minha vida.

– Zoey! – desta vez os olhos de Heath estavam se abrindo. Ele gemeu de novo, levou a mão ao volume dentro da cueca e começou a...

Abri os olhos e, de repente, estava de volta ao meu quarto no dormitório, com a testa na janela e a respiração pesada demais.

Meu celular apitou, anunciando a chegada de uma mensagem de texto. Abri, com mãos trêmulas, e li: *Senti você aqui. Prometa que vai me encontrar na sexta-feira.*

Respirei fundo e respondi a Heath com uma palavra que fez meu estômago tremular de excitação: *Prometo.*

Fechei e desliguei o telefone. Então, esforçando-me para tirar da cabeça a imagem de Heath com aquele corte aberto no pescoço, quente e desejável, claramente me desejando tanto quanto eu a ele, saí da janela e fui para a cama. Meu relógio dizia, incrivelmente, que eram oito e vinte e sete da manhã. Ficara na janela por mais de duas horas! Não era à toa que meu corpo estava tão tenso e arrasado. Procurei guardar na memória que tinha de me informar mais sobre Carimbagem e sobre a ligação entre o humano e o *vamp* da próxima vez que fosse ao centro de mídia (e era melhor que fosse o quanto antes). Antes de desligar o abajur na mesinha de cabeceira, dei uma olhada em Stevie Rae. Estava encolhida e de costas para mim, mas sua respiração profunda dizia que certamente ainda estava dormindo. Bem, ao menos meus amigos não sabiam o tipo de aberração tarada e sedenta por sangue em que estava me transformando.

Eu queria Heath.

Eu desejava Erik.

Estava intrigada com Loren.

Não fazia a menor ideia do que faria com a zona em que se transformara minha vida.

Embolei o travesseiro. Estava tão cansada, que me sentia como se alguém tivesse me drogado, mas minha mente ainda não sossegara. Ao acordar, encontraria Erik outra vez, e provavelmente Loren também. Tinha de encarar Neferet. Ia fazer meu primeiro ritual na frente de um bando de garotos que provavelmente ficariam felizes em me ver fracassar ou pelo menos passar uma vergonha miserável; sem contar que sempre havia a possibilidade de ambas as coisas acontecerem. Depois, havia a esquisitice de saber que eu vira o que só podia ser o fantasma de

Elliott se comportando de modo nada fantasmagórico. Para não falar que outro adolescente humano estava morto e que parecia cada vez mais que algum *vamp* tinha algo a ver com tudo aquilo.

Fechei os olhos, fiz meu corpo relaxar e minha mente se concentrar em algo agradável, como... como... que a neve era linda...

Lentamente, a exaustão tomou conta e finalmente, felizmente, caí em um sono profundo.

19

Fui acordada de meu sonho com flocos de neve do tamanho de gatos quando alguém bateu à minha porta.

– Zoey! Stevie Rae! Vocês vão se atrasar! – a voz de Shaunee soou abafada, mas urgente, do outro lado da porta, como um alarme irritante coberto por uma toalha.

– Tá, tá, estou indo – gritei enquanto saía debaixo das cobertas com dificuldade, com Nala reclamando alto. Dei uma olhada no despertador, que não me incomodara em programar. Tipo, hoje não era um dia letivo normal, e eu normalmente não dormia mais do que oito ou nove horas por vez e... – inferno! – pisquei os olhos. Com certeza, eram nove e cinquenta e nove da noite. Eu dormira mais de doze horas? Fui tropeçando até a porta, parando para sacudir a perna de Stevie Rae.

– *Mumph* – ela murmurou, sonolenta.

Abri a porta. Shaunee estava de cara feia para mim.

– Dá um tempo com esse negócio de dormir o dia inteiro! Se vocês não conseguem se levantar, têm que parar de ficar acordadas até tarde. Erik começa sua apresentação daqui a meia hora.

– Ah, inferno! – esfreguei o rosto, tentando me forçar a acordar. – Eu me esqueci de tudo.

Shaunee revirou os olhos.

– É melhor correr e se vestir. E ponha uma boa maquiagem nessa cara pálida e dê um jeito nesse cabelo de louca. Seu namorado só terá olhos para você.

– Tá, tá! Que porcaria! Estou indo. Você e Erin vão...

Shaunee levantou a mão, me interrompendo.

– Por favor. Já garantimos seu lado. Erin está no auditório segurando lugares para nós na primeira fileira enquanto estamos aqui batendo papo.

– É você, mamãe? Não quero ir à escola hoje... – Stevie Rae resmungou, totalmente dormindo.

Shaunee bufou.

– Vamos correr. Guardem os lugares para nós – bati a porta e corri até Stevie Rae. – Acorde! – sacudi seu ombro. Ela apertou os olhos e franziu o cenho ao me ver.

– Ahn?

– Stevie Rae, são dez horas! Da noite! Dormimos demais e estamos tão atrasadas que chega a ser ridículo.

– Ahn?

– Acorda, droga! – eu disse, trincando os dentes e descontando nela minha frustração.

– O quê... – ela olhou para o relógio com olhos ofuscados e finalmente pareceu cair em si. – *Aimeudeus*! Estamos atrasadas.

Revirei os olhos.

– É o que estou tentando lhe dizer. Vou vestir uma roupa, dar um jeito no meu cabelo e passar uma maquiagem. É melhor você tomar um banho. Está com uma cara horrível.

– Tá – ela entrou no banheiro cambaleando.

Enfiei uma calça jeans e um suéter preto no corpo e depois cuidei do cabelo e da maquiagem. Eu não podia acreditar que havia me esquecido totalmente do fato de que Erik ia apresentar o monólogo de Shakespeare que apresentara na competição. Na verdade, nem me preocupara em saber em que lugar havia se classificado, o que certamente não era boa etiqueta para uma namorada. Claro que eu estava cheia de coisas na cabeça, mas, mesmo assim... todo mundo achava que eu era uma sortuda que agarrara Erik depois que ele escapara das teias de aranha nojentas de Aphrodite. *Inferno!* Também pensava assim, mas aquilo era algo difícil de lembrar enquanto estava sugando o sangue de Heath e flertando com Loren.

– Sinto muito por dormir demais, Z. – Stevie Rae saiu do banheiro em meio ao vapor, secando os cachos curtos e louros com uma toalha. Ela tinha se vestido bem parecida comigo e ainda devia estar meio sonolenta, pois parecia pálida e cansada. Ela deu um grande bocejo e se espreguiçou como uma gata.

– Não, a culpa é minha – senti-me mal pelo jeito como quase havia pulado sobre ela. – Eu devia ter pensado em como ando dormindo pouco e programado o despertador – acho que também não devia ser surpresa que Stevie Rae andasse dormindo pouco ultimamente. Somos melhores amigas e ela com certeza sabe quando estou superestressada. Acho que nós duas precisávamos de um sono longo e profundo, como um coma.

– Fico pronta em um segundo. Só vou colocar base e brilho. Meu cabelo vai secar em dois minutos de qualquer jeito – Stevie Rae disse.

Chegamos no auditório cinco minutos depois. Não dava mesmo tempo de tomar café, por isso saímos do dormitório e praticamente corremos até lá. Estávamos sentadas nos lugares que Erin havia guardado quando as luzes piscaram, anunciando que faltavam dois minutos antes de a programação começar e as pessoas tomarem seus lugares.

– Erik estava aqui fora esperando por você até um segundo atrás – Damien disse. Fiquei feliz por ele estar sentado ao lado de Jack. Os dois realmente formavam um casal lindo.

– Ele está aborrecido? – perguntei.

– Acho que confuso descreve melhor – Shaunee disse.

– Ou preocupado. Pareceu preocupado também – Erin acrescentou.

Suspirei.

– Vocês não lhe disseram que dormi demais?

– Por isso minha gêmea disse que ele parecia preocupado – Shaunee respondeu.

– Expliquei sobre a morte de seus dois amigos. Erik entendeu que deve ser duro para você, e por isso pareceu preocupado – Damien disse, franzindo a testa para Shaunee e Erin.

– Só estou dizendo, Z., que Erik é gostoso demais para ficar esperando – Erin justificou.

– É isso aí, gêmea – Shaunee a apoiou.

– Eu *não*... – bradei, mas fui cortada pelas luzes que se apagaram. A professora de teatro, profª Nolan, entrou no palco e levou um tempinho explicando como é importante que os atores sejam treinados nos clássicos e falando do prestígio que o concurso de monólogos de Shakespeare tem para os *vamps* ao redor do mundo. Ela nos lembrou que todos os vinte e cinco *campi* da Morada da Noite no mundo inteiro mandavam seus competidores mais vigorosos, o que significava que havia um total de 125 novatos talentosos competindo entre si.

– Nossa mãe, eu não fazia a menor ideia de que Erik tinha de concorrer com esse povo todo – sussurrei para Stevie Rae.

– Erik provavelmente mandou bem. Ele é demais – Stevie Rae sussurrou em resposta e bocejou e tossiu outra vez. Olhei para ela com expressão preocupada. Ela estava com uma cara péssima. Como podia estar tão cansada?

– Sinto muito – ela sorriu acanhadamente. – Minha garganta não está boa.

– *Shhh*! – as gêmeas chiaram juntas.

Voltei minha atenção para a professora Nolan.

– O resultado do concurso estava lacrado até hoje, quando todos os estudantes já estão de volta para suas respectivas escolas. Vou anunciar a colocação de cada um de nossos cinco finalistas ao apresentá-los. Todos vão apresentar os monólogos com que competiram. Mal posso dizer como estou orgulhosa de nossa equipe. Todos fizeram trabalhos excepcionais.

A professora Nolan sorriu de alegria. E então apresentou o primeiro ator, uma garota de nome Kaci Crump, uma quarta-formanda que eu não conhecia muito bem porque ela sempre era meio tímida e quieta no dormitório. Não achava que ela fosse membro das Filhas das Trevas e procurei memorizar que tinha de lhe mandar um convite para entrar no grupo. A professora Nolan anunciou que Kaci ficara em 52º lugar com sua interpretação do monólogo de Beatrice em *Muito Barulho por Nada*.

Kaci era boa, mas foi ofuscada pela próxima garota, Cassie Kramme, uma quinta-formanda que ficara em 25º. Ela interpretou o famoso discurso de Portia, de *O Mercador de Veneza*, que começa dizendo *A natureza da graça não comporta...* Reconheci porque foi o monólogo que decorei como caloura da minha antiga escola. Ahn... a interpretação de Cassie sem dúvida dava de mil na minha. Achei que ela também não era membro das Filhas das Trevas. Ahn... parece que Aphrodite não queria outras divas por perto para competir. Que surpresa...

O próximo era um garoto que eu conhecia por ser amigo de Erik. Cole Clifton era alto, louro e totalmente lindo. Ficara em 22º com sua interpretação do discurso de Romeu, *Mas silêncio! Que luz se escoa agora da janela?* Tudo bem, era bom. Muito bom mesmo. Ouvi Shaunee e Erin (especialmente Shaunee) fazendo vários sons de aprovação, e ele foi entusiasticamente aplaudido ao terminar. Hum... eu teria de falar com Erik sobre dar um empurrãozinho para juntar Shaunee e Cole. Na minha opinião, deveria haver mais garotos brancos saindo com mulheres negras. Seria bom para expandir os horizontes (o que vale especialmente para os garotos brancos de Oklahoma).

Falando em mulheres negras, a próxima era Deino. Ela era uma mestiça linda de morrer, dona de cabelos espetaculares e pele cor de café com leite, que era do círculo interno de Aphrodite, ou costumava ser. Fui apresentada a ela no Ritual da Lua Cheia de Aphrodite.

Deino era uma das três melhores amigas de Aphrodite. Elas haviam adotado nomes de acordo com as irmãs mitológicas, as Górgonas: Deino, Enyo, Pemphredo. Traduzidos, os nomes significavam Terrível, Belicosa e Vespa.

Esses nomes sem dúvida combinavam. Elas eram três "cachorrinhas fedidas" detestáveis e egoístas que deram as costas a Aphrodite durante o Ritual de *Samhain* e, até onde sei, não falavam com ela desde então. Tudo bem que Aphrodite era horrorosa e fizera muita besteira, mas eu podia fazer uma besteira e me tornar totalmente "cachorrinha fedida" e, mesmo assim, não acho que Stevie Rae, as gêmeas ou Damien me virassem as costas. Ficar furiosos comigo? Sim, com certeza. Iam dizer que eu estava maluca? É claro. Mas me abandonar? De jeito nenhum.

A professora Nolan apresentou Deino, dizendo que alcançara um notável 11º lugar, e então Deino começou o monólogo da cena da morte de Cleópatra. Tive de reconhecer que ela era boa. Muito boa. Ao assisti-la fiquei tão deslumbrada por seu talento que comecei a pensar se ela se comportava como uma cachorrinha nojenta em parte por influência de Aphrodite. Desde que eu assumira as Filhas das Trevas, nenhum dos amigos próximos de Aphrodite causou qualquer problema. Na verdade, agora que parei para pensar no assunto, me dei conta de que Terrível, Belicosa e Vespa estavam sendo bem discretas. Ahn... bem, eu havia dito que queria incluir alguém do antigo círculo interno de Aphrodite em meu novo Conselho de Monitores. Talvez Deino fosse a escolha certa. Eu podia perguntar a Erik sobre ela. Com Aphrodite sem poder, eu poderia dar a Deino uma chance (bem como sinceramente desejar que seu nome não fosse tão perturbador).

Eu ainda estava pensando em como dizer aos meus amigos (que também eram meus companheiros Monitores) que estava cogitando convidar Terrível para fazer parte de nosso Conselho quando a professora Nolan voltou ao palco e esperou o público se aquietar. Quando começou a falar, seus olhos estavam brilhando de excitação, parecendo prestes a explodir. Senti uma excitaçãozinha tomando conta de mim. Erik estava entre os dez primeiros!

– Erik Night será o último a se apresentar. Ele tem se mostrado dono de um talento incrível desde o dia em que foi Marcado três anos atrás. Tenho orgulho de ser sua professora e mentora – ela disse com um sorriso radiante. – Por favor, queiram dar a este herói a recepção que ele merece por conseguir o *1º* lugar no Concurso Internacional de Monólogos Shakespearianos!

O auditório explodiu quando Erik, sorrindo, entrou no palco. Eu mal conseguia respirar. Como pude esquecer que ele é tão completamente lindo? Mais alto até mesmo que Cole Clifton. Ele tinha cabelos negros com aquele lindo "pega-rapaz" a la Super-Homem e olhos azuis tão brilhantes que pareciam um céu de verão. Como os outros participantes, Erik estava todo de preto, com a insígnia da carruagem dourada de Nyx deixando um rastro de estrelas usada pelos quinto-formandos no lado esquerdo do peito como única quebra no esquema escuro de cores. E vou dizer uma coisa, ele dava um realce à cor preta.

Erik caminhou até o meio do palco, parou, sorriu, olhando direta (e explicitamente) para meus olhos, e piscou. Ele estava tão gostoso que eu achava que ia morrer. Então ele abaixou a cabeça e, ao levantar, já não era mais o Erik Night de dezoito anos de idade, novato vampiro, quinto-formando da Morada da Noite. De alguma maneira ele se transformou, bem em frente aos nossos olhos, em um guerreiro mouro que estava tentando explicar para um recinto cheio de desconfiados como uma princesa veneziana se apaixonara por ele e ele por ela.

O pai dela me amava; convidou-me muitas vezes;
Fazia-me perguntas sobre a história de minha vida,
Ano por ano, batalhas, cercos, eventos
Pelos quais passara.

Não conseguia tirar meus olhos dele, nem ninguém mais no recinto conseguiu depois que ele se transformou em Otelo. Não pude deixar de compará-lo a Heath. A seu modo, Heath era tão bem-sucedido e talentoso quanto Erik. Ele era um astro como zagueiro do time Broken Arrow, tinha fãs entusiasmados e talvez até tivesse uma carreira pela frente como jogador profissional. Heath era um líder. Erik era um líder. Eu crescera vendo Heath jogar bola, sentia orgulho e torcia por ele. Mas jamais fiquei perplexa por seu talento como pelo de Erik. E a única vez em que Heath me deixara sem fôlego foi quando cortou a pele e me ofereceu seu sangue.

Erik fez uma pausa no monólogo e se aproximou, até ficar na beira do palco, tão perto que se me levantasse seria capaz de tocá-lo. Então ele olhou nos meus olhos e completou o discurso de Otelo *para mim*, como se eu fosse a Desdêmona ausente de quem ele falava:

Desejara jamais tê-la ouvido, mas quisera que
O céu lhe houvesse feito um homem assim; ela agradeceu-me
E disse-me que, se eu viesse a ter um amigo que a amasse
Deveria ensinar-lhe como contar minha história,
E isso a conquistaria. Aproveitando tal insinuação, eu disse:
Ela me amou pelos perigos por que passei,
E muito amor lhe tive por se ter revelado compassiva.

Erik tocou os lábios com os dedos e esticou a mão para mim, como que me oferecendo seu beijo formal, depois apertou os dedos sobre o coração e baixou a cabeça. O público irrompeu em ovação e aplaudiu de pé. Stevie Rae aplaudiu ao meu lado, enxugando os olhos e rindo.

– Isso foi tão romântico que quase fiz xixi nas calças – ela gritou.

– Eu também! – respondi, rindo.

A professora Nolan agora estava de volta ao palco, terminando a performance e convidando todos para a recepção com queijo e vinho que seria oferecida no saguão.

– Vamos, Z. – Erin chamou, pegando minha mão.

– Sim, vamos ficar com você, pois aquele amigo de Erik que fez o Romeu é uma loucura de tão gostoso – Shaunee disse, pegando minha outra mão.

As gêmeas, de uma força além do meu controle, começaram a me rebocar em meio às pessoas, abrindo caminho por entre o pessoal que se movia lentamente. Lancei um olhar impotente para Damien e Stevie Rae. Estava claro que teriam de abrir caminho por si mesmos.

Escapulimos daquela montoeira de gente que tentava sair do auditório como três rolhas saindo de garrafas. De repente, lá estava Erik, que havia acabado de entrar no saguão vindo dos camarins. Nossos olhos se encontraram, e ele instantaneamente parou de falar com Cole e olhou diretamente para mim.

– *Mmm, mmm, mmm.* Ele é totalmente *booooom* – Shaunee murmurou.

– Como sempre, concordamos inteiramente, gêmea – Erin suspirou de modo sonhador.

Eu não podia fazer nada, senão ficar lá e sorrir como uma tonta, enquanto Erik vinha até nós. Ele tocou minha mão com um brilho muito safado no olhar, beijou-a, fez uma mesura e proclamou com sua voz de ator que preencheu o saguão inteiro:

– Olá, minha doce Desdêmona.

Senti minhas bochechas esquentando para valer e acabei dando risada. Ele me deu um abraço quente, mas muito decente e apropriado diante daquele público. Mas, do nada, ouvi uma risada nojenta e familiar.

Aphrodite, arrasando no visual de saia curta preta, botas de salto stiletto e suéter colante, soltou aquela risada ao passar por nós (na verdade, ela rebolava mais do que caminhava; tipo, a garota sabia balançar aquele quadril). Olhei-a nos olhos por sobre o ombro de Erik e, com uma voz sedosa, que soaria simpática se não estivesse saindo de sua boca, ela disse:

– Se ele a chama de Desdêmona, sugiro que tome cuidado. Se ele desconfiar que você o está traindo, vai estrangulá-la em sua cama. Mas você jamais o trairia, não é? – ela jogou os cabelos longos, louros e perfeitos e se afastou requebrando.

Por um segundo ninguém disse nada, mas as gêmeas logo disseram ao mesmo tempo:

– Problemas. Ela tem problemas – e todos riram.

Todo mundo, menos eu; só conseguia pensar no fato de ela ter me visto com Loren no centro de mídia, e que aquilo com certeza podia ter parecido uma traição a Erik. Será que ela estava me avisando que ia contar pra ele? Tudo bem que eu não estava com medo de ele me estrangular na cama, mas será que ele ia acreditar nela? Além do mais, o visual *pra lá de perfeito* de Aphrodite me fez lembrar que eu estava usando um jeans batido e um suéter qualquer. Meu cabelo e minha maquiagem já tinham estado melhores. Na verdade, acho que eu ainda estava com marcas de travesseiro no rosto.

– Não se deixe atingir por ela – Erik disse gentilmente.

Olhei para ele. Ele estava segurando minha mão e sorrindo para mim. Procurei me animar:

– Não se preocupe, ela não está me atingindo – disse com veemência. – Aliás, quem liga para ela? Você tirou o primeiro lugar! Isto é incrível, Erik! Estou tão orgulhosa de você! – abracei-o outra vez, adorando sentir seu cheiro limpo; sua altura me fazia sentir delicada e pequena. Então nossa pequena privacidade se perdeu à medida que mais e mais gente saía do auditório.

– Erik, que legal que você venceu! – Erin disse. – Mas não estamos surpresas. Você com certeza manda ver no palco.

– Totalmente. E o mesmo vale para o amigo ali – Shaunee empinou o queixo em direção a Cole. – Ele é um Romeu e tanto.

Erik sorriu:

– Vou contar a ele que você disse isso.

– Também pode dizer que se ele quiser um pouquinho de morenice em sua Julieta, não precisa nem procurar – ela apontou para si mesma e balançou os quadris.

– Gêmea, se Julieta fosse negra, acho que as coisas não terminariam tão mal entre ela e Romeu. Tipo, nós teríamos demonstrado um pouco mais de bom senso, não beberíamos aquela porcaria de poção para dormir nem passaríamos por aquele drama todo só por causa de uns infelizes problemas com os pais.

– Exatamente – Shaunee concordou.

Nenhum de nós afirmou o óbvio, que Erin, com seus cabelos louros e olhos azuis, com certeza *não era negra*. Já estávamos bem acostumados a ela e Shaunee agirem como gêmeas para questionar qualquer estranheza nisso.

– Erik, você foi incrível! – Damien se aproximou rapidamente, com Jack vindo logo atrás.

– Parabéns – Jack disse timidamente, mas com explícito entusiasmo.

Erik sorriu para eles:

– Obrigado, caras. Ei, Jack, eu estava nervoso demais antes da performance para dizer que fico feliz de você estar aqui. Vai ser legal ter um companheiro de quarto.

O rosto bonito de Jack se acendeu, e eu apertei a mão de Erik. Esta era uma das razões pelas quais eu gostava tanto dele. Além de ser lindo e talentoso, Erik era um cara genuinamente bom. Havia muitos caras na posição dele (ridiculamente popular) que teriam ignorado seu pequeno companheiro de quarto terceiro-formando, ou, pior ainda, ficado visivelmente indignados de ter de dividir o quarto com uma "bicha". Erik não era assim, e não pude deixar de compará-lo a Heath, que provavelmente teria dado um ataque se tivesse de dividir o quarto com um garoto *gay*. Não que Heath fosse mau nem nada assim, mas era um adolescente típico de Oklahoma, o que costumava significar homofóbico de mente estreita. De repente me dei conta de que jamais perguntara a Erik de onde ele era. Nossa mãe, eu era uma namorada de merda.

– Você me ouviu, Zoey?

– Ahn? – a pergunta de Damien calou minha tagarelice interna, mas não, eu não o ouvira.

– *Olá*! *Planeta Terra chamando Zoey*! Eu perguntei se você se deu conta de que horas são. E você se lembra de que o Ritual Completo da Lua Cheia começa à meia-noite?

Olhei para o relógio na parede.

– Ah, que inferno! – eram onze e cinco, e eu ainda precisava trocar de roupa e chegar ao centro de recreações, acender o círculo de velas, ver se as cinco velas para os elementos estavam no lugar e conferir a mesa da Deusa. – Erik, sinto muito, mas tenho que ir. Ainda tenho um milhão de coisas para fazer antes de começar o ritual – eu disse ao meu namorado e fiz contato visual com todos os meus quatro amigos. – Vocês precisam vir comigo – eles assentiram como bonecos. Eu me voltei para Erik: – Você vai ao ritual, não vai?

– Vou. E isso me fez lembrar. Trouxe algo de Nova York para você. Espere só um segundo que vou pegar – ele correu até o camarim.

– Juro que ele é bom demais para ser verdade – Erin disse.

– Tomara que seu amigo também seja assim – Shaunee disse, dando um sorriso charmoso para Cole, que estava do outro lado do recinto, e percebi que ele sorriu de volta.

– Damien, você pegou o eucalipto e a sálvia para mim? – eu já estava nervosa. Inferno! Eu devia ter comido. Meu estômago era uma caverna vazia pronta para me devorar por dentro.

– Não se preocupe, Z. Peguei o eucalipto e até já o trancei com a sálvia para você – Damien respondeu.

– Tudo vai ser perfeito, você vai ver – Stevie Rae disse.

– É, não precisa ficar nervosa – Shaunee disse.

– Estaremos bem ao seu lado – Erin completou.

Eu sorri para eles, incrivelmente feliz por serem meus amigos. E então Erik voltou e me entregou uma grande caixa branca. Hesitei em abrir, e Shaunee disse:

– Z., se você não abrir, eu abro.

– É isso aí – Erin disse.

Desfiz avidamente o laço do embrulho, abri a tampa e arfei (com todo mundo que estava perto para ver). Dentro da caixa havia o vestido mais lindo que eu já vira. Era preto, mas entremeado ao tecido havia pontos prateados, de modo que, sempre que a luz batia, o tecido brilhava e cintilava como estrelas cadentes no céu noturno.

– Erik, que lindo – minha voz saiu engasgada porque estava realmente tentando não bancar a boba e me desfazer em lágrimas.

– Eu queria que você tivesse algo de especial para o seu primeiro ritual como líder das Filhas das Trevas – ele disse.

Abraçamo-nos outra vez em frente aos meus amigos. E finalmente saí em direção ao centro de recreações. Abracei o vestido junto ao peito e tentei não pensar no fato de que, enquanto Erik me comprava um presente incrivelmente lindo, eu andara sugando o sangue de Heath e flertando com Loren. E, apesar de tentar não pensar nisso, também tentei ignorar a voz culpada dentro de minha cabeça, que ficava dizendo sem parar *Você não o merece... você não o merece... você não o merece...*

20

– Shaunee, Erin e Stevie Rae. Vocês começam a acender as velas brancas. Damien, se você colocar as velas coloridas dos elementos em seus lugares, tenho certeza de que estará tudo pronto para a mesa de Nyx.

– Tranquilo – Shaunee respondeu.

– Moleza – Erin completou.

– Mamão com açúcar – Stevie Rae acrescentou, fazendo as gêmeas revirarem os olhos em sincronia.

– As velas dos elementos ainda estão no almoxarifado? – Damien perguntou.

– Estão – gritei enquanto ia para a cozinha. Ainda bem que eu já havia preparado uma grande bandeja de frutas frescas, queijos e carnes para a mesa de Nyx. Agora, só precisava pegar a bandeja e a garrafa de vinho na geladeira e arrumar tudo direitinho sobre a mesa colocada no meio do grande círculo feito de velas brancas. Sobre a mesa já havia uma taça decorada, bem como uma linda estátua da Deusa, um acendedor comprido e elegante e a vela púrpura que representava o espírito, o último elemento a invocar para o círculo.

A mesa simbolizava a magnificência das bênçãos concedidas por Nyx a seus filhos vampiros e novatos. Eu gostava de arrumar a mesa da Deusa. Fazia-me calma, algo de que eu especialmente precisava nesta noite. Arrumei a comida e o vinho e repassei mentalmente várias vezes as palavras que usaria no ritual. Dei uma olhada no relógio e senti um aperto no estômago: tudo aconteceria dentro de quinze minutos. Os novatos já estavam começando a chegar ao centro de recreações, mas ainda estavam bem acanhados, parados nos cantos do amplo salão enquanto observavam as gêmeas e Stevie Rae acendendo as velas brancas que formavam a circunferência do círculo. Talvez eu não fosse a única pessoa nervosa naquela noite. Liderar as Filhas das Trevas era uma grande oportunidade. Aphrodite fora líder pelos últimos dois anos, e naquela época o grupo era uma panelinha de novatos esnobes que costumavam ridicularizar quem não fazia parte do grupinho.

Bem, as coisas estavam mudando nesta noite.

Dei uma olhada para os meus amigos. Todos corremos para trocar de roupa antes de irmos ao centro de recreações, e todo mundo resolveu vestir preto da cabeça aos pés para combinar com o vestido incrível que Erik me dera. Olhei para mim mesma pela zilionésima vez. O vestido era simples, mas perfeito. Tinha gola redonda baixa, mas não demais, tipo os vestidos de ritual vulgares de Aphrodite. Este tinha manga comprida e abraçava meu corpo até a cintura, de onde serpeava graciosamente até o chão. Os pontos prateados que o cobriam fulguravam à luz das velas quando eu me mexia. O que também sempre brilhava quando me mexia era o colar que pendia de uma corrente de prata ao redor do meu pescoço. Toda Filha e Filho das Trevas tinha um colar, com duas exceções: as minhas luas triplas eram incrustadas com granadas, e só o meu colar fora encontrado com o corpo de um adolescente humano morto. Tá, não foi exatamente o *meu colar* que foi encontrado. Era um colar igual ao meu. Igualzinho!

Não. Eu não ia ficar pensando em coisas negativas nesta noite. Ia me concentrar apenas em coisas positivas e em me preparar para conduzir meu primeiro ritual e projeção de círculo mágico em público.

Damien voltou para o salão principal com uma grande bandeja na qual equilibrava as quatro velas que representavam cada elemento: amarelo para o ar, vermelho para o fogo, azul para a água e verde para a terra. Eu já estava com minha vela púrpura do espírito sobre a mesa de

Nyx. Sorri e pensei em como meus amigos estavam belos e elegantes de preto e com seus colares de prata das Filhas e Filhos das Trevas. Stevie Rae já tomara seu lugar na parte mais ao norte do círculo, onde fica a terra. Damien lhe passou sua vela verde. Eu estava olhando para eles, portanto não havia dúvida quanto ao que vi. Quando Stevie Rae tocou a vela, arregalou os olhos e soltou um som estranho, um grito ofegante. Damien recuou tão violentamente que teve de segurar as outras velas para que não caíssem da bandeja.

– Você sentiu isso? – a voz de Stevie Rae soou esquisita, ao mesmo tempo abafada e amplificada.

Damien parecia abalado, mas assentiu:

– É... e também senti esse cheiro.

Então eles se voltaram para olhar para mim.

– Ahn, Zoey, pode vir aqui um segundo? – Damien pediu. Ele pareceu normal outra vez e, se eu não estivesse lá quando aquilo aconteceu entre eles, talvez achasse que eles estavam apenas atrapalhados com as velas.

Mas eu estava vendo, razão pela qual não gritei do meio do círculo e perguntei o que eles queriam. Ao invés disso, fui até eles rapidamente e disse em tom baixo:

– O que está havendo?

– Diga a ela – Damien disse a Stevie Rae.

De olhos ainda arregalados, assustada e bastante pálida, Stevie Rae disse:

– Não está sentindo o cheiro?

Franzi o cenho.

– Cheiro? Quê... – e então senti o cheiro de feno recém-cortado, madressilva e algo mais que, juro, me lembrava a terra recém-arada dos campos de lavanda da minha avó. – Estou sentido – eu disse com hesitação, sentindo-me totalmente confusa. – Mas não chamei a terra para dentro do círculo – minha afinidade, ou poder que me fora dado por Nyx, era a capacidade de materializar os cinco elementos. Mesmo depois de um mês, eu não sabia exatamente o que todo aquele poder abarcava, mas se havia uma coisa que eu sabia era que, quando traçasse um círculo e chamasse cada elemento para dentro dele, todos eles se manifestariam de modo bastante concreto. O vento soprava ao meu redor quando chamava o ar. O fogo fazia minha pele brilhar de calor (e, com toda franqueza, me fazia suar). Eu podia sentir o frio do mar ao invocar a água. E, ao chamar a terra para dentro do círculo, sentia cheiro de coisas relacionadas à terra e até grama sob os pés (mesmo quando estava calçada, o que era bem esquisito).

Mas, como eu disse, eu ainda não havia começado a traçar o círculo, ou seja, ainda não havia chamado nenhum dos elementos, mas mesmo assim Stevie Rae, Damien e eu estávamos sentindo um forte cheiro de terra.

Então, Damien aspirou ruidosamente e seu rosto se abriu em um largo sorriso.

– Stevie Rae tem afinidade com a terra!

– Ahn? – eu disse vivamente.

– Não brinca! – Stevie Rae exclamou.

– Experimente isto – Damien continuou, cada vez mais excitado. – Feche os olhos, Stevie Rae, e pense na terra – ele olhou para mim. – *Não!* Pense você.

– Tá – assenti rapidamente, sua excitação era contagiante. Seria fantástico se Stevie Rae tivesse afinidade com a terra. Ter uma afinidade elemental era uma dádiva poderosa de Nyx, e eu, com certeza, adoraria se minha melhor amiga recebesse essa bênção de nossa Deusa.

– Está certo – Stevie Rae pareceu estar sem fôlego, mas fechou os olhos.

– O que está acontecendo? – Erin perguntou.

– Por que ela está de olhos fechados? – Shaunee perguntou. E, então, sentiu o cheiro no ar. – E por que este cheiro de feno aqui? Stevie Rae, juro que se você estiver experimentando algum perfume de caipira eu vou ter que lhe dar uma cacetada.

– *Shhh*! – Damien levou o dedo aos lábios, mandando-a calar a boca. – A gente acha que Stevie Rae deve ter desenvolvido afinidade com a terra.

Shaunee piscou os olhos.

– *Não*!

– *Ahã* – Erin confirmou.

– Eu não consigo me concentrar com vocês todos falando – Stevie Rae reclamou, abrindo os olhos para olhar feio para as gêmeas.

– Desculpe – elas murmuraram.

– Tente outra vez – eu a encorajei.

Ela fez que sim com a cabeça. Então, fechou os olhos e enrugou a testa para se concentrar enquanto pensava na terra. Eu, de minha parte, *não* pensei na mesma coisa, mas, depois de alguns segundos, o ar ganhou o cheiro de grama recém-cortada e flores, e cheguei a ouvir pássaros gorjeando loucamente e...

– *Aimeudeus*! Stevie Rae tem afinidade com a terra! – eu disse de repente.

Os olhos de Stevie Rae se abriram e ela cobriu a boca com ambas as mãos, parecendo chocada e emocionada.

– Stevie Rae, isso é incrível! – Damien disse, e em questão de segundos todos começamos a parabenizá-la e abraçá-la, enquanto ela ria entre lágrimas de felicidade.

Então aconteceu. Eu tive uma de minhas *impressões*. E desta vez era (felizmente) uma impressão boa.

– Damien, Shaunee, Erin: quero que tomem seus lugares no círculo – eles me olharam sem entender, mas devem ter percebido o tom da minha voz, pois instantaneamente fizeram o que pedi. Eu não era exatamente a chefe deles, mas meus amigos respeitavam o fato de eu estar treinando para ser um dia sua Grande Sacerdotisa, de modo que caminharam obedientemente para o lugar no círculo que eu lhes designara semanas atrás, quando estávamos apenas nós cinco e eu estava projetando um círculo para tentar ver se eu realmente recebera alguma afinidade da Deusa ou se era apenas um caso de falta de bom senso combinada com imaginação fértil.

Enquanto eles tomavam seus lugares, olhei ao redor para os garotos que já estavam no centro de recreações. Com certeza eu precisava de ajuda externa. Então, Erik entrou no recinto com Jack, eu sorri e fiz um gesto para que se aproximassem.

– O que houve, Z.? Você parece que vai explodir – Erik disse e, então, abaixou o tom de voz e falou perto da minha orelha: – E está gostosa nesse vestido, bem do jeito que imaginei.

– Obrigada, eu amei o vestido! – dei uma voltinha, que foi em parte charminho para Erik e em parte pura felicidade por aquilo que eu tinha quase certeza que estava para acontecer. – Jack, será que você poderia, por favor, pegar com Damien a bandeja de velas que ele está segurando e trazer de volta aqui para o meio do círculo?

– Tá – Jack disse e saiu correndo para fazer o que pedi. Certo, ele na verdade não saiu correndo, mas foi bem vigoroso.

– O que está havendo? – Erik perguntou.

– Você vai ver – sorri, mal conseguindo conter a excitação. Quando Jack voltou com as velas, pus a bandeja na mesa de Nyx. Concentrei-me por um segundo e concluí que meus instintos estavam me dizendo que o fogo seria a escolha certa. Então, peguei a vela vermelha e entreguei a Erik. – Muito bem, preciso que você leve esta vela para Shaunee.

Erik franziu a testa.

– Só levar para ela?

– É. Entregue a ela e preste atenção.

– Em quê?

– Melhor não dizer.

Ele deu de ombros e me olhou de um jeito que dizia que, apesar de me achar gostosa, ele também achava que eu devia estar doida, mas fez o que pedi e foi até onde estava Shaunee, na extremidade sul do círculo, a área de onde eu evocava o elemento fogo. Ele parou em frente a ela. Shaunee desviou o olhar dele e olhou para mim.

– Pegue a vela dele – gritei para ela do outro lado do círculo, concentrando-me em como Erik era lindo, para não pensar no fogo.

Shaunee deu de ombros.

– Tá – ela disse.

Ela pegou a vela vermelha de Erik. Eu não a observava de perto, mas nem precisava. O que aconteceu foi tão óbvio que vários dos garotos que estavam do lado de fora do círculo arfaram com Shaunee. No instante em que ela tocou a vela com a mão, houve aquele barulho de fogo ondulando. Seus cabelos longos e compridos começaram a se levantar e a estalar, como que carregados por eletricidade estática, e sua bela pele cor de chocolate se incandesceu como se ela tivesse sido acesa de dentro para fora.

– Eu sabia! – gritei, praticamente pulando de excitação.

Shaunee tirou os olhos de seu corpo incandescente para olhar nos meus olhos.

– Sou eu quem estou fazendo isto, não sou?

– É!

– Eu tenho afinidade com o fogo!

– Tem, sim! – gritei, feliz.

Ouvi montes de *ohs* e *ahs* do grupo que crescia cada vez mais, mas não tinha tempo para eles agora. Seguindo minha intuição, fiz um gesto para que Erik voltasse para o meio do círculo, o que ele fez com um vasto sorriso no rosto.

– Isso deve ser a coisa mais incrível que já vi na vida – ele disse.

– Espere só. Se eu estiver certa, e acho que estou, tem mais – e dei a ele a vela azul. – Agora leve esta para Erin.

– Seu desejo é uma ordem – ele respondeu, com um floreado à moda antiga. Se alguém mais fizesse aquele tipo de mesura em público ficaria parecendo totalmente retardado. Mas Erik parecia em parte um completo e gostosíssimo *gentleman* e em parte um pirata *bad boy*. Eu estava pensando em como Erik era delicioso quando Erin e Shaunee soltaram gritinhos gêmeos de felicidade quase no mesmo instante.

– Olhe para o chão! – Erin estava apontando para o chão ladrilhado do centro de recreações. Em uma área circular ao redor dela o chão ladrilhado estava ondulando, parecendo marulhar sob seus pés, apesar de na verdade nada estar ficando molhado, fazendo parecer que Erin estava bem no meio do fantasma de uma praia oceânica. Então ela levantou os cintilantes olhos azuis para mim. – Ah, Z.! A água é minha afinidade!

Eu sorri para ela.

– É sim!

Erik correu de volta para mim. Desta vez não tive que pedir que ele pegasse a vela amarela.

– Damien, certo? – ele perguntou.

– Certíssimo.

Ele foi até Damien, que estava inquieto no extremo leste do círculo, onde o elemento ar deveria se manifestar. Erik ofereceu a vela amarela a Damien, que não tocou nela. Ao invés disso, desviou o olhar de Erik para olhar para mim. O garoto parecia morto de medo.

– Tudo bem, pode pegar – eu disse a ele.

– Tem certeza de que tudo bem? – Damien olhou nervosamente para o que havia se transformado em uma pequena multidão de novatos olhando para ele com expectativa. Ele tinha medo de falhar, de ficar de fora da magia que estava acontecendo com as garotas.

Na aula de Sociologia, aprendi que era incomum um homem receber uma dádiva tão forte quanto uma afinidade com um elemento. Nyx concedia essa dádiva a homens de excepcional força, e suas afinidades normalmente eram físicas, como Dragon, nosso instrutor de esgrima, que fora presenteado com excepcional agilidade e acuidade visual. O ar era, sem dúvida, uma afinidade feminina, e seria nada menos que incrível Nyx conceder a Damien essa afinidade. Mas eu estava com uma sensação calma e feliz por dentro. Eu fiz que sim com a cabeça para Damien, tentando lhe emanar segurança.

– Tenho certeza. Vá em frente. Vou ficar pensando em como Erik é lindo enquanto você evoca o ar – eu disse.

Erik sorriu para mim enquanto Damien respirava fundo e, parecendo que ia segurar uma bomba prestes a explodir, pegou a vela de Erik.

– Magnífico! Glorioso! Assombroso! – Damien lançou mão de seu vasto vocabulário enquanto seus cabelos castanhos se levantaram e suas roupas ondulavam loucamente ao vento súbito que o cercou. Quando olhou para mim outra vez, lágrimas de felicidade lhe desciam pelo rosto. – Nyx me deu um dom. *A mim* – ele enunciou cautelosamente, e entendi o que ele estava dizendo com aquela palavra específica; que ele se dera conta de que Nyx o considerava valioso, apesar de seus pais não pensarem o mesmo e de, durante boa parte de sua vida, as pessoas terem zombado dele por gostar de garotos. Tive de me esforçar muito para não chorar como um bebê.

– Sim, você – eu disse com firmeza.

– Seus amigos são espetaculares, Zoey – a voz de Neferet soou sobre os ruídos de excitação dos garotos que agora convergiam em quatro talentos recém-descobertos.

A Grande Sacerdotisa estava parada logo depois da entrada do centro de recreações, e imaginei há quanto tempo ela já estava lá. Pude ver que havia alguns professores com ela, mas estavam à sombra da entrada e era difícil ver exatamente quem eram. *Tudo bem. Você é capaz. Você pode encará-la.* Engoli em seco e forcei meus pensamentos a se concentrarem nos meus amigos e nos milagres que haviam acabado de acontecer com eles.

– Sim, meus amigos são espetaculares! – concordei entusiasticamente.

Neferet assentiu com um movimento de cabeça.

– Nada mais justo que Nyx, em sua sabedoria, tenha pensado em conceder um dom a um novato dotado de poderes tão peculiares, com um grupo de amigos que também foram abençoados com impressionantes poderes – ela abriu os braços dramaticamente. – Eu profetizo que este grupo de novatos fará história. Nunca antes tanto foi concedido a tantos ao mesmo tempo e no mesmo lugar – seu sorriso incluiu todos nós, e ela parecia de fato uma mãe amorosa. Eu teria ficado tão envolvida por seu calor e beleza como todos os demais, não fosse pela visão que tive da fina linha vermelha da cicatriz de um corte recente em seu antebraço. Estremeci e forcei meus olhos e meus pensamentos a se desviarem daquela prova de que o que eu vira certamente não fora produto da minha imaginação.

Que bom, até porque Neferet virara sua atenção para mim.

– Zoey, creio que este seja o momento perfeito para anunciar seu projeto para as novas Filhas e Filhos das Trevas – eu abri a boca para começar a explicar o que tinha em mente (apesar de ter planejado anunciar as mudanças que queria apenas *depois* de traçar o círculo ritualístico e dar aos "antigos" membros provas tangíveis de que eu fora mesmo agraciada por Nyx), mas ninguém me deu atenção. A atenção de todos estava voltada para Neferet, que adentrou o recinto e parou não muito longe de Shaunee, de modo que a manifestação do fogo de minha amiga iluminou a Grande Sacerdotisa como um refletor de fogo. Com a mesma voz poderosa e sedutora que ela usava durante os rituais, Neferet falou. Só que desta vez ela estava usando as *minhas* palavras – *minhas* ideias.

– É hora de as Filhas das Trevas terem uma base. Foi decidido que Zoey Redbird começará uma nova era e uma nova tradição com sua liderança. Ela formará um Conselho de Monitores composto por sete novatos, dentre os quais ela será Monitora Sênior. Os outros membros do Conselho serão Shaunee Cole, Erin Bates, Stevie Rae Johnson, Damien Maslin e Erik Night. Haverá mais um Monitor escolhido de dentro do antigo círculo interno de Aphrodite para representar meu desejo de unidade entre os novatos.

Desejo dela? Rangi os dentes e tentei fingir que estava tudo bem, enquanto Neferet parava de falar até que cessassem os sons generalizados de celebração (que incluíam as gêmeas, Stevie Rae, Damien, Erik e Jack, que ficaram loucos de entusiasmo). Pelo amor de Deus! Ela estava fazendo parecer como se fosse ela a responsável pelas ideias que dei duro durante semanas para desenvolver!

– O Conselho de Monitores será responsável pelos trabalhos do novo grupo Filhas e Filhos das Trevas, o que implica deixar claro que de hoje em diante todos os membros serão exemplos das seguintes ideias: deverão ser autênticos como o ar; demonstrar a lealdade do fogo; a sabedoria da água; a empatia da terra; e deverão demonstrar a sinceridade do espírito. Se uma Filha ou Filho das Trevas falhar na manutenção desses novos ideais, será função do Conselho de Monitores decidir a penalidade a ser aplicada, que pode incluir a expulsão do grupo – ela fez uma pausa outra vez, e eu observei como todos estavam sérios e atentos, que era exatamente a reação pela qual eu esperava quando *eu* anunciasse *minhas ideias* durante o Ritual Completo da Lua Cheia. – Também decidi que caberá aos nossos novatos se envolverem mais com a comunidade que nos cerca. Afinal, a ignorância gera medo e ódio. Portanto, quero que as Filhas e Filhos das Trevas comecem a trabalhar com um grupo local de caridade. Após extensa consideração, decidi que a organização de caridade perfeita seria a Street Cats, um abrigo para gatos de rua.

Houve risadas divertidas depois disso, a mesma reação que Neferet teve quando lhe contei de *minha* decisão de envolver as Filhas das Trevas com essa organização de caridade específica. Eu não podia acreditar que Neferet estava creditando a si mesma tudo que eu lhe dissera naquele jantar.

– Vou deixá-los agora. Este ritual é de Zoey, e estou aqui apenas para mostrar meu sincero apoio à minha talentosa novata – ela me deu um sorriso gentil, que me obriguei a corresponder. – Mas, antes, tenho um presente para o novo Conselho de Monitores – ela bateu palmas e cinco vampiros homens que eu jamais vira antes emergiram das sombras da entrada. Cada um deles carregava o que pareciam placas grossas e retangulares de mais ou menos meio metro quadrado e uns cinco centímetros de grossura. Eles as colocaram no chão aos pés dela e sumiram de novo porta afora. Eu olhei para aquelas coisas. Eram cor de creme e pareciam molhadas. Eu não fazia ideia do que eram.

A risada de Neferet borbulhou ao redor de nós, fazendo-me ranger os dentes. Será que ninguém mais achava que ela estava soando totalmente arrogante?

– Zoey, estou chocada de ver que você não reconhece sua própria ideia!

– Eu... não. Eu não sei o que é isso – respondi.

– São blocos de cimento molhado. Eu me lembrei de que você disse que queria que todos os membros do Conselho de Monitores tenham marcas das palmas das mãos preservadas para sempre no cimento. Nesta noite, seis dos sete membros do novo Conselho podem fazer isso.

Olhei para ela, confusa. Que ótimo. Ela estava finalmente me dando crédito por algo, mas aquela era ideia de Damien.

– Obrigada pelo presente – agradeci e acrescentei rapidamente: – Mas a ideia é de Damien, não minha.

O sorriso dela era ofuscante, e quando se voltou para Damien, nem precisei olhar para ele para saber que praticamente se contorceu de prazer.

– E que ideia encantadora, Damien – e então ela se dirigiu a todo o salão outra vez. – É um grande prazer ver a generosidade de Nyx para com este grupo. E eu digo, abençoados sejam todos vocês, boa noite! – ela se abaixou até o chão em graciosa reverência. Então, para alegria dos novatos, levantou-se e saiu girando a saia pomposamente.

Aquilo me deixou no meio do círculo não projetado, sentindo-me vestida para sair mas sem ter para onde ir.

21

Levou uma eternidade até todos se acalmarem e ocuparem seus lugares para o ritual começar, principalmente porque eu não podia demonstrar o que realmente estava sentindo, ou seja, fúria. Não só ninguém entenderia, como também ninguém acreditaria no que eu estava começando a ver: que havia algo de sombrio e errado com Neferet. E por que alguém entenderia ou acreditaria em mim? Eu era, afinal de contas, apenas uma garota. A despeito de qualquer poder que Nyx tenha me dado, eu não estava mesmo jogando no mesmo time da Grande Sacerdotisa. Além disso, só eu testemunhei as pecinhas do quebra-cabeça que estavam começando a se encaixar para criar um quadro terrível.

Aphrodite me entenderia e acreditaria em mim. Eu odiava saber que isso era verdade.

– Zoey, diga quando estiver pronta e eu começo com a música – Jack gritou dos fundos do centro de recreações onde ficava todo o equipamento de áudio. Parece que o garoto era um gênio da eletrônica, então não perdi tempo em trazê-lo para cuidar da trilha sonora do ritual.

– Tudo bem, só um segundo. Que tal se eu fizer um sinal com a cabeça quando estiver pronta?

– Por mim, tudo bem! – ele disse sorrindo.

Dei alguns passos para trás percebendo que, ironicamente, eu agora estava quase exatamente onde Neferet estivera pouco antes. Tentei eliminar toda a confusão e a negatividade que giravam em minha cabeça.

Meus olhos percorreram o círculo. Estava presente um grupo bem grande. Na verdade, mais do que eu esperava. Eles haviam sossegado, apesar de ainda haver um ar de excitação no recinto. As velas brancas iluminavam o círculo de seus compridos recipientes de vidro com uma luz clara e vibrante. Vi meus quatro amigos em suas posições, esperando ansiosos que eu começasse o ritual. Eu me concentrei neles e nas maravilhosas dádivas que receberam e me preparei para acenar para Jack.

– Pensei em me oferecer de voluntário para você.

A voz profunda de Loren me fez pular e soltar um gritinho nada atraente. Ele estava logo atrás de mim na entrada.

– Caraca, Loren! Quase morri de susto! – eu disse, antes de ter tempo de controlar minha boca de debiloide. Mas era verdade, Loren quase me fez cair dura de susto.

Pelo jeito, ele não ligou para minha incapacidade de controlar a boca e me deu um sorriso *sexy* e demorado.

– Pensei que você soubesse que eu estava aqui.

– Não. Eu estava um pouquinho distraída.

– Estresse, aposto – ele tocou meu braço de uma maneira que provavelmente pareceu inocente. Sabe, tipo apoio de amigo e de professor. Mas a sensação foi de carinho, de um carinho realmente cálido. Seu sorriso amplo me fez pensar em sua intuição de *vamp*. Se ele pudesse ler alguma parte de minha mente, eu ia simplesmente morrer. – Bem, estou aqui para ajudá-la com esse estresse.

Ele estava de brincadeira? Só de vê-lo eu quase perdia a cabeça. Desestressar perto de Loren Blake? Difícil.

– É mesmo? E como você vai fazer isso? – perguntei com uma breve menção de sorriso, bastante ciente de que o recinto inteiro estava nos observando, inclusive meu namorado.

– Farei para você o que faço para Neferet.

O silêncio se expandiu entre nós à medida que minha mente dava voltas, imaginando o que exatamente ele fazia para Neferet. Felizmente, ele não me deixou muito tempo na dúvida.

– Toda Grande Sacerdotisa tem um poeta que recita versos antigos para invocar a presença da Deusa enquanto ela entra em seus rituais. Hoje estou me oferecendo para recitar para uma Grande Sacerdotisa em treinamento muito especial. Além do mais, creio que haja alguns mal-entendidos que precisam ser esclarecidos.

Ele levou o pulso ao coração em um gesto de respeito que as pessoas costumavam usar para saudar Neferet. Ao contrário do que faria uma Grande Sacerdotisa segura e estilosa, na verdade parecendo mais uma retardada, fiquei parada, olhando para ele. Tipo, eu não fazia ideia do que ele estava falando. Mal-entendidos? Tipo, alguém acreditar que eu sei que diabo estou fazendo?

– Mas precisarei de sua permissão – ele continuou. – Não gostaria de me intrometer em seu ritual.

– Ah, não! – então pensei no que ele iria pensar de meu silêncio e do meu "ah, não" e me controlei. – O que eu quis dizer é que não, você com certeza não está se intrometendo, e, sim, eu aceito sua oferta. Graciosamente – acrescentei, pensando em como me sentia adulta e *sexy* perto daquele homem.

O sorriso dele me deixou com vontade de me derreter aos seus pés.

– Excelente. Assim que estiver pronta, basta dizer e eu começarei sua introdução – ele deu uma olhada para Jack, que nos olhava com cara de bobo. – Importa-se se eu der uma palavrinha com seu assistente sobre a ligeira mudança de planos?

– Não – respondi, sentindo-me totalmente surreal. Ao passar por mim, Loren me roçou o braço com intimidade. Será que eu estava imaginando aquele clima entre nós? Olhei para o círculo e vi que todos estavam olhando para mim. Relutantemente, olhei para Erik, que estava ao lado de Stevie Rae. Ele sorriu para mim e piscou.

Tudo bem, pelo jeito Erik não percebera nada demais no comportamento de Loren comigo. Dei uma olhada em Shaunee e Erin. Elas seguiam Loren com olhos famintos. Devem ter me sentido olhando para elas, porque ambas resolveram parar de olhar para o bumbum de Loren. Elas mexeram as sobrancelhas para mim e sorriram. Elas também estavam agindo de modo completamente normal.

Era só eu que estava esquisita com Loren.

– Preparem-se! – chiei baixinho entredentes.

Concentrar... concentrar... concentrar...

– Zoey, estarei pronto quando você estiver – Loren estava de volta ao meu lado.

Respirei fundo para me acalmar e levantei a cabeça.

– Estou pronta – seus olhos escuros fitaram os meus. – Lembre-se, confie em seus instintos. Nyx fala através dos corações de suas sacerdotisas – então ele deu mais alguns passos para dentro do recinto.

– É uma noite de alegria! – a voz de Loren não era apenas profunda e expressiva, também tinha autoridade. Ele tinha a mesma capacidade de Erik de cativar uma sala usando apenas sua voz. Todos silenciaram instantaneamente, esperando avidamente por suas próximas palavras. – Mas vocês devem saber que a alegria desta noite não se encontra apenas nos dons que Nyx permitiu que se manifestassem aqui com tanta clareza. Parte da alegria desta noite nasceu duas noites atrás, quando sua nova líder estava decidindo o futuro que ela desejava para as Filhas e Filhos das Trevas.

Levei um sustinho de surpresa. Eu não soube se alguém mais realmente percebeu o que ele estava dizendo. Que *eu,* e não Neferet, tivera as ideias de novos parâmetros para as Filhas das Trevas, mas gostei de sua tentativa de ajustar as coisas.

– Em homenagem a Zoey Redbird e sua nova visão para as Filhas das Trevas, tenho a honra de abrir seu primeiro ritual como Monitora Sênior e Grande Sacerdotisa *trainee* com um poema clássico sobre o nascimento da alegria, que foi escrito por meu xará, o vampiro poeta William Blake – Loren olhou para mim e mexeu os lábios, dizendo sem som: *agora é com você!*, e fez um sinal com a cabeça para Jack, que correu para o equipamento de som.

Os sons mágicos de *Aldebaran*, tema instrumental de Enya, encheram o recinto. Engoli o que restava de meu nervosismo e comecei a caminhar, traçando um caminho ao redor da parte externa do círculo, como observei tanto Neferet quanto Aphrodite fazerem nos rituais que conduziram. Como ambas, segui no ritmo da música, fazendo pequenas voltas e gestos de dança improvisados. Fiquei bem fora de mim em relação a esta parte do ritual. Tipo, não sou desajeitada, mas também não sou nenhuma animadora de torcida. Felizmente, foi bem mais fácil do que eu esperava. Escolhi essa música especificamente por seu ritmo belo e alegre e também porque pesquisei o nome Aldebaran no Google, descobri que era uma estrela gigante e achei que uma música que celebrava o céu noturno seria apropriada para esta noite. Era uma boa escolha, pois parecia que a música me carregava, fazendo meu corpo se mover graciosamente ao redor da sala, superando meu nervosismo e a sensação estranha do início. Quando Loren começou a recitar o poema, seu corpo também ecoou a cadência da música como meu corpo, e parecia que estávamos fazendo uma mágica juntos.

Eu não tenho nome,
Tenho apenas dois dias de idade.
Como devo a ti chamar?
Feliz eu sou,
Alegria é meu nome.
Doce alegria sobre ti recaia!

As palavras do poema me emocionaram. E, quando me dirigi ao meio do círculo, senti que estava literalmente encarnando a emoção.

– Linda alegria!
Doce alegria de apenas dois dias de idade,
Doce alegria, a ti eu chamo;
E tu sorris...

Ecoando as palavras do poema, sorri, adorando o sentido de magia e mistério que pareceu encher o salão com a música e a voz de Loren.

– Eu canto para passar o tempo...
Doce alegria sobre ti recaia!

Loren fez tudo se encaixar perfeitamente e concluiu seu poema quando cheguei à mesa de Nyx no meio do círculo. Eu estava apenas ligeiramente sem fôlego quando sorri para todos ao redor do círculo e disse:

– Bem-vindos ao primeiro Ritual Completo da Lua Cheia das novas Filhas e Filhos das Trevas!

– *Merry meet*![3] – todos responderam automaticamente.

Sem me permitir hesitar, peguei o acendedor ritualístico ornado e segui resolutamente para a frente de Damien. O ar era o primeiro elemento invocado ao se traçar um círculo, bem como o último ao fechá-lo. Pude sentir a excitação e expectativa de Damien como se fossem uma força física.

Sorri para ele e engoli para aliviar a secura de minha garganta. Ao falar, tentei projetar minha voz como Neferet. Não sei se me saí muito bem. Digamos apenas que eu estava feliz com o tamanho do círculo, que era relativamente pequeno, e pelo salão estar em silêncio.

– Invoco primeiro o elemento ar ao nosso círculo, e peço que ele nos guarde com ventos de inspiração. Venha para mim, ar!

Toquei a vela de Damien com o acendedor e ela ganhou vida ao se acender, apesar de eu e ele, de repente, nos encontrarmos bem no meio de um manifesto turbilhão que levantou nossos cabelos, uivando ao brincar com a barra de meu lindo vestido. Damien riu e sussurrou:

3 Saudação neopagã. (N. do T.)

– Sinto muito, é tudo tão novo para mim que é difícil não ficar entusiasmado em excesso.

– Eu entendo perfeitamente – respondi-lhe sussurrando. Então, virei para minha direita e continuei seguindo o círculo em direção a Shaunee, que parecia anormalmente séria, como se estivesse se preparando para uma prova de matemática.

– Relaxe – sussurrei, tentando não mexer os lábios.

Ela fez que sim com a cabeça num movimento embotado, ainda parecendo morta de medo.

– Invoco ao nosso círculo o elemento fogo, e peço que ele arda vivamente com a luz da força e da paixão, trazendo-nos ambas para que nos guardem e nos ajudem. Venha para mim, fogo!

Comecei a tocar com a ponta do meu acendedor a vela vermelha que Shaunee segurava, mas, antes que eu encostasse, o pavio pegou fogo e uma luz branca e flamejante subiu bastante, ultrapassando o recipiente de vidro que continha a vela.

– Opa – Shaunee resmungou.

Tive que morder as bochechas para não cair na risada e passei rapidamente para a direita, onde Erin esperava agarrando a vela azul em frente a si como se fosse um pássaro prestes a voar, se ela não segurasse bem.

– Invoco a água a este círculo, e peço que nos guarde com seus oceanos de mistério e grandiosidade e nos alimente como sua chuva alimenta a grama e as árvores. Venha para mim, água!

Acendi a vela azul de Erin e aconteceu a coisa mais esquisita. Juro que foi como se, de repente, eu tivesse sido transportada para as águas de um lago. Senti o cheiro da água e seu toque frio em minha pele, apesar de eu saber que estava no meio de um salão e não perto de água nenhuma.

– Acho que preciso baixar o tom um pouquinho – Erin disse baixinho.

– Que nada – sussurrei. E fui até Stevie Rae. Achei que estava meio pálida, mas tinha um sorriso enorme no rosto quando parei na frente dela.

– Estou pronta! – ela disse tão alto que o pessoal ao redor riu baixinho.

– Ótimo – eu disse. – Então, invoco a terra ao círculo, e peço que nos guarde com a força da pedra e a magnificência dos campos repletos de trigo. Venha para mim, terra! – Acendi a vela verde e fui tomada pelos aromas de um prado e cercada por cantos de pássaros e flores.

– Isso é muito legal! – Stevie Rae disse.

– É mesmo – a voz de Erik me surpreendeu e, quando me virei, ele apontou para o círculo. Confusa, acompanhei sua mão e vi um belo raio de luz conectando meus quatro amigos, as quatro personificações dos elementos, formando uma fronteira de força a partir das velas que já iluminavam a circunferência.

– Parece que é só para nós, só que está mais forte agora – Stevie Rae sussurrou, mas pude perceber pelo olhar assustado de Erik que ele a ouvira. Achei que teria de explicar melhor depois, mas agora com certeza não era hora de se preocupar com isso.

Voltei rapidamente para a mesa de Nyx no meio do círculo para completar o traçado do círculo. Olhei para a vela púrpura que estava na mesa.

– Finalmente, invoco o espírito ao nosso círculo, e peço que nos traga consigo discernimento e verdade, para que as Filhas e Filhos das Trevas sejam guardados pela integridade. Venha para mim, espírito! – acendi a vela. Sua chama era mais luminosa que a de Shaunee, e o espaço ao meu redor ficou tomado pelos aromas e sons de todos os outros quatro elementos. Eu também fiquei tomada por eles, que fizeram eu me sentir forte, acalmando-me e me dando segurança, ao mesmo tempo em que me energizavam. Segurei com mãos firmes o bastão trançado de eucalipto e sálvia. Acendi-o com a vela do espírito, deixei queimar um pouquinho e soprei, para que a fumaça cheirosa formasse ondas ao meu redor. Então, fiquei de frente para o círculo e comecei meu discurso. Eu estava preocupada com o que ia dizer, já que Neferet tinha aparecido e literalmente roubado a maior parte das minhas palavras. Mas agora, no meio do círculo traçado por mim e repleto do poder de todos os cinco elementos, restabeleci minha segurança enquanto relembrava afobadamente as palavras.

Abanei o bastão de fumaça ao meu redor enquanto percorria o círculo, olhando nos olhos das pessoas e tentando fazer com que todos se sentissem bem-vindos.

– Nesta noite eu quis mudar as coisas, do tipo de incenso queimado ao abuso contra nossos colegas – falei lentamente, deixando as palavras e a fumaça se misturarem bem ao grupo que ouvia. Todos sabiam que sob a liderança de Aphrodite o incenso usado durante os rituais das Filhas das Trevas era pesadamente misturado com maconha, e também sabiam perfeitamente que Aphrodite sangrava algum infeliz, que chamavam de "geladeira" e "lanchonete", e misturava o sangue dele, ou dela, no vinho que todos bebiam. Nenhuma dessas coisas aconteceria outra vez enquanto eu tivesse alguma ligação com o grupo. – Optei por queimar eucalipto e sálvia nesta noite por causa das propriedades que estas ervas contêm. Há séculos o eucalipto é usado pelos índios americanos para cura, proteção e purificação, assim como a sálvia branca para afastar energias, influências e espíritos negativos. Nesta noite pedi aos cinco elementos para dar poder a estas ervas e ampliar sua energia.

Subitamente o ar ao meu redor oscilou, puxando a fumaça do bastão de defumação em cachos e filetes, conduzindo-o por todo o círculo como se um gigante estivesse abanando o ar com a mão, formando correntes. Os novatos no círculo murmuraram em perplexidade, e eu mandei uma prece silenciosa de gratidão a Nyx, agradecendo-a por permitir que meu poder sobre os elementos se manifestasse tão claramente.

Quando o círculo sossegou outra vez, continuei.

– A lua cheia é um momento mágico, quando o véu entre o conhecido e o desconhecido fica tênue e pode até ser levantado. Isso é um mistério e uma maravilha, mas, nesta noite, quero focar outro aspecto da lua cheia, ou seja, que este momento é excelente para completar ou acabar alguma coisa. O que desejo acabar hoje é com a antiga reputação negativa das Filhas e Filhos das Trevas. Nesta noite de lua cheia esta parte de nós acabou, e um novo tempo começou.

Continuei caminhando, rodeando o círculo no sentido horário. Escolhendo cautelosamente as palavras, eu disse:

– Daqui para a frente, as Filhas e Filhos das Trevas serão um grupo cheio de integridade e propósito. Acredito que os novatos agraciados por Nyx com afinidades elementais representam bem os ideais de nosso novo grupo – sorri para Damien. – Meu amigo Damien é a pessoa mais autêntica que conheço, apesar de ter sido difícil manter a fidelidade a si mesmo. Ele representa bem o ar – o vento se manifestou ao redor de Damien, que sorriu timidamente para mim.

Virei em seguida para Shaunee:

– Minha amiga Shaunee é a pessoa mais leal que conheço. Se ela está do seu lado, vai estar do seu lado esteja você certo ou errado. E, se você estiver errado, ela vai lhe dizer o que acha, mas jamais lhe virará as costas. Ela representa bem o fogo – a pele cor de café de Shaunee cintilou à luz da chama.

Fui até Erin:

– A beleza de minha amiga Erin às vezes engana as pessoas, que pensam que ela tem um cabelo maravilhoso, mas não tem cérebro. Não é verdade. Ela é uma das pessoas mais sábias que conheço, e Nyx provou que ela vê o interior das pessoas ao escolher Erin. Ela representa bem a água – ao passar por ela ouvi o som de ondas quebrando em uma praia.

Parei em frente a Stevie Rae. Ela parecia cansada, com círculos escuros sob a pele normalmente pálida sob os olhos, o que fazia sentido. Obviamente, ela tem se preocupado demais comigo, como sempre.

– Minha amiga Stevie Rae sempre sabe quando estou feliz ou triste, estressada ou relaxada. Ela se preocupa comigo. Ela se preocupa com todos os seus amigos. Às vezes, chega a ser emotiva demais, e fico feliz que agora tenha a terra de onde extrair forças. Ela representa bem a terra.

Sorri para Stevie Rae e ela sorriu para mim, piscando os olhos com força para não chorar. Então, caminhei para o meio do círculo, onde depositei o bastão de ervas e peguei a vela roxa.

– Não sou perfeita, e não vou fingir que sou. O que juro a vocês é que, sinceramente, desejo o melhor para as Filhas e Filhos das Trevas e para todos os novatos na Morada da Noite – eu estava me preparando para dizer que *esperava* poder representar bem o espírito quando a voz de Erik atravessou o círculo.

– Ela representa bem o espírito! – meus quatro amigos concordaram em alto e bom som, e eu fiquei contente (e um tanto surpresa) ao ouvir vários outros novatos fazendo coro.

22

Quando comecei a falar outra vez, todo mundo se calou.

– Aqueles dentre vocês que se julgam capazes de fazer jus aos ideais das Filhas e Filhos das Trevas e de fazer de tudo para serem autênticos, leais, sábios, solidários e sinceros poderão continuar membros deste grupo. Mas quero que saibam que haverá novatos recém-chegados juntando-se a nós, e eles não serão julgados pela aparência ou pelos amigos próximos que têm. Decidam e falem comigo ou com qualquer um dos Monitores se querem permanecer no grupo – captei o olhar de uma das antigas amiguinhas de Aphrodite e acrescentei: – Não usaremos seu passado contra vocês. O que conta é como vocês agirão daqui para a frente – duas garotas desviaram o olhar do meu, cheias de culpa, e outras tantas pareciam estar fazendo força para não chorar. Eu estava especialmente feliz em ver Deino me olhar nos olhos com firmeza e balançar a cabeça gravemente, talvez ela não fosse tão "terrível" assim.

Baixei a vela púrpura e peguei a grande taça cerimonial que enchera antes com vinho tinto doce.

– E agora vamos beber para celebrar a lua cheia e o fim que leva ao recomeço – enquanto dava a volta pelo círculo, oferecendo o vinho a cada um dos novatos, recitei uma oração para o Ritual Completo da Lua Cheia que havia encontrado no velho livro *Ritos Místicos da Lua de Cristal,* de Fiona, a Poeta *Vamp* Laureada do começo dos anos 1800.

Luz aérea da lua
Mistério da terra profunda
Poder da água corrente
Calor da chama ardente
Em nome de Nyx eu vos chamo!

Concentrei-me nas palavras do belo e antigo poema e sinceramente torci para que esta noite fosse realmente o começo de algo especial.

Curar os males
Ajustar os erros
Limpar a sujeira
Querer a verdade
Em nome de Nyx vos chamamos!

Dei a volta no círculo rapidamente e fiquei feliz em ver que a maioria das pessoas sorriu para mim, murmurando *Abençoada seja* após beber da taça. Acho que ninguém se importou por desta vez o vinho não ter um pouco do sangue de um novato intimidado. (Recusei-me a pensar em como adoraria sentir o gosto de sangue de novato misturado ao vinho.)

A visão de gato
A audição de golfinho
A velocidade da serpente
O mistério da fênix
Em nome de Nyx vos chamamos
E pedimos que conosco sejais abençoada!

Bebi o que restou do vinho e pus a taça de volta na mesa. Fui agradecendo a cada elemento, de trás para a frente, e os dispensei, enquanto Stevie Rae, Erin, Shaunee e finalmente Damien sopravam suas velas. Então, dei o ritual por completo dizendo:

– Este Ritual da Lua Cheia está terminado. *Merry meet* e *merry part*[4], e *merry meet* outra vez!

Os novatos repetiram:

– *Merry meet* e *merry part*, e *merry meet* outra vez!

Pronto. Meu primeiro ritual como líder das Filhas das Trevas estava terminado. Eu estava na verdade me sentindo um pouquinho vazia e quase triste. Sabe? Tipo o pancadão que você sente depois de esperar e esperar pelas férias e se dar conta de que não tem nada para fazer agora que não tem de ir à escola. Bem, sinceramente não tive mais do que alguns segundos para me sentir assim, até meus amigos virem até mim, todos falando ao mesmo tempo que o cimento das placas para as palmas das mãos ia secar logo.

– Por favor. Até parece que minha gêmea não pode arrumar um pouquinho de água para molhar este cimento se ele tiver a ousadia de secar antes de colocarmos nossas palmas – Shaunee disse.

Erin fez que sim com a cabeça.

– É para isso que estou aqui, gêmea. Para isso e para ser um exemplo de bom senso para moda.

– Ambos são muito importantes, gêmea.

Damien revirou os olhos exageradamente.

– Ei, vocês, vamos tirar os moldes e cair fora daqui. Meu estômago está doendo um pouco e estou com uma dor de cabeça mortal – Stevie Rae disse.

Balancei a cabeça para Stevie Rae, entendendo-a totalmente. Fomos dormir tão tarde que nem tivemos tempo de comer nada. Eu estava morta de fome também. E provavelmente ficaria com dor de cabeça devido à ausência de cafeína se não comesse e bebesse algo logo, logo.

– Eu concordo com Stevie Rae. Vamos tirar esses moldes logo e ir para a outra sala comer com o pessoal.

---

4 Despedida neopagã. (N. do T.)

– Neferet mandou os cozinheiros prepararem comida mexicana. Dei uma espiada e parece bem gostoso – Damien disse.

– Bem, então vamos lá. Parem de enrolar – Stevie Rae resmungou enquanto praticamente tropeçava sobre um dos quadrados de cimento.

– O que ela tem? – Damien sussurrou.

– Tá na cara que é TPM – Shaunee respondeu.

– É, eu já tinha percebido que ela estava meio pálida e inchada, mas não quis ser antipática e dizer alguma coisa – Erin emendou.

– Vamos fazer os moldes e ir comer – eu disse, pegando meu quadrado de cimento, contente por Erik ter escolhido o quadrado ao lado do meu.

– Hummm... deixei umas toalhas molhadas na cozinha para vocês limparem as mãos ao terminar – disse Jack, que estava muito fofo e nervoso segurando um monte de toalhas brancas ensopadas.

Sorri para ele.

– É mesmo muita gentileza sua, Jack. Muito bem, vamos lá.

De perto, percebi que o cimento fora posto no que pareciam moldes de papelão e que seria fácil rasgar o papelão depois que o cimento secasse. Eu ainda gostava da ideia de Damien colocar as marcas das palmas das mãos no pátio perto do salão de jantar, meio tipo degraus esquisitos.

O cimento certamente ainda estava molhado, e ri muito enquanto fazíamos os moldes das palmas das mãos e depois usávamos os galhos que Jack correra para colher (o garoto sem dúvida era útil de ter por perto) para escrever nossos nomes. Enquanto enxugávamos as mãos com as toalhas e observávamos nosso trabalho, Erik se aproximou e disse:

– Estou realmente feliz por Neferet ter me escolhido para o Conselho de Monitores.

Fiquei de boca calada e fiz que sim com a cabeça. Se eu dissesse a ele que na verdade eu o escolhera com a concordância de Damien, Stevie Rae e das gêmeas, estaria lhe jogando um balde de água fria.

E realmente não doía (a não ser no meu ego) deixá-lo pensar que fora Neferet quem o escolhera. Eu estava me preparando para mudar de assunto e chamar todo mundo para a sala com a comida quando ouvi uns sons esquisitos à minha direita. Quando me dei conta do que eram, senti um aperto no coração.

Stevie Rae estava tossindo.

Damien estava bem à minha direita e, depois dele, as gêmeas. Stevie Rae havia escolhido o bloco de cimento da extrema direita, o mais perto da entrada do salão com a comida. Um monte de garotos já estava comendo, mas cerca de metade do grupo ficara para nos ver deixar as marcas das palmas no cimento e para conversar, de modo que havia muita gente entre Stevie Rae e eu, mas pude ver que ela ainda estava de joelhos em frente ao seu bloco de cimento. Ela deve ter sentido meus olhos sobre si, pois voltou a se sentar e olhou para mim. Eu a ouvi limpar a garganta. Ela me deu um sorriso cansado e a vi balançar os ombros e balbuciar as palavras *bolo na garganta*. Então, lembrei-me de que foi isso que ela disse durante o monólogo. Ela também estava tossindo.

Sem olhar para ela, pedi a Erik:

– Chame Neferet. Rápido!

Levantei e comecei a me dirigir a ela. Stevie Rae já tinha deixado a marca de sua mão e assinado e estava enxugando as mãos com uma toalha. Antes que eu chegasse, ela começou a tossir violentamente. Seus ombros sacudiam com força. Ela levou a toalha à boca.

Então, senti o cheiro e foi como se topasse com um muro invisível. O cheiro de sangue me envolveu, sedutor, atraente e horrível. Parei e fechei os olhos. Talvez, se ficasse parada, de olhos fechados, conseguisse me convencer de que aquilo tudo era só um sonho ruim, que eu acordaria em poucas horas, ainda nervosa por causa do Ritual Completo da Lua Cheia, com Nala roncando tranquilamente no meu travesseiro e Stevie Rae roncando de modo igualmente tranquilo na cama ao lado da minha.

Senti um braço me envolvendo, e ainda assim não me mexi.

– Ela precisa de você, Zoey – a voz de Damien estava um pouquinho trêmula.

Então, abri os olhos e olhei para ele. Ele já estava chorando.

– Acho que não sou capaz.

Ele apertou meu ombro com mais força.

– É, sim. Tem que ser.

– Zoey! – Stevie Rae soluçou.

Sem pensar duas vezes, soltei o braço de Damien e corri até minha melhor amiga. Ela estava de joelhos, agarrando a toalha ensopada de sangue contra o peito. Ela tossiu e engasgou outra vez, e mais sangue jorrou de sua boca e de seu nariz.

– Tragam mais toalhas! – pedi, com os dentes trincados, para Erin, que estava sentada, pálida e muda, ao lado de Stevie Rae. Então me agachei em frente a Stevie Rae: – Vai dar tudo certo. Eu juro. Vai dar tudo certo.

Stevie Rae estava chorando e suas lágrimas eram vermelhas. Ela balançou a cabeça:

– Não vai. Não pode dar. Estou morrendo – sua voz estava fraca e gorgulhava à medida que tentava falar com o sangue golfando de seus pulmões e garganta.

– Vou ficar com você. Não vou deixá-la sozinha – eu disse.

Ela agarrou minha mão. Fiquei chocada ao sentir como estava gelada.

– Estou com medo, Z.

– Eu sei, eu também estou. Mas juntas vamos superar isso. Juro.

Erin me deu uma pilha de toalhas. Peguei a toalha ensopada de sangue das mãos de Stevie Rae e comecei a enxugar seu rosto e sua boca com outra limpa, mas ela começou a tossir outra vez e não consegui dar conta. Simplesmente havia sangue demais.

Agora, Stevie Rae tremia tanto, que nem conseguia mais segurar a toalha por si mesma. Soltei um grito, puxei-a para o meu colo e a abracei, embalando-a como se fosse criança outra vez, repetindo sem parar que tudo ia dar certo e que eu jamais a abandonaria.

– Zoey, isto deve ajudar – eu havia me esquecido de que tinha mais gente no salão, por isso a voz de Damien me surpreendeu. Levantei os olhos e vi que ele estava segurando a vela verde, que representava a terra e fora acesa novamente. Então, no meio do medo e do desespero, meu instinto falou mais alto, e de repente fiquei muito calma.

– Venha cá, Damien. Segure a vela perto dela.

Damien ajoelhou-se e, ignorando a poça de sangue cada vez maior que nos cercava e ensopava, ficou bem perto de Stevie Rae, segurando uma vela em frente ao seu rosto. Eu mais senti do que vi Erin e Shaunee se ajoelharem ao meu lado e extraí força de sua presença.

– Stevie Rae, abra os olhos, meu bem – pedi-lhe baixinho.

Stevie Rae respirou, gorgulhando de um modo horroroso, e suas pálpebras se levantaram, trêmulas. O branco de seus olhos estava totalmente vermelho, e mais lágrimas rosadas desceram por suas bochechas sem cor, mas seus olhos alcançaram a vela e se fixaram nela.

– Eu invoco o elemento terra para que nos venha agora – minha voz ganhou força e volume quando comecei a falar. – E peço que a terra esteja com Stevie Rae Johnson, esta novata tão especial que acabou de receber a dádiva da afinidade com o elemento. A terra é nosso lar, nossa provedora, e é para a terra que todos retornaremos um dia. Nesta noite peço-lhe que abrace e conforte Stevie Rae e faça com que sua jornada de volta ao lar seja tranquila.

Veio um sopro de ar perfumado, e de repente estávamos envolvidos nos aromas e sons de um pomar. Senti cheiro de maçãs e feno e ouvi pássaros cantando e abelhas zunindo. Os lábios vermelhos de Stevie Rae se abriram. Ela não tirou os olhos da vela verde, mas sussurrou:

– Não estou mais com medo, Z.

Naquele momento, ouvi a porta da frente se abrir e, logo depois, Neferet estava agachada ao meu lado. Ela começou a afastar Damien e as gêmeas e a pegar Stevie Rae de meus braços.

Minha voz irrompeu com força pelo salão, e vi que até Neferet recuou, surpreendida.

– Não! Vamos ficar com ela. Ela precisa de seu elemento e de nós.

– Muito bem – Neferet assentiu. – Já está mesmo quase no fim. Ajude-me a fazer com que ela beba isto, para que a passagem seja sem dor.

Eu ia pegar a ampola com aquele líquido leitoso quando Stevie Rae falou com surpreendente clareza:

– Eu não preciso disso. Quando a terra veio, a dor parou.

– Claro que não, filha – Neferet tocou a bochecha ensanguentada de Stevie Rae e senti que seu corpo relaxou e ela parou de tremer completamente. Então, a Grande Sacerdotisa levantou os olhos: – Ajude Zoey a levá-la para a maca. Que elas fiquem juntas. Vamos levá-la para a enfermaria – Neferet me disse.

Fiz que sim. Mãos fortes me seguraram e a Stevie Rae, e segundos depois fui colocada na maca com Stevie Rae ainda em meus braços. Cercadas por Damien, Shaunee, Erin e Erik, fomos levadas rapidamente para a noite lá fora. Depois, lembrei-me de tantas coisas esquisitas sobre a pequena viagem do centro de recreações até a enfermaria – como nevava forte, mas parecia que nenhum dos flocos nos tocava. E parecia anormalmente quieto, como se a terra estivesse se contendo, já de luto. Eu continuei sussurrando para Stevie Rae, dizendo-lhe que estava tudo bem e que não havia razão para ter medo. Lembro-me dela se debruçando para vomitar sangue do outro lado da maca e de como as gotas rubras contrastavam com o branco da neve recém-caída.

Então estávamos dentro da enfermaria e fomos transferidas da maca para a cama. Neferet fez um gesto para que meus amigos se aproximassem de nós.

Damien foi lentamente para o lado de Stevie Rae. Ele ainda estava segurando a vela verde e a levantou para que Stevie Rae a visse, caso abrisse os olhos outra vez. Eu respirei fundo. O ar ao nosso redor ainda cheirava a maçãs e trazia o canto dos pássaros.

Então Stevie Rae abriu os olhos. Ela piscou algumas vezes, parecendo confusa, então olhou para mim e sorriu:

– Você diz aos meus pais que eu os amo? – eu entendi, apesar de sua voz soar fraca, repleta de uma umidade terrível.

– Claro que sim – respondi imediatamente.

– E faz mais uma coisa?

– O que você quiser.

– Você não tem mãe nem pai de verdade, por isso diga à minha mãe que agora você é filha deles? Acho que vou ficar menos preocupada com eles se souber que vocês têm uns aos outros.

Lágrimas rolaram pelo meu rosto, e tive de respirar fundo entre soluços várias vezes antes de conseguir responder.

– Não se preocupe com nada. Vou dizer a eles.

Os olhos dela tremeram ligeiramente, e ela sorriu outra vez.

– Ótimo. Mamãe vai fazer biscoitos de chocolate para você – fazendo um esforço evidente, Stevie Rae abriu os olhos outra vez e olhou ao redor, para Damien, Shaunee e Erin. – Vocês fiquem do lado de Zoey. Não deixem nada separar vocês.

– Não se preocupe – Damien sussurrou entre lágrimas.

– Vamos cuidar dela por você – Shaunee disse com dificuldade. Erin agarrava a mão de Shaunee e chorava muito, mas fez que sim com a cabeça, sorrindo para Stevie Rae.

– Ótimo – Stevie Rae disse e, então, fechou os olhos. – Z., acho que vou dormir um pouquinho agora, tá?

– Tá, meu bem – respondi.

Seus olhos se abriram mais uma vez e ela olhou para mim.

– Vai ficar comigo?

Eu a abracei mais forte.

– Não vou a lugar nenhum. Descanse. Vamos ficar todos com você.

– Tá... – ela disse baixinho. Stevie Rae fechou os olhos, e respirou gorgulhando mais algumas vezes.

Então, senti que seu corpo pesou sem vida em meus braços, e ela não respirou mais. Seus lábios se abriram só um pouquinho, como se estivesse sorrindo. Saiu sangue de sua boca, de seus olhos, de seu nariz e de suas orelhas, mas não senti o cheiro do sangue, só os aromas da terra. Depois, veio um vento forte com cheiro de prado, a vela verde se apagou, e minha melhor amiga morreu.

23

– Zoey, minha querida, você tem que deixá-la partir – minha mente não registrou direito a voz de Damien. Tipo, eu ouvi suas palavras, mas era como se ele estivesse falando uma língua estrangeira. Não consegui entender nada.

– Zoey, por que não vem conosco agora? – agora era Shaunee quem me chamava. *Erin não tinha que entrar na conversa?* Eu mal havia processado o pensamento quando ouvi:

– É, Zoey, precisamos que venha conosco – *Ah, esta foi Erin.*

– Ela está em estado de choque. Fale devagar e tente fazê-la soltar o corpo de Stevie Rae – agora era a voz de Neferet.

O corpo de Stevie Rae. As palavras ecoaram estranhamente através de minha mente. Eu estava agarrada a algo, isso eu sabia. Mas meus olhos estavam fechados e eu estava com muito frio mesmo. Não queria abri-los e achei que nunca mais fosse me aquecer de novo.

– Eu tenho uma ideia – a voz de Damien reverberou dentro de minha mente como se fosse uma máquina de pinball. – Não temos velas nem um círculo sagrado, mas é claro que Nyx está presente. Vamos usar nossos elementos para ajudá-la. Eu começo.

Senti a mão de alguém em meu antebraço, então ouvi Damien murmurar qualquer coisa sobre invocar o ar para soprar para longe o cheiro de morte e desespero e, logo depois, um vento forte soprou com força ao meu redor, e eu estremeci.

– É melhor que eu seja a próxima. Ela parece estar com frio – esta era Shaunee. Outra pessoa tocou meu braço, e após algumas palavras que não peguei direito, senti-me cercada por um calor, como se estivesse bem perto de uma lareira.

– Minha vez – Erin disse. – Eu invoco a água e peço que lave de minha amiga e futura Grande Sacerdotisa a tristeza e a dor que está sentindo. Eu sei que nem toda dor poderá ir embora, mas, por favor, deixe-a apenas com a dor suportável para seguir em frente, sim? – suas palavras foram registradas com mais clareza por minha mente, mas eu ainda não queria abrir os olhos.

– Ainda há mais um elemento no círculo – fiquei surpresa ao ouvir Erik. Parte de mim quis abrir os olhos para olhar para ele, mas o resto, a maior parte de mim, se recusava a se mexer.

– Mas é Zoey quem sempre manifesta o espírito – Damien disse. – No momento ela não é capaz de manifestar nada sozinha. Vamos ajudá-la – duas mãos fortes me seguraram pelos ombros, além das outras mãos que me seguravam pelos braços.

– Eu não tenho afinidade com essas coisas, mas me importo com o que acontece com Zoey, e ela foi dotada pela afinidade com todos os cinco elementos – Erik disse. – Então eu e todos os seus amigos, pedimos que o elemento espírito a ajude a acordar para que possa superar a morte de sua melhor amiga.

Como se tivesse recebido um choque elétrico, meu corpo de repente deu um pulo, tomado por um incrível senso de consciência. Contra minhas pálpebras fechadas vi o rosto de Stevie Rae sorrindo para mim. Não estava ensanguentado nem pálido, como da última vez em que ela sorriu para mim. A imagem que vi foi de Stevie Rae saudável e feliz, caminhando para os belos braços de uma mulher conhecida, enquanto ria alegremente.

Nyx, eu pensei. *Stevie Rae está sendo abraçada pela Deusa.*

E meus olhos se abriram.

– Zoey! Você está conosco outra vez! – Damien gritou.

– Z., você precisa deixar Stevie Rae agora – Erik disse gravemente.

Olhei de Damien para Erik, e então meus olhos foram para Shaunee e Erin. Meus quatro amigos estavam me segurando, todos chorando. Então me dei conta do que tinha nos braços. Lentamente, baixei os olhos.

Stevie Rae parecia tranquila. Estava pálida demais, seus lábios ficando azuis, mas seus olhos estavam fechados e seu rosto relaxado, apesar de coberto de sangue. O sangue não pingava mais dela, e parte da minha mente se deu conta de que cheirava mal. Um cheiro bolorento, velho, morto. Quase como mofo.

– Z. – Erik disse. – Você tem que deixá-la partir.

Olhei nos olhos dele.

– Mas eu disse que ficaria com ela – minha voz soou estranha e estridente.

– Eu sei. Você ficou com ela o tempo todo. Agora ela já se foi, e não há mais nada que você possa fazer.

– Por favor, Zoey – Damien disse.

– Neferet precisa limpá-la para que a mãe de Stevie Rae possa vê-la – Shaunee disse.

– Você sabe que ela não ia querer que sua mãe e seu pai a vissem toda ensanguentada – Erin disse.

– Tá, mas... mas eu não sei como deixá-la – minha voz falhou, e senti lágrimas frescas escorrerem por meu rosto.

– Vou tirá-la de você, Zoey Passarinha – Neferet abriu os braços como se estivesse pronta para receber o bebê que eu estava segurando. Ela parecia tão triste, bela e forte, tão familiar, que me esqueci de todas as questões em relação a ela e simplesmente assenti com a cabeça e lentamente reclinei o corpo. Neferet passou os braços sob o corpo de Stevie Rae, tirou-a de mim e a ajeitou nos seus braços. Depois, virou-se e a deitou gentilmente na cama vazia ao lado da minha.

Olhei para mim mesma. Meu novo vestido preto estava ensopado do sangue, que já estava secando e endurecendo. Os fios prateados ainda tentavam brilhar à luz de gás do recinto, mas ao invés da pura luz que emanavam antes, agora eles cintilavam com um tom de cobre. Eu não conseguia parar de olhar para eles. Eu tinha de ir embora. Sair de lá e tirar aquele vestido. Levei meu pé para o outro lado da cama e tentei me levantar, mas o recinto girava e rodava ao meu redor. Mas as mãos fortes de meus amigos voltaram a me segurar, e me senti ancorada à terra através de seu calor.

– Levem-na de volta para o quarto. Tirem esse vestido e limpem-na. Depois, vejam se dorme e fica aquecida e sossegada – Neferet estava falando sobre mim como se eu não estivesse lá, mas nem liguei. Eu não queria estar lá. Não queria nada daquilo. – Deem isto para ela beber antes de dormir. Vai ajudá-la a não ter pesadelos – senti a mão suave de Neferet no meu rosto.

O calor que passou de seu corpo para o meu foi um choque, e instintivamente recuei.

– Fique bem, Zoey Passarinha – Neferet disse gentilmente. – Eu lhe dou minha palavra de que você vai se recuperar disso – não olhei para ela, mas senti que ela se voltou para meus amigos. – Levem-na para o dormitório agora.

Eu estava seguindo em frente. Erik estava ao meu lado, segurando meu cotovelo direito, e Damien estava à minha esquerda, segurando-me com força também. As gêmeas vinham logo atrás. Ninguém disse nada enquanto nos afastávamos do quarto. Dei uma olhada para trás e vi o corpo sem vida de Stevie Rae na cama. Quase parecia que ela estava dormindo, mas eu sabia. Sabia que ela estava morta.

Nós cinco saímos da enfermaria e caminhamos pela noite debaixo de neve. Eu tremi, e paramos por tempo suficiente para que Erik tirasse o casaco e colocasse sobre meus ombros. Gostei do cheiro do casaco e me concentrei nisso, e não nos novatos que passavam apressados e baixavam a cabeça silenciosamente, levando o punho ao coração, à medida que passavam por nós.

Pareceu que chegamos ao dormitório em questão de segundos. Quando entramos no salão principal, as garotas que estavam assistindo à tevê em grupos fizeram silêncio total. Não olhei para nenhuma delas. Simplesmente deixei Erik e Damien me levarem pelas escadas, mas, antes de chegarmos, Aphrodite bloqueou a passagem. Pisquei os olhos com força para focalizar seu rosto. Ela parecia cansada.

– Sinto muito pela morte de Stevie Rae. Eu queria que isso não tivesse acontecido – Aphrodite disse.

– Não vem não, sua calhorda imbecil! – Shaunee disse, cheia de ódio. Ela e Erin avançaram de um jeito que parecia que iam quebrar a cara de Aphrodite.

– Não, esperem – esforcei-me para falar, e elas hesitaram. – Preciso falar com Aphrodite – meus amigos me olharam como se eu tivesse enlouquecido, mas me desembaracei dos braços que me seguravam e me afastei um pouco do grupo com passos instáveis. Aphrodite titubeou, mas acabou me acompanhando.

– Você sabia do que estava para acontecer com Stevie Rae? – perguntei, mantendo a voz baixa. – Você teve alguma visão com ela?

Aphrodite balançou a cabeça lentamente.

– Não. Só tive uma *sensação*. Soube que algo terrível ia acontecer esta noite.

– Eu também senti – respondi baixinho.

– Pressentimentos sobre coisas ou pessoas?

Assenti com a cabeça.

– São mais difíceis que minhas visões, não são tão específicos. Você teve um pressentimento sobre Stevie Rae? – ela perguntou.

– Não. Eu não sabia o que era, apesar de agora eu olhar para trás e perceber sinais de que havia algo de errado com ela.

Aphrodite me olhou nos olhos.

– Você não poderia ter impedido. Não poderia ter salvado Stevie Rae. Nyx não lhe deixou saber o que estava para acontecer porque não havia o que fazer.

– Como você sabe? Neferet disse que Nyx a abandonou – eu disse sem rodeios. Sabia que estava sendo propositalmente cruel. Mas nem quis saber. Eu queria que todo mundo sentisse a dor que eu sentia.

Ainda me olhando direto nos olhos, Aphrodite disse:

– Neferet está mentindo – ela começou a se afastar, mas mudou de ideia e voltou. – E não beba o que ela lhe deu – Aphrodite me alertou e saiu do recinto.

Erik, Damien e as gêmeas voltaram para o meu lado num piscar de olhos.

– Não ouça o que aquela calhorda diz – Shaunee bufou. – Se ela disse algo de ruim sobre Stevie Rae, vamos dar uma surra nela – Erin disse.

– Não. Não foi nada disso. Ela apenas disse que lamentava, mais nada.

– Por que você quis conversar com ela? – Erik perguntou. Ele e Damien estavam me segurando outra vez e me fazendo subir a escada.

– Eu queria saber se ela tinha tido uma visão sobre a morte de Stevie Rae – respondi.

– Mas Neferet deixou claro que Nyx deu as costas a Aphrodite – Damien disse.

– Eu quis perguntar mesmo assim – ia acrescentar que Aphrodite tinha razão quanto ao acidente que quase aconteceu com minha avó, mas não podia dizer nada na frente de Erik. Chegamos à porta do meu quarto, *nosso quarto,* meu e de Stevie Rae, e parei. Erik abriu a porta para mim e entramos.

– Não! – quase gritei, assustada. – Eles levaram as coisas dela! Não podem fazer isso!

Tudo que era de Stevie Rae sumira, do abajur em formato de bota de cowboy ao pôster de Kenny Chesney, incluindo o relógio giratório de Elvis. As prateleiras sobre sua mesa do computador estavam vazias. Seu computador sumira. Sabia que se eu fosse olhar dentro do armário também não encontraria nenhuma de suas roupas.

Erik envolveu meu ombro com o braço.

– É o que eles sempre fazem. Não se preocupe, eles não jogaram fora as coisas dela. Apenas removeram para você não ficar triste. Se houver alguma coisa dela que você queira, eles vão lhe dar se a família dela não se importar.

Eu não sabia o que dizer. Eu não queria *as coisas* de Stevie Rae. Eu queria Stevie Rae.

– Zoey, você realmente precisa tirar essas roupas e tomar um banho quente – Damien disse gentilmente.

– Tá – respondi.

– Enquanto estiver no banho, vamos arrumar algo para você comer – Shaunee disse.

– Não estou com fome.

– Você precisa comer. Vamos trazer algo simples, tipo sopa. Tá bem? – Erin disse. Ela parecia tão angustiada e estava tão claro que queria fazer alguma coisa, qualquer coisa que fosse, para me fazer sentir melhor, que balancei a cabeça, concordando. Além do quê, eu estava cansada demais para discutir com quem quer que fosse. – Tá.

– Eu ficaria com você, mas já passou da hora do toque de recolher e não posso estar no dormitório das garotas – Erik disse.

– Tudo bem. Eu entendo.

– Eu queria ficar também, mas, bem, não sou exatamente uma garota – Damien disse. Eu soube que ele estava tentando me fazer sorrir, então me forcei a levantar os lábios. Imaginei que eu devia estar parecendo um daqueles palhaços tristes e assustadores, com um sorriso pintado no rosto com uma lágrima.

Erik me abraçou e Damien fez o mesmo, e os dois foram embora.

– Precisa que alguma de nós fique aqui enquanto você toma banho? – Shaunee perguntou.

– Não, estou bem.

– Tá. Bem... – Shaunee parecia prestes a chorar outra vez.

– Nós já voltamos – Erin pegou Shaunee pela mão e saíram do quarto, fechando a porta com um clique baixinho.

Eu me mexi cautelosamente, como se alguém tivesse me ligado em baixa velocidade. Tirei o vestido, o sutiã e a calcinha e joguei tudo no cesto envolvido por um saco plástico que ficava no canto de nosso, quer dizer, *meu* quarto. Fechei o saco plástico e pus perto da porta. Sabia que uma das gêmeas ia jogar fora para mim.

Entrei no banheiro na intenção de ir direto para debaixo do chuveiro, mas parei ao ver meu reflexo. Transformara-me outra vez em uma estranha conhecida. Estava horrorosa, pálida, com círculos debaixo dos olhos que pareciam socos. As tatuagens em meu rosto, costas e ombros saltavam em contraste com o branco da minha pele e as marcas de sangue cor de ferrugem que me cobriam o corpo. Meus olhos pareciam grandes e anormalmente escuros. Eu não tinha tirado meu colar das Filhas das Trevas. A prata da corrente e o cobre das granadas captaram a luz e cintilaram.

– Por quê? – sussurrei. – Por que você deixou Stevie Rae morrer? – eu não esperava realmente por uma resposta, e não tive nenhuma. Então, entrei debaixo do chuveiro e fiquei lá parada durante um bom tempo, deixando as lágrimas se misturarem à água e ao sangue que escorriam pelo ralo.

24

Quando saí do banheiro, Shaunee e Erin estavam sentadas na cama de Stevie Rae, com uma bandeja entre elas, na qual havia uma tigela com sopa, biscoitos e uma lata de refrigerante de cola, não dietético. Estavam falando baixo, mas assim que entrei no quarto pararam.

Suspirei e sentei na cama.

– Se vocês começarem a ficar agindo esquisito perto de mim, não vou conseguir segurar a barra.

– Foi mal – elas murmuraram juntas, entreolhando-se sem jeito, e Shaunee me passou a bandeja. Olhei para a comida como se não conseguisse me lembrar do que fazer com ela.

– Você precisa comer para poder tomar o negócio que Neferet nos deu para lhe dar – Erin disse.

– Além do mais, você vai se sentir melhor – Shaunee disse.

– Acho que nunca mais vou me sentir melhor.

Os olhos de Erin se encheram de lágrimas que, derramadas, escorreram pelas bochechas abaixo.

– Não diz isso, Zoey. Se você não se sentir melhor nunca, a gente também não vai.

– Você tem que tentar, Zoey. Stevie Rae ficaria furiosa se você não tentasse – Shaunee disse, fungando entre lágrimas.

– Tem razão. Ela ia ficar mesmo – peguei a colher e comecei a provar da sopa. Era de macarrão com galinha e desceu quente e redonda pela minha garganta, adentrando meu corpo e afastando um pouco do terrível frio que estava sentindo.

– E quando ela ficava com raiva, aquele sotaque dela ficava fora de controle – Shaunee disse.

Erin e eu sorrimos ao ouvir aquilo.

– *Vocês se comportem* – Erin imitou, repetindo as palavras que Stevie Rae dissera às gêmeas zilhões de vezes.

Nós sorrimos, e a sopa ficou mais fácil de engolir. Quando estava na metade do prato, um pensamento repentino me ocorreu.

– Não vão fazer um funeral nem nada assim para ela, vão?

As gêmeas fizeram que não com a cabeça.

– Não – Shaunee disse.

– Nunca fazem – Erin disse.

– Bem, gêmea, acho que os pais de alguns fazem, mas isso nas cidades deles.

– É verdade, gêmea – Erin disse. – Mas não creio que ninguém aqui vá viajar para... – ela se distraiu com seus pensamentos e não completou a frase. – Qual era mesmo o nome da cidadezinha do interior onde Stevie Rae nasceu?

– Henrietta – eu disse. – Lar das Galinhas de Briga.

– Galinhas de Briga? – as gêmeas perguntaram juntas.

Confirmei, balançando a cabeça.

– Stevie Rae ficava doida da vida. Apesar de sua caipirice, ela não aceitava esse negócio de Galinha de Briga.

– E galinhas brigam? – Shaunee perguntou.

Erin deu de ombros.

– Como vou saber, gêmea?

– Pensei que só galos brigassem – eu disse. Nós nos entreolhamos e eu disse – Galos![5] – e caí na risada, que logo depois se misturou às

5 Em inglês, *cock* quer dizer galo, mas também é um termo usado na gíria para se referir ao órgão sexual masculino. (N. do T.)

lágrimas. – Stevie Rae teria achado isso hilário – eu disse quando consegui retomar o fôlego.

– Zoey, você vai ficar bem mesmo? – Shaunee perguntou.

– Vai? – Erin repetiu.

– Acho que sim – respondi.

– Como? – Shaunee perguntou.

– Na verdade, não sei. Acho que a única coisa que posso fazer é viver um dia de cada vez.

Surpreendentemente, tomei a sopa toda. De fato, me senti melhor, mais aquecida, mais normal. Também estava inacreditavelmente cansada. As gêmeas devem ter percebido que minhas pálpebras estavam pesadas, pois Erin pegou minha bandeja e Shaunee me passou uma pequena ampola com um líquido leitoso.

– Neferet disse que você deve beber isto, que vai ajudá-la a dormir sem pesadelos – ela disse.

– Obrigada – peguei o frasco, mas não bebi. Ela e Erin ficaram olhando para mim. – Vou beber daqui a pouquinho. Depois que eu for ao banheiro. Só deixem meu refrigerante, caso tenha gosto ruim.

Aquilo pareceu satisfazê-las. Antes de saírem, Shaunee perguntou:

– Zoey, você precisa de mais alguma coisa?

– Não, obrigada.

– Se precisar de alguma coisa, nos chame tá? – Erin disse. – Nós prometemos a Stevie Rae... – sua voz falhou e Shaunee completou por ela. – Prometemos cuidar de você, e nós cumprimos nossas promessas.

– Eu chamo – eu disse.

– Tá – elas disseram. – Boa noite...

– Boa noite – respondi enquanto elas fechavam a porta.

Assim que elas saíram, derramei o líquido branco cremoso na pia e joguei a ampola fora. Enfim, estava sozinha. Dei uma olhada no despertador, seis da manhã. Era incrível como as coisas podiam mudar em tão poucas horas. Tentei não pensar nisso, mas lampejos da morte de Stevie Rae ficavam aparecendo, como se um filme horroroso não parasse de ser projetado em minha mente. Dei um pulo quando meu celular tocou e conferi quem era. Era o número da minha avó! Fiquei aliviada. Abri o aparelho e me esforcei para não cair em lágrimas.

– Estou muito feliz por você ligar, vovó!

– Passarinha, acabei de sonhar com você. Está tudo bem? – seu tom preocupado demonstrava que ela sabia que não estava, o que não era surpresa para mim. Minha avó e eu sempre fomos muito ligadas.

– Não. Não está nada bem – sussurrei e comecei a chorar outra vez. – Vovó, Stevie Rae morreu nesta noite.

– Ah, Zoey! Eu lamento demais mesmo!

– Ela morreu nos meus braços, vovó, minutos depois de Nyx lhe conceder a afinidade com o elemento terra.

– Deve ter sido um grande conforto para ela você ficar ao seu lado até o fim – percebi que vovó também estava chorando agora.

– Estávamos todos com ela, todos os meus amigos.

– E Nyx certamente estava com ela também.

– Sim – contive um soluço. – Acho que a Deusa estava, mas não entendo isso, vovó. Não faz o menor sentido Nyx conceder uma dádiva a Stevie Rae e deixá-la morrer em seguida.

– A morte nunca faz sentido quando acontece com gente jovem. Mas acho que sua Deusa estava perto de Stevie Rae, apesar de sua morte ter vindo cedo demais, e agora ela está descansando tranquilamente com Nyx.

– Espero que sim.

– Queria poder visitá-la, mas com toda essa neve as estradas aqui estão impossíveis. Que tal se eu jejuar e rezar por Stevie Rae hoje?

– Obrigada, vovó. Eu sei que ela ia gostar disso.

– E, meu bem, você tem que superar isso.

– Como, vovó?

– Honrando a memória dela ao levar uma vida que a faria se orgulhar de você. Viver por ela também.

– É duro, vovó, especialmente porque os *vamps* querem que a gente se esqueça daqueles que morrem. Eles são tratados como quebra-molas, como alguma coisa para fazer uma pausa e, depois, seguir em frente.

– Não quero criticar sua Grande Sacerdotisa, nem nenhum dos vampiros adultos, mas acho isso muito tacanho. A morte fica mais difícil quando não a vivenciamos.

– Também acho. Na verdade, é o que Stevie Rae pensava também – naquele momento me veio uma ideia, com uma *sensação* de ser esta a coisa certa a fazer. – Eu posso mudar isso. Com ou sem permissão, vou fazer com que a morte de Stevie Rae seja honrada. Ela não vai ser só um quebra-molas.

– Não vá arrumar encrenca, meu bem.

– Vovó, sou a novata mais poderosa da história dos vampiros. Acho válido me encrencar um pouquinho se for por alguma coisa em que realmente acredite.

Vovó disse, após uma pausa:

– Acho que você está certa, Zoey Passarinha.

– Eu te amo, vovó.

– Eu também te amo, *u-we-tsi a-ge-hu-tsa.* – o termo *Cherokee* para *filha* fez com que eu me sentisse amada e segura. – Agora, quero que você tente dormir. Saiba que estarei rezando por você e pedindo aos espíritos de nossas avós que zelem por você e a confortem.

– Obrigada, vovó. Tchau.

– Tchau, Zoey Passarinha.

Fechei o telefone devagar. Estava me sentindo melhor agora que havia conversado com vovó. Antes, era como se estivesse com um peso enorme e invisível no meu peito. Agora estava mais fácil respirar. Comecei a me deitar e Nala entrou pela portinhola para gatos, pulou na minha cama e instantaneamente começou a miar para mim. Fiz carinho nela e disse que estava feliz em vê-la, e então ela deu uma olhada para a cama vazia de Stevie Rae. Ela sempre ria do mau humor de Nala e dizia que ela parecia uma velha, mas adorava gatos tanto quanto eu.

Lágrimas se formaram em meus olhos, e imaginei se havia um limite para o quanto uma pessoa seria capaz de chorar. Meu celular vibrou, indicando que eu recebera uma nova mensagem de texto. Esfreguei os olhos e abri o telefone novamente.

Tudo bem? Tô bolado

Era Heath. Bem, ao menos agora não restava dúvida de que estávamos ligados pela Carimbagem. E que diabo eu ia fazer quanto a isso, eu não sabia.

Dia péssimo. Minha melhor amiga morreu, respondi à mensagem.

Demorou tanto que achei que ele não responderia. Mas, e então, finalmente o celular vibrou novamente.

Meus amigos também morreram.

Fechei os olhos. Como eu poderia esquecer que dois amigos de Heath haviam acabado de ser mortos?

Sinto muito, respondi com outra mensagem.

Eu também. Quer que eu vá te ver?

O poderoso e instantâneo *sim!* que senti brotar no meu corpo me surpreendeu, apesar de eu saber o porquê. Seria maravilhoso esquecer tudo nos braços de Heath... na sedução escarlate do sangue de Heath...

Não, digitei afobadamente, com mãos trêmulas. *Você tem aula.*

Nada, tá nevando!

Sorri e passei um ou dois segundos desejando poder voltar ao tempo em que um dia de neve era sinônimo de um dia de férias vagando com meus amigos ou aninhando-me para ver filmes alugados comendo pizza. Meu telefone vibrou outra vez, despertando-me do sonho acordada.

Vou fazer você melhorar.

Suspirei. Havia me esquecido completamente de que prometera a Heath encontrá-lo depois do jogo na sexta-feira. Não devia encontrá-lo. Eu sabia. Na verdade, devia procurar Neferet e confessar tudo sobre Heath e pedir ajuda para resolver a situação.

Neferet mente. A voz de Aphrodite veio como um sussurro em minha mente.

Não. Eu não podia procurar Neferet, e por várias outras razões além do aviso de Aphrodite. Havia algo de errado com Neferet. Eu não podia confiar nela. Meu telefone vibrou.

Zo?

Suspirei. Estava tão cansada, estava ficando difícil me concentrar. Comecei a digitar que não, dizendo a Heath que eu simplesmente não podia encontrá-lo, por mais que eu quisesse. Cheguei a teclar o N de "não". Então parei, apaguei a letra e digitei resolutamente: *OK.*

Que diabo! Parecia que minha vida estava se desenrolando como um fio puxado em uma camisa velha. Eu não queria dizer não a Heath, e me preocupar sobre nossa Carimbagem era apenas uma preocupação a mais agora.

OK!, sua resposta veio logo.

Suspirei novamente, fechei o celular, soltei o corpo sobre a cama e fiquei acarinhando Nala, olhando para o nada e desejando desesperadamente poder voltar o relógio em um dia... ou talvez até um ano... finalmente percebi que, por alguma razão, os *vamps* que levaram as coisas de Stevie Rae se esqueceram do velho edredom feito à mão que ela deixava dobrado ao pé da cama. Pus Nala em meu travesseiro e me levantei, puxando o edredom da cama de Stevie Rae. Então Nala e eu nos aninhamos embaixo dele.

Parecia que todas as moléculas do meu corpo estavam cansadas, mas eu não conseguia dormir. Acho que estava sentindo falta dos roncos baixinhos de Stevie Rae e da sensação de não estar sozinha. A tristeza tomou conta de mim tão profundamente que pensei que fosse me afogar nela.

Até que bateram baixinho na minha porta duas vezes. Então, abriram lentamente. Sentei-me na cama e vi Shaunee e Erin de pijamas e chinelos, trazendo travesseiros e cobertores.

– Podemos dormir com você? – Erin perguntou.

– Não queríamos ficar sozinhas – Shaunee completou.

– E pensamos que você também não ia querer ficar sozinha – Erin continuou.

– Tem razão. Não quero – controlei as lágrimas que queriam sair. – Entrem.

Elas entraram e, hesitando ligeiramente, foram para a cama de Stevie Rae. Belzebu, o gato delas, pulou entre as duas com seus pelos longos e cinza-prateados. Nala levantou a cabeça do meu travesseiro para olhar para ele e então, como se o aprovasse, feito uma rainha se aninhou de novo e voltou a dormir.

Eu estava quase caindo no sono quando ouvi outra batida suave na porta. Desta vez ela não se abriu, então eu perguntei:

– Quem é?

– Eu.

Shaunee, Erin e eu nos entreolhamos, confusas. Corri até a porta e, ao abrir, deparei-me com Damien de pijama de flanela estampada com ursinhos cor-de-rosa. Ele parecia meio úmido e tinha uns flocos de neve no cabelo. Estava com um saco de dormir e um travesseiro nas mãos. Agarrei seu braço e o puxei logo para dentro do quarto. Cameron, seu gatinho gorducho e rajado, veio pisando macio logo atrás.

– O que você está fazendo, Damien? Você sabe que vamos arrumar uma encrenca sinistra se pegarem você aqui.

– É, já deram o toque de recolher – Erin disse.

– Você pode ter vindo aqui para tirar nossa virgindade – Shaunee disse e, olhando para Erin, ambas caíram na gargalhada, o que me fez sorrir. Era estranho ficar alegre no meio de tanta tristeza, razão por que, talvez, a risada das gêmeas e o meu sorriso desapareceram rapidamente.

– Stevie Rae não queria que a gente deixasse de ser feliz – Damien disse, quebrando o desconfortável silêncio. Ele andou até o meio do quarto e abriu seu saco de dormir no chão entre as duas camas. – E estou aqui porque precisamos ficar juntos. *Não* porque eu queira deflorar nenhuma de vocês, mesmo que vocês todas ainda fossem virgens, mas apreciei seu uso do vocabulário assim mesmo.

Erin e Shaunee bufaram, mas pareceram mais entretidas do que ofendidas, e eu procurei registrar na memória que tinha de lhes fazer perguntas sobre sexo outra hora.

– Bem, estou feliz por você ter vindo, mas não vai ser mole tirar você daqui escondido quando todo mundo estiver saindo para tomar o café da manhã e correndo para ir para a aula – eu disse, já imaginando possíveis rotas de escape.

– Ah, não se preocupe com isso. Os *vamps* estão anunciando que a escola vai ficar fechada hoje por causa da neve. Ninguém vai correr para aula nenhuma. Eu vou simplesmente sair com vocês.

– Estão anunciando? Quer dizer que a gente teria que acordar, se vestir e descer só para descobrir que não vai ter aula? Que saco – resmunguei.

Pude ouvir o sorriso na voz de Damien.

– Eles anunciam pelo rádio, como nas escolas normais. Mas você e Stevie Rae escutam as notícias quando... – Damien não completou ao se dar conta de que começara a formular a pergunta como se Stevie Rae ainda estivesse viva.

– Não – intervi logo, tentando evitar que ele ficasse sem-graça. – Costumávamos ouvir *country music*. Isso sempre me fazia ir mais rápido e ficar pronta logo para fugir – meus amigos riram baixinho. Esperei até todo mundo ficar quieto de novo e disse: – Eu não vou esquecê-la, e não vou fingir que sua morte não significa nada para mim.

– Nem eu – Damien concordou.

– E nem eu – Shaunee emendou.

– É isso aí, gêmea – Erin completou.

Após um tempinho voltei a falar:

– Eu não achava que isso pudesse acontecer com um novato que acabou de ganhar uma afinidade de Nyx. Eu... eu simplesmente não achava que isso pudesse acontecer.

– Ninguém tem certeza de passar pela Transformação, nem mesmo os que receberam afinidades da Deusa – Damien disse baixinho.

– Isso significa que temos que ficar juntos – Erin respondeu.

– É a única maneira de superarmos isso – Shaunee continuou.

– É o que vamos fazer. Ficar juntos – eu disse com determinação. – E prometam que, se o pior acontecer e alguns de nós não chegarmos lá, os que restarem não vão deixar que os outros sejam esquecidos.

– Prometemos – meus três amigos juraram solenemente.

Então nós sossegamos. O quarto já não parecia mais tão solitário, e pouco antes de cair no sono sussurrei:

– Obrigada por não me deixar sozinha... – e nem soube direito se estava agradecendo aos meus amigos, à minha Deusa ou à Stevie Rae.

25

Nevava no meu sonho. Primeiro achei legal. Tipo, era realmente lindo... o mundo ficava parecendo perfeito, como coisa da Disney, como se nada de ruim pudesse acontecer, ou, se acontecesse, seria apenas temporário, porque todo mundo sabe que no mundo Disney todo mundo acaba sendo feliz para sempre...

Caminhei lentamente, sem sentir o frio. Parecia faltar pouco para o amanhecer, mas não dava para dizer direito com aquele céu tão cinzento e cheio de neve. Joguei a cabeça para trás e vi a neve que ficava presa nos grossos galhos dos velhos carvalhos e fazia o muro leste parecer mais suave e menos imponente.

O muro leste.

Em meu sonho, hesitei ao me dar conta de onde estava. Então, vi quatro silhuetas de capa e capuz em um grupo, parados em frente ao alçapão aberto no muro.

Não! Eu disse para mim mesma em sonho. *Eu não queria estar lá. Não logo depois de Stevie Rae morrer. Depois das últimas duas vezes que novatos morreram, eu vi seus fantasmas ou espíritos ou corpos mortos-vivos caminhantes ou sei lá o quê por aqui. Mesmo se eu fosse dotada por Nyx da estranha capacidade de ver os mortos, já chega! Eu não queria...*

O menor dentre os vultos encapuzados olhou ao redor e meu blá-blá-blá interno se calou em minha mente. Era Stevie Rae! Só que não era. Ela estava pálida e magra. E havia algo diferente. Fiquei olhando, e minha hesitação inicial foi superada por uma terrível necessidade de entender. Tipo, se essa fosse realmente Stevie Rae, então eu não precisava ter medo dela. Mesmo estranhamente transformada pela morte, ela ainda era minha melhor amiga. Não era? Eu só consegui parar de avançar quando estava a poucos metros do grupo. Contive o fôlego, esperando que eles se voltassem para mim, mas ninguém me notou. Em meu sonho era como se eu fosse invisível para eles. Então, me aproximei ainda mais, incapaz de tirar os olhos de Stevie Rae. Ela estava com uma aparência terrível, desvairada, e ficava se mexendo de modo inquieto, olhando ao redor como se estivesse extremamente nervosa, ou extremamente apavorada.

– Nós não devíamos estar aqui. Temos que ir embora.

Pulei ao ouvir o som da voz de Stevie Rae. Ela ainda tinha sotaque de Oklahoma, mas não dava para reconhecer nada mais. Sua voz soava dura e monótona, sem emoção nenhuma, a não ser uma espécie de nervosismo animalesco.

– Você não manda em nósssss – chiou outro dos encapuzados, mostrando os dentes para Stevie Rae. Ah, *eca*! Era aquela criatura, o Elliott. Apesar de seu corpo estranhamente encurvado, ele se dirigia a Stevie Rae com agressividade. Seus olhos haviam começado a brilhar em um tom de vermelho sujo. Eu senti medo por minha amiga, mas ela não se deixou intimidar; ao invés disso, mostrou-lhe os dentes, seus olhos chamuscando em vermelho, e rosnou para ele. E, então, cuspiu-lhe as palavras:

– Por acaso a terra o atende? Não! – ela avançou e Elliott automaticamente deu vários passos para trás. – E, enquanto for assim, você vai me obedecer! Foi isso que *ela* disse.

A criatura-Elliott fez uma mesura tosca e subserviente, que foi imitada pelas outras duas figuras encapuzadas. Então, Stevie Rae apontou para o alçapão aberto.

– Agora vamos, *rápido* – mas, antes que eles se mexessem, ouvi a voz familiar do outro lado do muro.

– Ei, vocês conhecem a Zoey Redbird? Eu preciso dizer a ela que estou aqui e...

A voz de Heath falhou quando as quatro criaturas saíram pela porta, correndo atrás dele.

– Não! Parem! Que diabo estão fazendo? – gritei. Meu coração estava batendo tão forte que doía enquanto corria até a porta, que se fechava, a tempo de ver os três agarrando Heath. Ouvi Stevie Rae dizer:

– Ele nos viu. Agora tem que vir conosco.

– Mas ela disse que chega! – Elliott gritou, segurando firmemente Heath, que se debatia.

– Ele nos viu! – Stevie Rae repetiu. – Então vem conosco até ela dizer o que deve ser feito com ele.

Ninguém discutiu com ela e, com uma força desumana, o arrastaram. A neve parecia engolir seus gritos.

Sentei-me na cama, respirando com dificuldade, suando e tremendo. Nala resmungou. Olhei ao redor do quarto e senti um pânico momentâneo. Eu estava sozinha! Será que eu havia sonhado com tudo o que aconteceu ontem? Olhei para a cama vazia de Stevie Rae e a ausência de todas as suas coisas ao redor do quarto. Não. Eu não havia sonhado aquilo. Minha melhor amiga estava morta. Deixei o peso da tristeza se acomodar em mim e entendi que ia carregá-lo comigo por bastante tempo.

Mas as gêmeas e Damien não haviam dormido aqui? Ainda grogue, esfreguei os olhos e olhei para o relógio. Eram cinco da tarde. Eu devia ter caído no sono mais ou menos entre seis e meia e sete horas da manhã. *Putz*, sem dúvida eu tinha dormido bastante. Levantei-me, fui até a janela vedada por pesadas cortinas e dei uma olhada lá fora. Era inacreditável, mas ainda estava nevando e, apesar de ainda ser cedo, os lampiões a gás iluminavam a noite cor de ardósia e cintilavam com seus pequenos halos de neve. Os novatos faziam coisas típicas de jovens, bonecos e guerras de bolas de neve. Vi alguém que pensei ser Cassie

Kramme, a garota que se saíra tão bem no concurso de monólogos, fazendo anjos de neve com mais duas garotas. Stevie Rae teria adorado isso. Ela já teria me acordado horas antes e me levado para fora no ápice da diversão (quisesse eu ou não). Ao pensar nisso, não soube se queria rir ou chorar.

– Z.? Você está acordada? – Shaunee chamou pela fresta da porta entreaberta.

Fiz um gesto para que ela entrasse.

– Aonde vocês foram?

– Já nos levantamos faz umas duas horas. Estávamos assistindo filmes. Quer vir também? Erik e Cole, aquele amigo *suuuupergato* dele, estão vindo – então ela olhou ao redor meio que se sentindo culpada, lembrando-se de que Stevie Rae se fora e lamentando agir de modo normal. Algo dentro de mim me fez falar.

– Shaunee, temos que tocar pra frente. Temos que namorar e ser felizes, viver nossas vidas. Nada está certo ou garantido, a morte de Stevie Rae é prova disso. Não podemos perder o tempo que nos foi dado. Quando eu disse que fazia questão que ela fosse sempre lembrada, não quis dizer que temos que ficar tristes para sempre. Significa que quero recordar a felicidade que ela nos trouxe e guardar seu sorriso no coração. Sempre.

– Sempre – Shaunee concordou.

– Se me der um segundo, vou vestir uma calça para encontrar você e o pessoal lá embaixo.

– Tá – ela concordou sorrindo.

Quando Shaunee saiu, parte de minha expressão feliz se desfez. Tinha sido sincera no que falei, mas colocar em prática ia ser dureza. Além do mais, estava sendo difícil esquecer aquele pesadelo. Eu sabia que era só um sonho, mas mesmo assim estava me incomodando. Era como se eu pudesse ouvir os ecos dos gritos de Heath no silêncio opressivo do meu quarto. Agindo no automático, vesti minha calça jeans mais confortável e um suéter gigantesco que havia comprado em uma loja da escola umas duas semanas atrás. Ele tinha bordada sobre o coração a insígnia prateada de Nyx em pé, com os braços levantados para abarcar a lua cheia com as mãos, e acabei me sentindo melhor. Escovei os cabelos e suspirei ao ver meu reflexo no espelho. Minha cara estava uma titica. Então, passei um pouco de creme corretor nas bolsas negras sob os olhos e acrescentei rímel e brilho labial com aroma de morango. Sentindo-me mais pronta para encarar o mundo, desci a escada.

Mas parei no final dela. A cena era familiar, mas ao mesmo tempo completamente mudada. Os garotos se agrupavam ao redor das tevês de tela plana. Normalmente o pessoal estaria batendo papo, e na verdade estava, mas com menor intensidade. Meu grupo de amigos estava sentado ao redor de nossa tevê favorita: as gêmeas em seus pufes combinados, Damien e Jack (parecendo bem aconchegados) estavam sentados no sofá para dois, Erik estava em outro sofá desses e, para minha surpresa, Cole, seu amigo *suuuuupergato*, se levantara de uma cadeira para sentar entre as gêmeas. Senti meus lábios levantarem. Ou ele era muito corajoso ou era muito demente. Estavam todos conversando baixinho, e com certeza não estavam prestando muita atenção ao *Retorno da Múmia,* que estava passando na tevê. E então, tirando duas coisas, a cena era perfeitamente familiar.

Primeiro, estavam agindo de maneira contida demais. Segundo, Stevie Rae devia estar no sofá com as pernas encolhidas e mandando todo mundo ficar quieto porque ela queria ver o filme.

Engoli de volta as lágrimas quentes que começaram a queimar no fundo da minha garganta. Eu tinha que tocar pra frente. *Nós* tínhamos que tocar pra frente.

– Oi, pessoal – eu disse, tentando soar normal. Desta vez não houve nenhum silêncio constrangedor por causa da minha chegada. O que aconteceu foi algo tão constrangedor quanto: todo mundo começou a falar alegremente ao mesmo tempo.

– Oi, Z.!

– Zoey!

– Oi, Z.!

Procurei não suspirar nem revirar os olhos ao me sentar ao lado de Erik. Ele passou o braço em meu ombro, apertando-me, o que me fez sentir estranhamente melhor, mas culpada. Melhor porque ele era um doce e gostoso, e eu ainda estava um pouco impressionada em ver como ele parecia gostar de mim. Culpada... bem, isso pode ser resumido a uma palavra: Heath.

– Ótimo! Agora que Z. está aqui podemos começar a maratona de filmes – Erik disse.

– A maratona dos *nerds*, você quer dizer – Shaunee o corrigiu, dando um riso de deboche.

– Se fosse fim de semana, poderíamos chamar de *nerd-weekend* – Erin acrescentou.

– Deixe-me ver – olhei para Erik. – Você trouxe os DVDs?

– Trouxe sim!

O resto do grupo grunhiu fingindo dor exagerada.

– O que significa que vamos assistir a *Guerra nas Estrelas* – eu disse.

– De novo... – Cole murmurou.

Shaunee levantou uma de suas sobrancelhas perfeitamente delineadas olhando para Cole:

– Está dizendo que não é grande fã de *Guerra nas Estrelas*?

Ele sorriu para Shaunee, e de onde eu estava deu para perceber o brilho de paquera nos olhos dele:

– Não vim para cá para assistir, pela milionésima vez, à versão do diretor de *Guerra nas Estrelas* que Erik tem. Sou fã, mas não de Darth Vader e Chewbacca.

– Está dizendo que seu negócio é a Princesa Leia? – Shaunee ironizou.

– Não, sou mais *colorido* do que isso – ele disse, aproximando-se dela.

– Também não estou aqui por ser fã de *Guerra nas Estrelas* – Jack entrou na conversa, olhando para Damien com adoração.

Erin deu risada.

– Bem, sabemos que seu negócio *não* é a Princesa Leia.

– Felizmente – Damien disse.

– Queria que Stevie Rae estivesse aqui – Erik disse. – Ela ia dizer *eiiiiiiii, vocês querem se comportar?*

As palavras de Erik fizeram todos se calar. Dei uma olhada para ele e vi que suas bochechas estavam ficando vermelhas, como se só tivesse se dado conta do que dissera exatamente depois de dizer. Eu sorri e apoiei minha cabeça em seu ombro.

– Tem razão. Stevie Rae estaria bancando a mãezona dando bronca.

– E depois ia fazer pipoca para todo mundo e dizer para dividirmos direitinho – Damien disse. – Apesar de que ela ia dizer para dividirmos *direitinhozinho*.

– Eu gostava do jeito que Stevie Rae se ferrava com a língua inglesa – Shaunee disse.

– É, ela falava quase um dialeto de Oklahoma – Erin completou.

Todos sorrimos uns para os outros, e eu senti um pouquinho de calor no peito. Foi assim que começou, e era assim que devíamos nos lembrar de Stevie Rae: com amor e sorrisos.

– Ahn, posso me sentar com vocês, pessoal?

Levantei os olhos e me deparei com o bonitinho do Drew Partain parado perto do nosso grupo e todo nervoso. Parecia pálido e triste, e seus olhos eram vermelhos como se tivesse chorado. Lembrei-me de como ele olhava para Stevie Rae e senti simpatia por ele.

– Claro! – eu disse de modo caloroso. – Puxe uma cadeira – e então, algo dentro de mim me fez dizer também: – Tem lugar ali perto de Erin – os olhos azuis de Erin se arregalaram um pouquinho, mas ela se recuperou rapidamente.

– É, puxe uma cadeira, Drew. Mas cuidado, vamos assistir a *Guerra nas Estrelas*.

– Por mim, tudo bem – ele respondeu, sorrindo com hesitação para Erin.

– Baixinho, mas bonitinho – ouvi Shaunee sussurrar para Erin, e acho que vi as bochechas de Erin ficarem rosadas.

– Ei, vou fazer pipoca para nós. Além do mais, eu preciso do meu...

– Refrigerante de cola! – Damien, as gêmeas e Erik disseram juntos.

Soltei-me do braço de Erik e fui para a cozinha, sentindo o coração mais leve, desde que Stevie Rae começara a tossir. Tudo ia dar certo. A Morada da Noite era o meu lar. Meus amigos eram minha família. Eu seguiria meu próprio conselho: viver um dia de cada vez e resolver um problema de cada vez. Ia dar um jeito de resolver meus problemas afetivos. Faria de tudo para evitar Neferet (sem demonstrar que estava evitando) até entender o que estava acontecendo com ela e aquele morto-vivo esquisito do Elliott (que por si só já bastava para dar pesadelos em qualquer um; não me admira que eu tenha tido um sonho tão terrível com Stevie Rae e Heath).

Pus um saco de milho de pipoca com bastante manteiga em um dos quatro micro-ondas e peguei tigelas grandes quando começou a estourar. Talvez eu devesse traçar outro círculo em particular e pedir a Nyx que me ajudasse a entender aquela história nojenta do Elliott. De repente, meu estômago deu um nó quando me dei conta de que estava sem Stevie Rae. Como iria substituí-la? Senti um enjoo no estômago, mas tinha que ser feito. Se não fosse agora, para o meu ritual particular, teria de encontrar alguém antes do próximo Ritual Completo da Lua Cheia. Fechei os olhos ao pensar como ia doer a falta de Stevie Rae e como seria prosseguir sem ela. *Por favor, mostre-me o que fazer,* rezei em silêncio para Nyx.

– Zoey, você tem que vir para a sala.

Meus olhos se abriram de susto ao ouvir a voz de Erik. A expressão em seu rosto fez minha adrenalina disparar.

– O que foi?

– Venha logo – ele pegou minha mão e saímos correndo da cozinha. – É o noticiário.

Apesar de a sala enorme estar cheia de garotos, ali reinava o mais profundo silêncio. Estavam todos olhando para a tela enorme da tevê, onde Chera Kimiko estava olhando para a câmera e falando em tom solene.

... a polícia está avisando para a população não entrar em pânico, apesar de este ser o terceiro adolescente a desaparecer. Eles estão investigando e garantiram à Fox News que já têm várias linhas de investigação.

Repetindo este boletim especial, um adolescente de Broken Arrow, outro destacado jogador do time de futebol da escola, foi dado como desaparecido. O nome dele é Heath Luck.

Meus joelhos me faltaram, e eu teria caído se Erik não tivesse levado o braço à minha cintura e me ajudado a chegar ao sofá. Quase não consegui respirar enquanto ouvia Chera falar:

A caminhonete de Heath foi encontrada perto da Morada da Noite, mas Neferet, a Grande Sacerdotisa do local, garantiu à polícia que ele não entrou na área da escola e que ninguém o viu por lá. Naturalmente, há muita especulação sobre esses desaparecimentos, especialmente depois que as autópsias oficiais indicaram que a causa da morte dos outros dois garotos que foram sequestrados foi perda de sangue causada por múltiplas mordidas e lacerações. E se por um lado é verdade que os vampiros não mordem ao beber sangue de humanos, as lacerações seguem um padrão que sugere ação de vampiros. É importante que lembremos ao público que os vampiros têm um compromisso legal com os humanos de não se alimentarem de nenhum deles contra sua vontade. Mais notícias sobre este assunto às dez horas e, é claro, voltaremos a qualquer momento caso haja novidades.

– Alguém me arrume uma tigela, vou vomitar! – consegui gritar ao ouvir um zunido na cabeça. Uma tigela surgiu em minhas mãos e rapidamente vomitei ali minhas intuições.

26

– Tome Zoey, você vai se sentir melhor se passar isto ao redor da boca – peguei cegamente a tigela que Erin me deu, aliviada ao ver que era apenas água fria. Passei a água e cuspi um resto de vômito.

– *Eca*, tire isto daqui – implorei, contendo nova ânsia de vômito ao sentir aquele cheiro. Eu queria cobrir o rosto com as mãos e cair em lágrimas, mas sabia que a sala inteira estava olhando para mim. Então, lentamente endireitei os ombros e puxei meus cabelos úmidos para trás das orelhas. Não me dei ao luxo de ter um ataque histérico. Minha mente já estava processando as coisas que eu precisava, *tinha* de fazer. Por Heath. Ele era mais importante agora que eu e minha necessidade de ficar histérica. – Preciso falar com Neferet – eu disse resolutamente e me levantei, surpresa de ver como meus joelhos estavam firmes.

– Vou com você – Erik disse.

– Obrigada, mas primeiro preciso escovar os dentes e calçar sapatos (eu tinha descido do quarto para assistir à tevê apenas com um par de meias grossas) – sorri para Erik, agradecendo. – Vou correr até o meu quarto e voltar – senti as gêmeas se preparando para me acompanhar. – Estou bem. Só preciso de um segundo – virei-me e subi a escada às pressas.

Não parei no meu quarto, continuei seguindo pelo corredor, virei à direita e parei em frente ao quarto 124. Quando levantei a mão para bater, a porta se abriu.

– Eu sabia que você vinha – Aphrodite me olhou com frieza, mas abriu caminho. – Entre.

Entrei, surpresa ao ver o lindo interior do quarto em tom pastel. Acho que eu esperava que fosse escuro e medonho, como uma teia de viúva negra.

– Você tem algum antisséptico bucal? Acabei de vomitar.

Ela apontou, com o queixo, o armário do banheiro sob a pia.

– Ali. O copo na pia está limpo.

Lavei a boca, aproveitando a oportunidade de tentar organizar meus pensamentos. Quando terminei, virei para encará-la. Decidi não perder tempo com bobagem e fui direto ao ponto:

– Como você sabe quando uma visão é de verdade ou é só um sonho?

Ela se sentou em uma das camas e jogou para trás os cabelos longos, louros e perfeitos.

– É uma sensação visceral. Visões não são nunca fáceis, nem confortáveis, nem nada daquelas enganações dos filmes. É um saco ter visões. Pelo menos as de verdade. Basicamente, se você acaba se sentindo toda ferrada, provavelmente é real e não só um sonho – ela me olhou cautelosamente com seus olhos azuis. – Quer dizer que você teve visões?

– Pensei que eu tivesse sonhado ontem à noite, um pesadelo, na verdade. Mas hoje acho que foi uma visão.

Os lábios de Aphrodite se levantaram levemente.

– Bem, pior para você.

Eu mudei de assunto.

– O que está havendo com Neferet?

Aphrodite ficou pálida.

– Como assim?

– Acho que você sabe exatamente o que quero dizer. Tem algo errado com ela. Eu quero saber o que é.

– Você é novata dela. A favorita. Sua nova menina dos olhos. Você acha mesmo que vou lhe dizer alguma coisa? Posso ser loura, mas com certeza não sou burra.

– Se é isso que você acha mesmo, por que me avisou para não tomar o remédio que ela me deu?

Aphrodite desviou o olhar.

– Minha primeira colega de quarto morreu seis meses depois de chegar aqui. Eu tomei o remédio. Aquilo... aquilo me afetou. Por muito tempo.

– Como assim? Como a afetou?

– Fiquei me sentindo esquisita, desligada. E minhas visões pararam. Não permanentemente, só por umas semanas. E depois passei a ter dificuldade até de me lembrar do rosto dela – Aphrodite parou. – Venus. O nome dela era Venus Davis – seus olhos encontraram os meus outra vez. – Foi por causa dela que escolhi Aphrodite como meu novo nome. Nós éramos melhores amigas e achamos que seria legal – seus olhos se encheram de tristeza. – Esforcei-me para me lembrar de Venus, e imagino que você queira se lembrar de Stevie Rae.

– Eu quero. E vou lembrar. Obrigada.

– É melhor você ir. Não vai ser bom para nenhuma de nós se formos vistas conversando – Aphrodite me avisou.

Percebi que ela devia ter razão e fui até a porta. Sua voz me deteve.

– Ela se faz de boa, mas não é. Nem tudo que é luz é bom, e nem tudo que é escuridão é ruim.

A escuridão não equivale ao mal, assim como a luz nem sempre representa o bem. As palavras que Nyx me dissera no dia em que fui Marcada refletiram o aviso de Aphrodite.

– Em outras palavras, cuidado com Neferet e não confie nela – traduzi.

– É, mas eu não disse nada.

– Disse o quê? Esta conversa não existiu – saí fechando a porta e corri para o meu quarto, onde lavei o rosto, escovei os dentes, calcei sapatos e voltei para a sala de estar.

– Pronta? – Erik perguntou.

– Nós também vamos – Damien disse, fazendo um gesto para incluir as gêmeas, Jack e Drew.

Eu comecei a dizer que não, mas não consegui concluir. A verdade era que estava feliz por eles estarem aqui, feliz porque eles, sem dúvida, sentiram a necessidade de juntar forças ao meu redor e me proteger. Preocupei-me por tanto tempo, com medo que meus poderes extras e minha esquisita Marca de escolhida pela Deusa me transformassem em uma aberração sem amigo nenhum. Mas o que estava acontecendo era o oposto.

– Muito bem, vamos – e todos fomos até a porta. Eu não sabia direito o que dizer a Neferet. Só sabia que não podia ficar calada e que eu estava com um pressentimento terrível de que meu "sonho" era, na realidade, uma visão, e que os "espíritos" que eu estava vendo não eram meros fantasmas. Mais do que tudo, estava com medo que eles tivessem levado Heath. O que isso indicava quanto à criatura em que Stevie Rae se transformara me gelou por dentro, mas não mudava o fato de que Heath estava desaparecido e que eu achava que sabia quem o havia levado (se não tivesse feito pior).

Nós ainda não havíamos chegado à porta quando ela se abriu e Neferet veio caminhando languidamente, largando um rastro de perfume no ar. Logo atrás dela vieram os detetives Marx e Martin. Eles usavam casacos azuis de zíper, fechados até seus queixos. Seus chapéus estavam cobertos de neve e seus narizes estavam vermelhos. Neferet, como sempre, parecia perfeitamente arrumada e sob controle.

– Ah, Zoey, ótimo. Assim não vou precisar procurá-la. Estes dois detetives trazem más notícias e também querem falar com você.

Nem olhei para Neferet, mas senti que ela ficou tensa ao me ver responder diretamente aos detetives.

– Eu já ouvi no noticiário que Heath desapareceu. Se eu puder fazer qualquer coisa para ajudar, farei.

– Podemos usar a biblioteca outra vez? – o detetive Marx perguntou.

– Claro – Neferet disse tranquilamente.

Comecei a seguir Neferet e os detetives para fora do recinto, mas parei para olhar para Erik.

– Estaremos aqui – ele disse.

– Todos nós – Damien disse.

Fiz que sim com a cabeça e, já me sentindo melhor, fui para a biblioteca. Eu mal acabei de entrar e o detetive Martin começou a me interrogar.

– Zoey, você pode me dizer onde estava entre as seis e meia e oito e meia da manhã de hoje?

Assenti com um movimento da cabeça.

– Eu estava lá em cima, no meu quarto. Mais ou menos à essa hora eu estava falando ao telefone com minha avó, e então Heath e eu trocamos algumas mensagens de texto – peguei meu celular do bolso da calça jeans. – Eu nem deletei as mensagens. Pode ver se quiser.

– Você não precisa lhe dar seu telefone, Zoey – Neferet disse.

Forcei-me a sorrir para ela.

– Tudo bem. Eu não ligo.

O detetive Martin pegou meu telefone e começou a procurar pelas mensagens de texto, copiando as mensagens para um bloquinho.

– Esteve com Heath hoje de manhã? – o detetive Marx perguntou.

– Não. Ele perguntou se podia vir me ver, mas eu disse que não.

– Aqui diz que você pretendia encontrá-lo na sexta-feira – o detetive Martin disse.

Senti Neferet me olhando feio. Respirei fundo. O único jeito era ser o mais verdadeira possível.

– É, eu ia me encontrar com ele depois do jogo de sexta-feira.

– Zoey, você sabe que é estritamente contra as regras da escola continuar a sair com humanos de sua vida pregressa – notei, como se fosse a primeira vez, o nojo que transbordava de sua voz quando ela disse *humanos*.

– Eu sei. Desculpe – mais uma vez eu disse a verdade, omitindo apenas um sangue sugado e uma Carimbagem aqui e um "eu-não-confiomais-em-você" ali. – É que Heath e eu temos uma história tão longa juntos que é muito duro parar de falar totalmente com ele, apesar de eu saber que era preciso. Pensei que seria mais fácil se nos encontrássemos e eu explicasse pessoalmente, de uma vez por todas, a razão pela qual não podíamos mais continuar nos vendo. Eu teria lhe contado, mas quis resolver a situação sozinha.

– E então não o viu hoje de manhã? – o detetive Marx repetiu.

– Não. Depois de trocar mensagens de texto com ele fui dormir.

– Alguém pode confirmar que você estava dormindo em seu quarto naquele momento? – o detetive Martin perguntou, devolvendo-me o telefone.

A voz de Neferet soou gelada.

– Cavalheiros, eu já lhes expliquei que Zoey sofreu uma perda terrível ontem mesmo. Sua colega de quarto morreu. Como ela poderia ter alguém para testemunhar que...

– Ahn, com licença Neferet, mas na verdade não dormi sozinha. Minhas amigas Shaunee e Erin, preocupadas comigo, vieram para o meu quarto e dormiram comigo – deixei Damien fora disso. Não havia razão para arrumar problema para o garoto.

– Ah, que delicadeza da parte delas – Neferet disse gentilmente, passando de uma hora para outra de vampira assustadora a mãe zelosa. Tentei não pensar em como ela *não* me enganava.

– Você tem alguma ideia de onde Heath possa estar? – perguntei ao detetive Marx (entre os dois, gostava mais dele).

– Não. Sua caminhonete foi encontrada não muito longe do muro da escola, mas caiu tanta neve que qualquer rastro que ele possa ter deixado já foi completamente coberto.

– Bem, acho que ao invés de perder tempo interrogando minha novata, a polícia devia estar procurando o adolescente pelas sarjetas – Neferet disse em um tom tão despreocupado que me deu vontade de gritar.

– Desculpe, não entendi – Marx disse.

– Para mim está claro o que aconteceu. O garoto estava tentando rever Zoey. Faz apenas um mês que ele e aquela namoradinha subiram o nosso muro dizendo que iam levar Zoey da escola – Neferet fez um gesto desdenhoso com a mão. – Naquela ocasião, ele estava bêbado e drogado e, provavelmente, também estava bêbado e drogado hoje de manhã. Ele não aguentou a nevasca e deve ter caído em alguma sarjeta. Não é onde os bêbados costumam terminar?

– Senhora, ele é um adolescente, não é um bêbado. E seus pais e amigos disseram que há um mês ele não bebia.

A risadinha de Neferet deixou claro como não acreditava nele. Para minha surpresa, Marx a ignorou e me observou cautelosamente.

– Zoey, escute. Vocês namoraram por uns dois anos, certo? Tem ideia de onde ele possa ter ido?

– Não por aqui. Se a caminhonete dele tivesse sido encontrada na Oak Grove Road, em BA, eu poderia dizer onde estaria rolando a balada – não disse isso na intenção de fazer piada, especialmente depois das alfinetadas de Neferet em Heath, mas o detetive parecia estar fazendo força para não rir, o que de repente o fez parecer mais gentil e até simpático. Antes que eu pudesse mudar de ideia, fui dizendo: – Mas tive um sonho estranho nesta manhã que talvez não tenha sido só sonho, mas alguma espécie de visão sobre Heath.

A voz de Neferet soou travada e áspera em meio ao silêncio de perplexidade.

– Zoey, você nunca manifestou afinidade por profecias ou visões antes.

– Eu sei – procurei soar propositalmente insegura, e até com um pouco de medo (a parte do medo não era exatamente fingimento). – Mas é esquisito demais eu sonhar que Heath estava no muro leste e que ele tenha sido agarrado por lá de verdade.

– O que o agarrou, Zoey? – a voz do detetive Marx soou ansiosa. Ele estava, sem dúvida, me levando a sério.

– Não sei – isso, com certeza, não era mentira. – Eu sei que não eram novatos nem vampiros. Em meu sonho, quatro vultos encapuzados o agarraram e o levaram embora.

– Você viu aonde eles foram?

– Não, eu acordei gritando o nome de Heath – não tive de fingir as lágrimas que me vieram aos olhos. – Talvez devessem procurar ao redor da escola. Tem algo por aí, e esse algo está pegando os garotos, mas não somos nós.

– Claro que não somos nós – Neferet veio para perto de mim e levou o braço ao meu ombro, dando tapinhas e fazendo sons maternais. – Cavalheiros, acho que Zoey já teve aborrecimentos demais para um dia só. Deixe-me apresentá-los a Shaunee e Erin, tenho certeza de que elas vão colaborar com o álibi.

Álibi. Aquela palavra causava arrepios.

– Caso se lembre de algo mais, ou se tiver outro sonho esquisito, por favor, não deixe de me procurar a qualquer hora do dia ou da noite – o detetive Marx me pediu.

Esta foi a segunda vez que ele me deu seu cartão. Sem dúvida, estava ali alguém persistente. Peguei seu cartão e agradeci. Então, quando Neferet começou a conduzi-lo para fora do recinto, Marx hesitou e voltou a se aproximar de mim.

– Minha irmã gêmea foi Marcada e se Transformou quinze anos atrás – ele disse baixinho. – Ela e eu ainda somos ligados, apesar de ela supostamente ter de esquecer a família humana. Então, quando digo que pode me ligar a qualquer hora e me contar qualquer coisa, pode acreditar em mim. E também pode confiar em mim.

– Detetive Marx? – Neferet estava parada à porta.

– Estou apenas agradecendo a Zoey mais uma vez e lamentando a perda de sua colega de quarto – ele disse educadamente ao sair do recinto.

Fiquei onde estava, tentando organizar meus pensamentos. A irmã de Marx era vampira? Bem, isso nem era tão bizarro. Bizarro mesmo era ele ainda amá-la. Talvez eu pudesse confiar nele.

Ouvi o clique da porta fechando e dei um pulinho, surpreendida. Neferet estava de costas para a porta, observando-me cautelosamente.

– Você Carimbou Heath?

Por um instante senti um pânico branco e frio. Ela ia conseguir ler meus pensamentos. Eu estava enganada. Não podia com uma Grande Sacerdotisa. Mas, de repente, senti uma brisa leve e impossível... o calor de um fogo invisível... o frescor da chuva primaveril... a verde doçura de um prado fértil... e o poder da força elemental veio fluindo e me adentrando o espírito. Encarei Neferet nos olhos com renovada confiança.

– Mas você me disse que eu não o havia Carimbado. Você me disse que o que aconteceu entre eu e ele no muro não era suficiente para acontecer a Carimbagem – me fiz soar confusa e aborrecida.

Seus ombros relaxaram de modo quase imperceptível.

– Então acho que você não o Carimbou. Quer dizer que você não esteve com ele desde então? Você não se alimentou dele outra vez?

– De novo? – procurei soar tão chocada quanto sempre me senti ao pensar na perturbadora e tentadora ideia de me alimentar de Heath. – Mas não me *alimentei* dele de verdade, não é?

– Não, não, é claro que não – Neferet me garantiu. – O que você fez foi mínimo, realmente mínimo. É que seu sonho me fez pensar se você esteve com seu namorado outra vez.

– Ex-namorado – eu disse quase automaticamente. – Não. Mas ele tem me enviado mensagens e me ligado, então pensei que seria melhor se eu o encontrasse e tentasse fazê-lo entender, de uma vez por todas, que não podemos mais nos ver. Desculpe. Eu devia ter lhe contado, mas realmente queria resolver isso sozinha. Tipo, eu arrumei o problema. Então eu deveria ser capaz de sair dele sozinha.

– Bem, eu aprecio seu senso de responsabilidade, mas não acho que seja boa ideia deixar os detetives achando que seu sonho possa ser uma visão.

– Parecia tão real – eu disse.

– Tenho certeza que sim. Zoey, você tomou o remédio que eu pedi que tomasse ontem à noite?

– Aquele troço leitoso? Sim, Shaunee me deu – dera mesmo, mas eu derramara aquela porcaria na pia.

Neferet pareceu ainda mais tranquilizada.

– Ótimo. Se você continuar tendo sonhos perturbadores, me procure que eu lhe dou uma dose mais forte. O remédio é para impedir que você tenha pesadelos, mas pelo jeito calculei mal a dose que você precisava.

Não foi só a dosagem que ela calculou mal.

Eu sorri.

– Obrigada Neferet. Fico agradecida.

– Bem, você deve voltar para ficar com seus amigos agora. Eles são muito protetores com você e tenho certeza de que estão preocupados.

Concordei, fazendo um sinal com a cabeça, e caminhei com ela até a sala de estar, tomando cuidado para não mostrar meu desprazer quando ela me abraçou na frente de todo mundo e se despediu, calorosa e maternal. Na verdade, ela era exatamente como uma mãe, mais especificamente como a minha, Linda Heffer. A mulher que me traiu por causa de um homem e se importava mais consigo mesma e com as aparências do que comigo. As semelhanças entre Neferet e Linda estavam ficando cada vez mais claras.

27

Nós voltamos a formar nosso grupinho depois que os detetives foram embora e não dissemos muita coisa à medida que a sala foi voltando ao normal. Percebi que ninguém mudou de canal. O DVD *Guerra nas Estrelas* foi esquecido, pelo menos por esta noite.

– Você está bem? – Erik finalmente perguntou baixinho. Ele envolveu meu ombro com o braço e eu me aninhei em seu abraço.

– Estou, acho que estou.

– Os tiras vieram com alguma novidade sobre Heath? – Damien perguntou.

– Nada além do que já ouvimos – respondi. – Se sabem, não me disseram.

– Tem algo que a gente possa fazer? – Shaunee perguntou.

Eu fiz que não com a cabeça.

– Só podemos ficar com a tevê ligada no canal local e ver o que diz o noticiário das dez.

Eles resmungaram "tudo bem", e todo mundo se acomodou para assistir à maratona de reprises de *Will e Grace* enquanto esperávamos pelo noticiário. Fiquei olhando para a tevê e pensei em Heath. Eu estava com um pressentimento ruim sobre Heath? Com certeza. Mas era o mesmo tipo de pressentimento ruim que tive sobre Chris Ford e Brad Higeons? Não, acho que não. Eu não sabia como explicar. Meus instintos me diziam que Heath estava correndo perigo, mas não que ele estivesse morto. Ainda.

Quanto mais pensava sobre Heath, mais inquieta ficava. Quando o noticiário noturno começou, mal consegui escutar as histórias da nevasca inesperada que cobrira Tulsa e a área ao redor de branco. Fiquei irritada ao assistir a imagens do centro da cidade e das rodovias sinistramente vazias, parecendo atingidas por um meteoro ou uma bomba atômica.

Não houve novidade nenhuma sobre Heath, a não ser uma matéria macabra sobre como o clima estava atrapalhando as buscas.

– Tenho que ir – as palavras saíram da minha boca, e eu estava de pé antes de me dar conta de que não sabia onde estava indo nem como estava indo.

– Vai aonde, Z.? – Erik perguntou.

Minha mente flanou ao redor e aterrissou em uma coisa, uma ilhazinha de contentamento em um mundo que se transformara em estresse, confusão e loucura.

– Vou para os estábulos – o olhar de Erik ficou tão vazio quanto o do resto do pessoal. – Lenobia disse que eu podia escovar Persephone sempre que quisesse – sacudi os ombros. – Escová-la me acalma, e no momento preciso me acalmar.

– Bem, está certo. Eu gosto de cavalos. Vamos escovar Persephone – Erik disse.

– Eu preciso ficar sozinha – minha voz soou bem mais áspera do que desejava, então voltei a me sentar ao seu lado e levei minha mão à dele. – Desculpe. É só que eu preciso de tempo para pensar, e isso é algo que preciso fazer sozinha.

Vi tristeza naqueles olhos azuis, mas ele me deu um sorrisinho.

– Que tal se eu caminhar com você até o estábulo e depois voltar para cá e ficar de olho nas notícias enquanto você fica pensando pelo tempo que quiser?

– Para mim está ótimo.

Detestei ver a preocupação no rosto dos meus amigos, mas não havia muito que eu pudesse fazer quanto a isso. Erik e eu nem vestimos casacos. O estábulo não era longe. O frio não teria chance de nos incomodar.

– Esta neve está incrível – Erik disse depois de caminharmos um pouquinho pela calçada. Alguém havia tentado tirar a neve, pois a calçada estava quase desimpedida. Mas era tanta neve caindo sem parar que, por mais que tirassem a neve, ela logo já estava batendo na batata da perna de novo.

– Eu meio que me lembro que nevou desse jeito quando eu tinha seis ou sete anos. Foi durante o Natal, e eu achei um saco, pois não tinha escola para deixar de ir à aula.

Erik resmungou qualquer coisa típica de garotos e caminhamos em silêncio. Normalmente nossos silêncios não eram desconfortáveis, mas este foi estranho. Eu não sabia o que dizer ou como melhorar a situação.

Erik limpou a garganta.

– Você ainda gosta dele, não gosta? Quero dizer, não só como ex-namorado.

– Sim – Erik merecia a verdade, e eu estava simplesmente cheia de mentiras.

Chegamos à porta do estábulo e paramos debaixo do halo amarelo do lampião a gás. Debaixo da marquise da entrada estávamos protegidos da neve mais pesada, de modo que parecia que estávamos dentro de uma bolha em um globo de neve.

– E eu? – Erik perguntou.

Olhei para ele.

– Eu também gosto de você. Erik, eu queria resolver isso, afastar todos os males, mas não posso. E não vou mentir para você sobre Heath. Acho que eu o Carimbei.

Percebi a surpresa nos seus olhos.

– Daquela vez, no muro? Z., eu estava lá e você mal provou do sangue dele. Ele só não quer perdê-la, é por isso que está tão obcecado. Não que eu não entenda – ele acrescentou com um sorriso amargo.

– Eu estive com ele outra vez.

– Ahn?

– Faz só dois dias. Eu não estava conseguindo dormir, então fui ao Starbucks da Utica Square sozinha. Ele estava lá colando cartazes sobre Brad. Eu não tinha intenção de vê-lo e, se soubesse que estaria lá, não teria ido. Juro, Erik.

– Mas você esteve com ele.

Confirmei, balançando a cabeça.

– E se alimentou dele?

– É que... é que... aconteceu. Eu tentei evitar, mas ele se cortou. De propósito. E não consegui resistir – firmei meu olhar no dele, pedindo com os olhos que me entendesse. Agora que estava sendo realmente confrontada com a hipótese bastante provável de tudo acabar entre nós dois, percebi o quanto não queria que isso acontecesse, o que com certeza não fez diminuir a confusão e o estresse, pois eu continuava gostando de Heath assim mesmo. – Desculpe, Erik. Eu não pedi para acontecer, mas aconteceu, e agora tem essa história entre eu e Heath e não sei direito o que fazer.

Ele deu um suspiro fundo e espanou um pouco de neve do meu cabelo.

– Bem, mas tem esta *história* entre você e eu também. E, um dia, se conseguirmos completar essa maldita Transformação, nós seremos do mesmo tipo. Eu não vou virar um velho enrugado e morrer décadas antes de você. Os demais vampiros não vão fazer comentários por você ficar comigo nem os humanos vão odiá-la por isso. Vai ser normal. Vai ser certo – senti sua mão atrás do meu pescoço e ele me puxou para si. Beijou-me com intensidade. Ele tinha um gosto frio e doce. Envolvi seus ombros com os braços e correspondi ao beijo. Primeiro eu quis apenas desfazer a dor que o estava fazendo sentir. Depois o beijo ficou mais intenso e nossos corpos ficaram bem colados. Eu não estava cega de desejo pelo sangue dele como da vez em que fiquei com Heath, mas estava gostando da sensação de beijar Erik, uma sensação calorosa e de zonzeira. Inferno! A questão é que eu gostava *dele*. Muito. Além do mais, ele tinha razão. Ele e eu daríamos certo juntos. Heath e eu, não.

O beijo nos deixou arfantes. Segurei o rosto de Erik com a mão.

– Eu sinto muito, mesmo.

Erik virou a cabeça e beijou a palma da minha mão.

– Vamos dar um jeito nisso tudo.

– Espero que sim – sussurrei, mais para mim mesma do que para ele. Então, me afastei um pouquinho e pus a mão na velha maçaneta de ferro. – Obrigada por me acompanhar até aqui. Não sei a que horas volto. Não espere por mim – comecei a abrir a porta.

– Z., se você realmente Carimbou Heath, deve saber encontrá-lo – Erik lembrou. Parei e me voltei para Erik. Ele parecia tenso e infeliz, mas não hesitou em me explicar. – Enquanto estiver escovando a égua, pense em Heath. Chame-o. Se ele puder, virá até você. Se ele não puder vir e a Carimbagem for forte o bastante, você poderá ter uma ideia de onde ele está.

– Obrigada, Erik.

Ele sorriu, mas não parecia feliz.

– Até mais, Z. – ele foi se afastando e sua silhueta foi sendo engolida pela neve.

O cheiro cálido do feno misturado ao de cavalo limpo e seco contrastava dramaticamente com o exterior frio e cheio de neve. Os estábulos estavam parcamente iluminados, apenas por duas lamparinas a gás. Os cavalos emitiam sons de sono e mastigação. Alguns deles bufavam, o som mais parecendo uma espécie de ronco. Olhei ao redor à procura de Lenobia, enquanto tirava a neve da blusa e dos cabelos e me dirigia à sala de equipamentos, mas estava na cara que não havia mais ninguém lá além de mim e dos cavalos.

Ótimo. Eu precisava pensar, e não ficar explicando o que estava fazendo ali em plena nevasca no meio da noite. Muito bem, eu contara a verdade a Erik sobre Heath e ele não havia terminado comigo. Claro, dependendo do que tivesse acontecido a Heath, ele ainda podia me dar o fora. Como era possível haver garotas com mais de dez caras ao mesmo tempo? Dois já davam tanta canseira. A memória do sorriso *sexy* e da voz incrível de Loren invadiu minha mente abarrotada de culpa. Mordisquei o lábio ao pegar a escova e o pente para cavalos. Na verdade, estava meio que ficando com três caras, o que era insanidade pura. Então, decidi ali mesmo que já tinha problemas demais para ainda acrescentar aquela paquera esquisita que podia estar acontecendo, ou não, entre Loren e eu. Só de pensar em Erik descobrindo que eu me mostrara daquele jeito para Loren... estremeci. Fiquei com vontade de bater em mim mesma. A partir de agora evitaria Loren e, se não conseguisse, ia tratá-lo como um professor qualquer, ou seja, *sem clima de paquera*. Agora, bem que eu podia simplesmente resolver o que fazer com Erik e Heath.

Abri a baia de Persephone e lhe disse que era uma menina muito linda e doce, e ela soltou um ronco surpreso e sonolento e levou sua boca ao meu rosto depois que lhe beijei o nariz macio. Ela suspirou e descansou sobre três patas quando comecei a escová-la.

Tá, eu não tinha como pensar em nada sobre ficar com Erik ou com Heath enquanto Heath não estivesse a salvo. (Recusava-me a pensar na possibilidade de ele não estar a salvo, de talvez jamais ser encontrado com vida.) Comecei a fazer sossegar o murmúrio, o buchicho e a confusão que tomaram conta de minha mente. A bem da verdade, não precisava que Erik me dissesse que eu era capaz de encontrar Heath. Essa possibilidade era uma das muitas coisas que não me deixaram sossegar a noite inteira. A verdade nua e crua era que eu tinha medo, medo do que podia descobrir e do que não podia, e medo de não ser forte o bastante para lidar com uma coisa nem outra. A morte de Stevie Rae me deixara devastada, e eu não tinha certeza se estava a fim de salvar alguém.

Mas eu não tinha escolha.

Então... pensando em Heath... comecei me lembrando de como ele era bonitinho quando estava no ensino fundamental. Na terceira série era bem mais louro do que agora e tinha um zilhão de cachinhos que se espalhavam pela cabeça inteira como penugem. Foi na terceira série que ele disse que me amava e que um dia ia se casar comigo. Eu estava na segunda série e não o levei nem um pouco a sério. Tipo, apesar de ser quase dois anos mais nova, eu era uns trinta centímetros mais alta. Ele era bonitinho, mas também era menino, ou seja, era irritante.

Tudo bem, ele ainda podia ser irritante, mas havia crescido e se desenvolvido. Em algum ponto entre a terceira série do fundamental e o segundo ano do ensino médio comecei a levá-lo a sério. Lembrei-me da primeira vez que ele *realmente* me beijou e da agitação e excitação que senti; de como ele era doce e de como fazia eu me sentir bonita, mesmo quando eu estava com uma gripe horrorosa e de nariz vermelho. E como ele era um cavalheiro à moda antiga. Heath abria portas e carregava livros para mim desde os nove anos de idade. Então, pensei na última vez que o vira. Ele tinha tanta certeza de que havíamos nascido um para o outro e era tão destemido comigo que se cortara e me oferecera seu sangue. Fechei os olhos e me apoiei no flanco macio de Persephone, pensando em Heath e deixando as memórias dele fluírem em minhas pálpebras fechadas como se elas fossem uma tela de cinema. De repente, as imagens de nosso passado mudaram, e tive uma vaga sensação de escuridão, umidade e frio; o medo acionou minha intuição. Arfei, mantendo os olhos bem fechados. Eu queria me concentrar nele como daquela vez em que o vi em seu quarto, mas agora a conexão entre nós foi diferente. Foi menos clara, mais cheia de emoções, que iam além de um desejo travesso. Concentrei-me mais e fiz o que Erik dissera. Chamei Heath.

Em voz alta, bem como tudo dentro de mim, eu disse:

– Heath, venha para mim. Estou chamando você, Heath. Eu quero que venha para mim agora. Esteja você onde estiver, saia daí e venha me encontrar!

Nada. Sem resposta. Nenhuma. Nada além daquele medo frio e úmido. Chamei outra vez.

– Heath! Venha me encontrar! – desta vez senti frustração e, em seguida, desespero.

Mas não tive imagem nenhuma dele. Eu sabia que ele não podia vir me ver, mas não sabia onde estava.

Por que foi tão mais fácil conseguir vê-lo antes? Como eu fizera aquilo? Na ocasião eu estava pensando em Heath, como agora. Eu estava pensando em...

No que eu estava pensando? De repente, senti minhas bochechas esquentarem ao me dar conta do que me levara a ele da outra vez. Eu não estava pensando em como ele era bonitinho quando criança nem em como fazia eu me sentir bonita. Estava pensando em beber seu sangue... me alimentar dele... e o desejo ardente por sangue que vinha daquilo.

Bem, então...

Respirei fundo e pensei no sangue de Heath. Tinha gosto de desejo líquido, quente, espesso e elétrico. Fez meu corpo entrar em combustão em pontos que da outra vez haviam apenas começado a esquentar. E esses pontos estavam sedentos. Tive vontade de beber o doce sangue de Heath enquanto ele satisfazia minha ânsia de tocar seu corpo, sentir seu gosto...

A imagem desconjuntada de escuridão clareou inesperadamente, de modo chocante. Ainda estava escuro, mas isso não era problema para minha visão noturna. No começo, não entendi o que estava vendo. O recinto era esquisito. Parecia mais uma pequena alcova em uma caverna ou túnel do que um quarto. As paredes eram redondas e úmidas. Tinha um pouco de luz, mas vinha de uma lâmpada fraca e fosca pendurada em uma presilha enferrujada. Fora isso, o que havia era a mais completa escuridão. Primeiro pensei que uma pilha de roupas sujas estava se mexendo e gemendo. Desta vez eu não estava olhando apenas por uma espécie de fresta. Na verdade, era como se estivesse flutuando e, quando reconheci o gemido, meu corpo flutuante foi levado até ele.

Ele estava todo encolhido sobre um colchão manchado. Suas mãos e tornozelos estavam atados com fita adesiva e ele estava sangrando por causa de vários cortes no pescoço e nos braços.

– Heath! – minha voz foi inaudível, mas ele levantou a cabeça como se eu tivesse gritado mesmo.

– Zoey? É você? – e então ele arregalou os olhos e empinou o corpo, olhando para os lados furiosamente. – Vá embora daqui, Zoey! Eles são loucos. Eles vão matar você como mataram Chris e Brad – e Heath começou a se debater, tentando desesperadamente romper a fita, apesar de só estar conseguindo fazer sangrar os pulsos já machucados.

– Heath, pare! Tudo bem, estou bem. Não estou aqui de verdade – ele parou de se debater e apertou os olhos como se estivesse tentando me enxergar.

– Mas estou ouvindo você.

– Na sua cabeça. É onde você está me ouvindo, Heath. É porque você foi Carimbado e agora estamos ligados.

Inesperadamente, Heath sorriu.

– Tudo bem, Zo.

Não acredito nisso, eu pensei.

– Muito bem Heath, concentre-se. Onde você está?

– Você não vai acreditar, Zo, mas estou debaixo de Tulsa.

– Como assim, Heath?

– Você se lembra da aula de história de Shaddox? Ele falou de uns túneis que cavaram debaixo de Tulsa nos anos vinte por causa de um problema com o álcool?

– A Lei Seca – eu disse.

– É, isso. Estou em um deles.

Por um segundo não soube o que dizer. Lembrava-me vagamente de aprender sobre os túneis na aula de história e fiquei perplexa por Heath, que não era exatamente um aluno exemplar, se lembrar.

Como se entendesse minha hesitação, ele sorriu e disse:

– Eles escondiam bebida. Achei da hora.

De novo, sem acreditar no que estava ouvindo, eu disse:

– Diga como posso chegar aí, Heath.

Ele balançou a cabeça e vi aquela expressão teimosa que já conhecia tão bem.

– Nem pensar. Eles vão matar você. Avise aos tiras e diga para eles mandarem a SWAT ou qualquer coisa parecida.

Era exatamente o que eu queria fazer. Queria tirar o cartão do detetive Marx do bolso, ligar para ele e resolver a história.

Mas, infelizmente, não podia.

– Quem são "eles"? – perguntei.

– Ahn?

– As pessoas que o pegaram. Quem são?

– Não são pessoas e não são vampiros, apesar de beberem sangue, mas não são que nem você, Zo. Eles... – Heath parou, tremendo. – Eles são outra coisa. Uma coisa ruim.

– Eles beberam seu sangue? – fiquei tão furiosa de pensar naquilo que foi difícil controlar minhas emoções. Eu queria descontar minha raiva e gritar com alguém: *Ele pertence a mim!*. Procurei respirar fundo várias vezes enquanto ele me respondia.

– É, beberam – Heath fez uma careta. – Mas reclamaram muito. Disseram que meu sangue tem gosto esquisito. Acho que é por isso que ainda estou vivo – ele engoliu em seco e seu rosto empalideceu um pouco. – Não foi como da vez em que você bebeu meu sangue, Zo. Com você é bom. O que eles fazem é... é nojento. *Eles* são nojentos.

– Quantos são? – perguntei, trincando os dentes.

– Não sei direito. É escuro demais aqui, e eles sempre vêm em uns grupos bizarros, todo mundo grudado, como se tivessem medo de ficar sozinhos. Bem, menos um dos três. O nome de um deles é Elliott, outra se chama Venus, nome esquisitão, e outra se chama Stevie Rae.

Senti um nó no estômago.

– Stevie Rae tem cabelo curto, louro e encaracolado?

– É. Ela é quem manda.

Heath confirmou todos os meus medos. Eu não podia chamar a polícia.

– Tá, Heath. Vou tirar você daí. Diga como posso encontrar seu túnel.

– Você vai avisar aos tiras?

– Vou – menti.

– Não. Você está mentindo.

– Não estou!

– Zo, eu sei que você está mentindo. Dá para sentir. É a tal da ligação entre nós – ele sorriu.

– Heath. Eu não posso chamar a polícia.

– Então não vou dizer onde estou.

De uma das extremidades do túnel veio um eco que me fez lembrar o som que ratos de laboratório faziam quando saíam correndo por labirintos que fizemos na aula prática de biologia. O sorriso de Heath havia desaparecido, bem como a cor que havia retornado ao seu rosto quando estávamos conversando.

– Heath, não temos tempo para isso – ele ainda se negava a falar. – Escuta! Eu tenho poderes especiais. Esses... – hesitei, sem saber direito como chamar o grupo de criaturas que incluía minha melhor amiga morta. – Essas coisas não podem me fazer mal.

Heath não disse nada, mas não pareceu se deixar convencer, e os sons de rato estavam ficando mais altos.

– Você disse que sabe quando estou mentindo por causa de nossa ligação. A coisa tem que ser uma via de mão dupla. Você tem que saber quando estou dizendo a verdade também – ele pareceu indeciso, então acrescentei: – Pense bem. Você disse que se lembrava de algumas coisas daquela noite em que você me encontrou no Philbrook. Eu o salvei naquela noite, Heath. Não foram os tiras. Não foi nenhum *vamp* adulto. Eu o salvei e posso salvar de novo – ainda bem que soei bem mais confiante do que me sentia. – Diga onde está.

Ele pensou um pouco, e eu já estava a ponto de gritar (outra vez), quando ele finalmente disse:

– Sabe a estrada de ferro antiga no centro da cidade?

– Sei, dá para ver do Performing Arts Center, onde fomos ver *Phantom* no meu aniversário do ano passado, não é isso?

– É. Eles me levaram para o subsolo dela. Entraram num troço que parece uma porta barrada. É uma porta velha e enferrujada, mas que abre para cima direitinho. O túnel começa no respiradouro do sistema de aquecimento.

– Ótimo, eu vou...

– Calma, tem mais. Tem muitos túneis. Mais parecem cavernas. Não é legal como eu pensei que fosse na aula de história. É escuro, úmido e nojento. Pegue o túnel à direita, depois mantenha essa direção. Estou no fundo de um desses.

– Tá. Estarei aí assim que puder.

– Cuidado, Zo.

– Pode deixar. Tome cuidado também.

– Vou tentar – agora, ao barulho de ratos somava-se uma espécie de assovio. – Mas acho melhor você vir logo.

28

Abri os olhos e estava de volta ao estábulo com Persephone. Estava respirando com dificuldade e suando, e a égua me farejava, fazendo uns relinchos baixinhos de preocupação. Minhas mãos tremeram enquanto acariciei sua cabeça e esfreguei seu queixo, dizendo que ia dar tudo certo, apesar de eu ter certeza de que não ia.

A estrada de ferro antiga no centro da cidade ficava a uns nove ou dez quilômetros em uma parte escura e abandonada, sob uma ponte enorme e medonha que ligava uma parte da cidade à outra. Costumava ser uma região bem agitada com trens de carga e de passageiros indo e voltando quase sem parar. Mas nas últimas duas décadas todo o tráfego de passageiros fora suspenso (eu sabia porque minha avó quis me levar para um passeio de trem no meu aniversário de treze anos e tivemos que ir de carro até Oklahoma City e pegar o trem lá), e o negócio de trens de carga realmente definhou. Em circunstâncias normais, bastavam alguns minutos para ir "voando" da Morada da Noite até a estrada de ferro.

Mas nesta noite eu não estava lidando com circunstâncias normais.

O noticiário das dez havia dito que as estradas estavam intransitáveis e isso fora, dei uma olhada no relógio e pisquei os olhos, surpresa, há umas duas horas. Eu não podia dirigir até lá. Imagino que pudesse caminhar, mas a urgência que senti estava me dizendo que não bastava.

– Vá cavalgando.

Persephone e eu nos encolhemos ao ouvir o som da voz de Aphrodite. Ela estava encostada à porta do estábulo, com uma cara pálida e carrancuda.

– Você está com uma cara péssima – eu disse.

Ela quase sorriu.

– Essas visões são um saco.

– Você viu Heath? – meu estômago deu um nó outra vez. Aphrodite não tinha visões de felicidade e luz. Ela via morte e destruição. Sempre.

– Vi.

– E?

– E, se você não pegar um cavalo e chegar aonde ele está, Heath vai morrer – ela fez uma pausa, olhando nos meus olhos. – Quer dizer, a não ser que você não acredite em mim.

– Eu acredito em você – respondi sem hesitar.

– Então cai fora daqui.

Ela entrou na baia e me deu a rédea, que eu nem havia notado que ela tinha nas mãos. Enquanto eu a colocava em Persephone, Aphrodite sumiu e logo voltou com uma sela e um cobertor de sela.

Silenciosamente, preparamos Persephone para a cavalgada, e ela pareceu sentir nossa pressa, pois ficou completamente parada. Quando ela estava pronta eu a tirei da baia.

– Primeiro chame seus amigos – Aphrodite disse.

– Ahn?

– Você não vai conseguir derrubar essas coisas sozinha.

– Mas como eles irão comigo? – meu estômago doía, e eu estava com tanto medo que minhas mãos tremiam, sentindo dificuldade para entender que diabo Aphrodite estava dizendo.

– Eles não podem acompanhá-la, mas mesmo assim podem ajudá-la.

– Aphrodite, não tenho tempo para charadas. Que diabo está dizendo?

– Ah! Sei lá! – ela pareceu tão frustrada quanto eu me sentia. – Só sei que eles podem ajudá-la.

Abri meu celular e, seguindo minha intuição e rezando em silêncio, pedindo orientação a Nyx, teclei o número de Shaunee. Ela atendeu após o primeiro toque.

– O que houve, Zoey?

– Preciso que você, Erin e Damien vão juntos a algum lugar e invoquem os seus elementos, como fizeram para Stevie Rae.

– Tudo bem. Você vai nos encontrar?

– Não. Vou para onde Heath está.

Shaunee titubeou apenas um ou dois segundos e disse: – Tá. O que podemos fazer?

– Apenas fiquem juntos, manifestem seus elementos e pensem em mim – eu estava ficando boa em soar calma mesmo quando minha cabeça estava a ponto de explodir.

– Zoey, tenha cuidado.

– Terei. Não se preocupe – até porque eu já me preocupava o suficiente por nós duas.

– Erik não vai gostar disto.

– Eu sei. Diga a ele... diga a ele que... que eu vou, ahn, falar com ele quando voltar – não fazia ideia do que mais dizer.

– Tá, eu digo a ele.

– Obrigada, Shaunee. Até mais – me despedi e fechei o fone. E encarei Aphrodite: – O que são essas criaturas?

– Não sei.

– Mas você os viu em sua visão?

– Hoje foi a segunda visão que tive com eles. Da primeira vez eu os vi matando os outros dois caras – Aphrodite afastou uma grossa mecha de cabelos louros do rosto.

Fiquei instantaneamente furiosa.

– E você não disse nada porque eles são *apenas* adolescentes humanos e não merecem que você perca tempo salvando-os?

Os olhos de Aphrodite brilharam de raiva.

– Eu avisei Neferet. Contei tudo a ela sobre os garotos humanos, sobre essas coisas, tudo. Foi quando ela começou a dizer que minhas visões eram falsas.

Eu sabia que ela estava dizendo a verdade, assim como tinha certeza de que havia algo de sinistro em Neferet.

– Sinto muito – desculpei-me sucintamente. – Eu não sabia.

– Que seja – ela disse. – Você precisa cair fora daqui, senão seu namorado vai morrer.

– Ex-namorado – eu disse.

– Mais uma vez eu digo: que seja. Vamos, eu a ajudo a subir – deixei que ela me ajudasse a montar. – Leve isto aqui. – Aphrodite me deu um grosso cobertor de sela. Antes que eu pudesse reclamar, ela continuou – Não é para você. Ele vai precisar disto.

Enrolei-me no cobertor, aproveitando o conforto do cheiro de terra e de cavalos. Segui em frente, enquanto Aphrodite abria a porta do estábulo. O ar e a neve gelados fizeram redemoinhos em pequenos minitornados dentro do celeiro, fazendo-me tremer, mas mais de nervoso e apreensão do que de frio.

– Stevie Rae é uma dessas criaturas – Aphrodite disse.

Baixei o rosto para olhar para ela, mas seu olhar estava perdido noite adentro.

– Eu sei – respondi.

– Ela não é a mesma de antes.

– Eu sei – repeti, apesar de me doer o coração dizer aquelas palavras. – Obrigada por isso, Aphrodite.

Ela então olhou para mim e sua expressão estava neutra e vazia.

– Não comece a agir como se fôssemos amigas ou coisa assim – ela disse.

– Jamais me passou pela cabeça – respondi.

– Tipo, não somos amigas.

– Não, com certeza não – tive certeza de que ela estava tentando conter um sorriso.

– É bom deixar claro – Aphrodite disse. – Ah – ela acrescentou. – Lembre-se de projetar silêncio e sombras ao seu redor para que os humanos tenham dificuldade em vê-la a caminho de lá. Você não tem tempo para ser detida.

– Pode deixar. Obrigada pela lembrança – agradeci.

– Bem, então boa sorte – Aphrodite se despediu.

Segurei as rédeas, respirei fundo e comprimi as coxas, estalando a língua para Persephone entender que era hora de ir.

Entrei em um mundo estranhamente tomado por uma branca escuridão. Estava difícil enxergar. A neve passara de flocos simpáticos a pequenos pedaços de gelo cortantes como canivetes. O vento seguia firme e forte, jogando a neve para as laterais. Pus o cobertor sobre a cabeça de modo a me proteger parcialmente da neve e segui em frente, fazendo Persephone ganhar velocidade. *Rápido!*, minha mente gritava. *Heath precisa de você!*

Atravessei o estacionamento e o terreno dos fundos da escola. Os poucos carros estacionados na escola estavam cobertos de neve, e as luzes cintilantes dos lampiões a gás que brilhavam loucamente atrás deles os deixavam parecidos com besouros presos em uma porta de tela. Apertei o botão interno para abrir o portão. Ele tentou abrir por completo, mas ficou preso em um monte de neve, e Persephone e eu tivemos de passar espremidas. Eu a fiz virar para a direita e parei por um instante sob a cobertura dos carvalhos que ladeavam o terreno da escola.

– Estamos em silêncio... fantasmas... ninguém nos vê. Ninguém nos ouve – murmurei ao vento plangente e fiquei chocada ao ver tudo parar ao meu redor. De repente me veio algo e eu continuei: – Vento, fique parado ao meu redor. Fogo, aqueça meu caminho. Água, afofe a neve em meu caminho. Terra, proteja-me quando puder. E, espírito, ajude-me a não ceder ao medo – as palavras mal saíram de minha boca e eu vi um pequeno clarão de energia ao meu redor. Persephone bufou e meneou um pouquinho para o lado. E, ao voltar a se mover, parecia acompanhada por uma pequena bolha de serenidade. Sim, ainda estava nevando forte, e a noite ainda estava fria e assustadoramente estranha, mas eu estava cheia de calma e cercada pela proteção dos elementos. Abaixei a cabeça e sussurrei: – Obrigada, Nyx, por me conceder estes dons maravilhosos – silenciosamente acrescentei que torcia para fazer jus a eles.

– Vamos encontrar Heath – eu disse a Persephone. Ela seguiu tranquilamente a meio galope e fiquei surpresa ao ver que a neve e o gelo pareciam abrir caminho para seus cascos enquanto avançávamos noite adentro sob o olhar atento de uma Deusa que era a própria personificação da Noite.

A jornada foi surpreendentemente rápida. Nós descemos a rua Utica até chegarmos à saída para a rodovia Broken Arrow. Barricadas com luzes brilhantes avisavam que a rodovia estava fechada. Senti-me sorrir ao guiar Persephone para contornar jeitosamente as barricadas e avançar na rodovia totalmente deserta. Então deixei a égua cavalgar livremente até o centro da cidade. Agarrei-me ao pescoço dela. Com o cobertor voando ao vento, imaginei que eu devia estar parecida com a heroína de algum velho romance histórico, e desejei estar galopando em direção a uma balada com alguém que meu pai, o rei, decidira não ser digno de mim; mas, na verdade, estava indo para o inferno.

Guiei Persephone à saída que nos levaria ao Performing Arts Center, e então para a velha estrada de ferro logo atrás. Eu não vira ninguém entre a cidade e a rodovia, mas agora podia ver uma pessoa ou outra na rua perto dos pontos de ônibus e notei um carro da polícia aqui e outro ali. *Estamos em silêncio... fantasmas... ninguém nos vê. Ninguém nos ouve.* Continuei rezando mentalmente. Ninguém olhou em nossa direção. Era realmente como se eu tivesse virado fantasma, o que não era uma ideia das mais reconfortantes.

Fiz Persephone diminuir o galope ao passarmos pelo Performing Arts Center e atravessarmos a ponte que transpunha a confusa profusão de trilhos. Quando alcançamos o meio da ponte, fiz Persephone parar e olhei para o edifício abandonado da estrada de ferro abaixo de nós, sombrio e silencioso. Graças ao senhor Brown, meu ex-professor de arte na South Intermediate High School, eu sabia que o edifício já tivera um lindo estilo *art déco*, que fora abandonado e finalmente pilhado quando os trens pararam de funcionar.

Agora parecia parte de Gotham City, do Batman, (sim, eu sei, sou uma *nerd*), com aquelas grandes janelas arqueadas que me lembravam dentes entre as duas torres, que pareciam coisas de castelos impecavelmente assombrados.

– Teremos que parar por aqui – disse a Persephone. Ela estava resfolegando, mas não parecia particularmente preocupada, o que eu torcia para ser bom sinal. Sabe como é, os animais conseguem sentir energias ruins e tudo mais.

Nós terminamos de atravessar a ponte e encontrei a estradinha que dava na estrada de ferro, destruída. Estava muito escuro próximo dos trilhos. Muito escuro. Isso não devia ter me incomodado, não com minha excelente visão noturna de novata, mas incomodou. A verdade é que eu estava totalmente apavorada quando Persephone entrou no edifício e começou a rondá-lo vagarosamente. Procurei pela entrada para o subsolo que Heath descrevera.

Não demorou muito para encontrar a grade enferrujada que parecia uma barreira intransponível. Não me permiti hesitar nem pensar que estava morta de medo. Saltei de Persephone e a levei para debaixo da marquise para que ficasse protegida do vento e de boa parte da neve. Amarrei suas rédeas ao redor de um treco de metal, cobri suas costas com um cobertor e me demorei o máximo que pude fazendo carinho nela e lhe dizendo que era uma garota muito doce e corajosa e que, em breve, eu estaria de volta. Eu estava indo ao encontro daquela profecia autorrealizável e esperava que, ao dizer isso, a coisa se concretizasse. Foi difícil me afastar de Persephone. Acho que eu tinha me dado conta de como sua presença me confortava. Eu bem que precisei daquele conforto quando me vi parada em frente às grades de ferro e tentei franzir os olhos para enxergar melhor no escuro.

Não dava para ver nada, a não ser os traços distorcidos de um enorme quarto escuro. O subsolo do sinistro e infelizmente não abandonado edifício. Maravilha. *Heath está lá embaixo,* lembrei a mim mesma, agarrei a ponta da grade e puxei. Ela se abriu com facilidade, o que tomei como prova da frequência com que devia ser usada. Mais uma vez, que maravilha.

O subsolo não era tão péssimo quanto eu imaginava que fosse. Pelas janelas ao nível do chão passavam brechas de luz fraca que me permitiram ver que moradores de rua andaram usando o local. Na verdade, eles haviam deixado muitas coisas: caixas grandes, cobertores sujos, até um carrinho de compras (como eles haviam carregado aquelas coisas lá para baixo?). Mas, estranhamente, não havia nenhum deles naquele momento. Era como uma cidade fantasma, o que se tornava duplamente esquisito se levássemos o clima em consideração. Esta noite seria perfeita para ficar no subsolo, que era relativamente quente e protegido em comparação com as ruas. E já estava nevando há dias. Ou seja, só pra começo de conversa, as pessoas que haviam trazido as caixas e o resto das coisas tinham de estar lá.

Claro que fazia muito mais sentido se os moradores de rua tivessem sido postos para correr pelos mortos-vivos pavorosos que agora estavam usando o subsolo.

Não pense nisso. Encontre o respiradouro do sistema de aquecimento, e encontre Heath.

Nem foi tão difícil achá-lo. Bastou procurar o canto mais escuro e medonho do lugar e encontrei um respiradouro de metal no chão. É. Bem no canto. No chão. Nunca, nem em um zilhão de anos, eu teria pensado em tocar aquela coisa nojenta, muito menos levantá-la e entrar nela.

Mas, naturalmente, era o que eu tinha de fazer.

Consegui levantar o respiradouro com a mesma facilidade que a "barreira", o que (novamente) indicava que eu não era a única pessoa/novata/humana a passar pelo local recentemente. Havia uma espécie de escada de ferro que tive de descer, mais ou menos uns três metros. Então, cheguei ao piso do túnel de esgoto. E era isto exatamente: um enorme e úmido túnel de esgoto. Ah, e ainda estava escuro. Muito escuro. Fiquei parada um tempinho, tentando acostumar minha visão noturna à densa escuridão, mas não podia ficar muito tempo parada. A necessidade de encontrar Heath era como uma coceira sob minha pele. E essa necessidade me impulsionava.

– Mantenha a direita – sussurrei. Mas imediatamente calei a boca, pois até aquele mínimo som ecoou ao meu redor. Virei à direita e comecei a andar o mais rápido que podia.

Heath estava certo. Havia um monte de túneis. Eles se desdobravam, fazendo-me lembrar os buracos que as minhocas cavam na terra. Primeiro, vi mais evidências da presença de moradores de rua lá embaixo também. Mas, depois de virar à direita algumas vezes, as caixas, o lixo espalhado e os cobertores desapareceram. Tudo o que havia era umidade e breu. Os túneis, bem feitos e civilizados como eu imaginava, se transformaram em uma porcaria só. As paredes pareciam que tinham sido cinzeladas por um anão bêbado de Tolkien (novamente, tenho consciência de que sou uma *nerd*). E o lugar era bem frio também, mas eu não estava sentido frio de verdade.

Mantive à direita, esperando que Heath soubesse o que estava dizendo. Pensei em parar para me concentrar em seu sangue e usar a ligação da Carimbagem outra vez, mas a sensação de urgência era tamanha que não consegui parar. Eu simplesmente *tinha* que encontrar Heath.

Primeiro senti o cheiro deles, depois ouvi os chiados e murmúrios e só então os vi. Era aquele mesmo cheiro bolorento, velho e ruim que eu havia sentido toda vez que via uma daquelas criaturas perto do muro. Entendi então que aquele era o cheiro da morte e me perguntei como não havia percebido antes.

De repente, a escuridão à qual me acostumara deu lugar a uma luz fraca e vacilante. Parei para me concentrar. *Você é capaz, Z. Você foi escolhida por sua Deusa. Você pôs pra correr os fantasmas de vampiros. Com certeza você é capaz de resolver esta situação.*

Eu ainda estava tentando me "concentrar" (ou seja, me convencer a ser corajosa) quando ouvi o grito de Heath. E não houve mais tempo para me concentrar nem para ficar pensando. Corri para a direção de onde vinha aquele grito. Sei que devia explicar que os vampiros são mais fortes e mais velozes do que os humanos e, apesar de ainda ser apenas uma novata, eu era uma novata muito esquisita. Então, quando digo que corri, quero dizer *bem*, *bem* rápido, e em silêncio. Eu os encontrei segundos depois, embora me pareceram horas. Eles estavam na pequena alcova no fim daquele túnel tosco. A lâmpada pendurada em uma presilha que eu tinha visto da outra vez estava lá, projetando suas sombras grotescamente sobre as paredes côncavas. Eles formavam um meio círculo ao redor de Heath. Ele estava de pé sobre o colchão sujo e de costas na parede. A fita isolante por alguma razão não estava mais prendendo seus tornozelos, mas seus pulsos ainda estavam bem presos. Vi que ele tinha mais um corte no braço direito, e o cheiro de seu sangue era pesado e atraente.

Para mim isso foi a gota d'água. Heath pertencia a mim, a despeito de minha confusão quanto a essa coisa de beber sangue e de meus sentimentos por Erik. Heath era meu, e ninguém mais se alimentaria, *jamais*, daquilo que era meu.

Joguei-me sobre a roda de criaturas sibilantes como se fosse uma bola de boliche e eles, meros pinos, e fui para o lado dele.

– Zo! – Heath pareceu delirantemente feliz por uma fração de segundo, e então bancou o homenzinho e tentou me proteger, ficando na frente. – Cuidado! Os dentes e as garras deles são afiados demais – ele sussurrou. – Você não chamou mesmo a SWAT?

Era fácil impedir que ele me segurasse. Tipo, ele é lindo e tudo mais, mas é apenas um ser humano. Apalpei suas mãos presas quando ele agarrou meu braço, sorri e, em um golpe rápido, cortei a fita isolante com a unha do polegar. Seus olhos se arregalaram e ele soltou as mãos.

Sorri novamente para ele. Meu medo desaparecera. Agora eu estava simples e inacreditavelmente furiosa.

– Trouxe coisa bem melhor que a SWAT. Vá para trás e assista.

Empurrei *Heath* para a parede e tomei a frente, virando-me para encarar o círculo que se fechava...

Eca! Eles eram as coisas mais nojentas que eu já tinha visto na vida. Deviam ser uns doze, mais ou menos. Tinham caras brancas e esqueléticas. Nos olhos, um brilho vermelho-sujo. Eles rosnaram e chiaram para mim, e vi que tinham unhas e dentes pontiagudos! *Credo*! As unhas eram compridas, amarelas e ameaçadoras.

– É *ssssó* uma novata – um deles sibilou. – A Marca não *ssssignifica* que ela *sssseja* vampira. É *ssssó* uma anormal.

Olhei para quem estava falando.

– Elliott!

– *Isssso* é *passssado*. Não *ssssou maissss* o Elliott que você conhecia – sua cabeça ia para frente e para trás como a de uma serpente enquanto ele falava. Então, seus olhos incandescentes se apagaram e ele retorceu o lábio. – Vou lhe *mossssstrar* o que estou dizendo...

Ele começou a avançar em minha direção, encurvado como uma besta-fera. As outras criaturas começaram a se mexer, ganhando coragem através dele.

– Cuidado, Zo, eles vão nos pegar – Heath disse, tentando passar à minha frente.

– Não vão, não – gritei. Fechei os olhos só por um segundo e me concentrei, pensando no poder e no calor do fogo, em como ele tanto limpa quanto destrói; e pensei em Shaunee.

– Venha para mim, fogo! – as palmas das minhas mãos esquentaram. Abri os olhos e levantei as mãos, que agora emanavam uma luz amarela-brilhante.

– Cai fora, Elliott! Você era um pentelho quando estava vivo e não mudou nada depois de morto – ele se encolheu por causa da luz que eu estava emanando. Avancei, pronta para dizer a Heath para me seguir e sair de lá, mas congelei ao ouvir aquela voz.

– Errado, Zoey. A morte mudou algumas coisas.

O bando de criaturas abriu caminho para Stevie Rae passar.

29

A chama em minhas palmas soltou faíscas e fraquejou. O choque afetou minha concentração.

– Stevie Rae! – comecei a andar em sua direção, mas quando me liguei na sua aparência, senti meu corpo gelar e enrijecer. Ela estava com uma aparência terrível, pior do que no sonho-visão que tive. Não era só pela magreza, pela palidez e pelo péssimo cheiro que ela estava mudada. Era a expressão no seu rosto. Em vida, Stevie Rae era a pessoa mais fofa que já conheci. Mas agora, fosse ela o que fosse, morta, morta-viva, ressuscitada bizarra, estava diferente. Seus olhos estavam cruéis e vazios, seu rosto desprovido de qualquer emoção que não fosse o ódio.

– Stevie Rae, o que aconteceu com você?

– Eu morri – sua voz era uma sombra distorcida e malfeita daquilo que fora um dia. Ainda tinha sotaque de Oklahoma, mas a suave doçura de seu jeito de falar havia desaparecido completamente. Ela estava falando de um jeito grosseiro, baixo nível.

– Você virou fantasma?

– Fantasma? – ela deu um riso de desprezo. – Não, eu não sou droga de fantasma nenhum.

Engoli em seco e senti uma vaga esperança.

– Então você está viva?

Ela curvou o lábio com desprezo e sarcasmo, e aquilo me pareceu tão errado no rosto dela que me deu vontade de vomitar.

– Você talvez diga que estou viva, mas eu digo que não é tão simples assim. Mas também não sou mais tão *simples* quanto antes.

Bem, ao menos ela não chiou para mim como aquele tal de Elliott. *Stevie Rae está viva.* Concentrei-me fortemente naquele milagre e engoli meu medo e meu nojo com tamanha rapidez que ela não teve tempo de desviar (ou de me morder, ou sei lá). Agarrei-a e, ignorando seu cheiro horrível, abracei-a com força.

– Que bom que você não morreu! – sussurrei para ela.

Foi como abraçar um pedaço fedorento de pedra. Ela não se afastou de mim, não me mordeu, não reagiu. Mas as criaturas ao nosso redor sim. Eu os ouvi chiando e murmurando. Soltei-a e recuei.

– Não me toque de novo – ela disse.

– Stevie Rae, tem algum lugar onde a gente possa conversar? Preciso levar Heath, mas posso voltar para encontrá-la. Ou você pode voltar à escola comigo?

– Você não entende nada mesmo, não é?

– Eu entendo que algo de ruim lhe aconteceu, mas você ainda é minha melhor amiga, então podemos dar um jeito.

– Zoey, você não vai a lugar nenhum.

– Tá – fingi não entender sua ameaça. – Acho que podemos conversar aqui, mas, bem... – olhei para aquelas criaturas nojentas que sibilavam ao redor. – Não tem muita privacidade, além de ser nojento aqui embaixo.

– Mate-*osss* de uma *vezzzz*! – Elliott grunhiu atrás de Stevie Rae.

– Cale a boca, Elliott! – Stevie Rae e eu gritamos com ele ao mesmo tempo.

Ela me olhou nos olhos, juro que vi um clarão neles que ia além da raiva e da crueldade.

– Você sabe que *elessss* não podem continuar *vivossss* agora que *nossss* viram – Elliott sibilou. As outras criaturas estavam inquietas, soltando barulhinhos maléficos de aprovação. Então, uma garota saiu dentre as criaturas. Ela sem dúvida tinha sido bonita. Mesmo agora havia qualquer coisa de lúgubre e surreal nela. Era alta e loura e tinha gestos mais graciosos que os demais. Mas, quando olhei em seus olhos vermelhos, só maldade.

– Se você não consegue fazer, faço eu. Primeiro ele. Eu não ligo que o sangue dele esteja envenenado pela Carimbagem. Ainda está quente e vivo – ela disse, e se aproximou de Heath quase dançando.

Fiquei na frente dele, impedindo a passagem dela.

– Toque nele e você morre. De novo – ameacei.

Stevie Rae interrompeu a risada sibilante que soltava.

– Volte a ficar com os outros, Venus. Você não faz nada enquanto eu não mandar.

Venus. O nome me despertou a memória.

– Venus Davis? – perguntei.

A linda lourinha franziu os olhos para mim.

– Você me conhece de onde, novata?

– Ela sabe de muita coisa – Heath disse, vindo para o meu lado. Ele estava usando aquilo que eu chamava de sua voz de jogador de futebol, soando durão e irritado, e totalmente pronto para brigar. – E estou começando a ficar de saco cheio de vocês, suas criaturas doentias.

– Por que *isso* está falando? – Stevie Rae perguntou com desdém.

Suspirei e revirei os olhos. Concordei com Heath. Eu também estava totalmente de saco cheio daquela bizarrice pavorosa. Estava na hora de sair de lá, e também de a minha melhor amiga começar a agir como a pessoa que eu enxergava escondida atrás de seus olhos.

– Ele não é *isso*. É o Heath. Lembra-se, Stevie Rae? Meu ex-namorado?

– Zo. Eu *não* sou seu ex-namorado. Sou seu namorado.

– Heath. Eu já disse que as coisas não têm como dar certo entre nós dois.

– Qual é, Zo, fomos Carimbados. Isso significa que somos eu e você juntos, gata! – ele sorriu para mim como se estivéssemos no meio de um baile, e não de um grupo de criaturas mortas-vivas dispostas a nos devorar.

– Aquilo foi um acidente. Ainda vamos conversar sobre isso, mas agora com certeza não é a melhor hora.

– Ah, Zo, você sabe que me ama – o sorriso de Heath não diminuiu nem um pouquinho.

– Heath, você é o garoto mais teimoso que já conheci – ele piscou para mim, e não consegui deixar de sorrir. – Tá bem. Eu te amo.

– O que *esssstá* havendo... – chiou aquela criatura nojenta que era o Elliott. O resto das coisas medonhas que nos cercavam se mexiam inquietas, e Venus deu mais um passo na direção de Heath. Esforcei-me para não tremer, nem gritar, nem nada assim. Ao invés disso, me veio uma estranha calma. Olhei para Stevie Rae, e, de repente, entendi o que tinha que dizer. Pus as mãos na cintura e a encarei:

– Diga a ele – eu disse. – Diga a todos eles.

– Dizer o quê? – ela me fuzilou com os olhos.

– Diga o que está acontecendo aqui. Você sabe. Eu sei que você sabe.

O rosto de Stevie Rae se contorceu e suas palavras soaram estranguladas:

– *Humanidade!* Eles estão demonstrando humanidade – as criaturas rangeram os dentes como se alguém tivesse jogado água benta neles (e, *por favor*, esse é um clichê totalmente falso sobre os vampiros).

– Fraqueza! É por isso que somos mais fortes que eles – Venus disse com expressão de repulsa. – Porque essa é uma fraqueza que não temos mais.

Ignorei Venus. Ignorei Elliott. Inferno, eu os ignorei e fiquei olhando fixo para Stevie Rae, forçando-a a me olhar e me esforçando para não desviar o olhar nem piscar ao fitar aqueles olhos cada vez mais quentes e vermelhos.

– Conversinha – eu disse.

– Ela tem razão – Stevie Rae disse numa voz fria e má. – Quando morremos, morre nossa humanidade.

– Isso pode valer para eles, mas, no seu caso, não acredito – afirmei.

– Você não sabe nada sobre isto, Zoey – Stevie Rae respondeu.

– Não preciso saber. Conheço você e conheço nossa Deusa, e isso basta.

– Ela não é mais minha Deusa.

– É mesmo? Assim como sua mãe não é mais sua mãe? – senti que toquei no seu ponto fraco quando ela se encolheu como se tivesse sido atingida por uma dor física.

– Eu não tenho mãe. Não sou mais humana.

– Coisa nenhuma! Tecnicamente também não sou mais humana. Estou em plena Transformação. Sendo assim, tenho um pouquinho disso e um pouquinho daquilo. Droga, o único aqui que ainda é humano é Heath.

– Não que eu tenha algo contra vocês não serem *inúmanos* – Heath disse.

Suspirei.

– Heath, não é *inúmanos*. É inumanos.

– Zo, não sou burro. Eu sei. Eu estava quase cunhando uma palavra.

– Cunhando? – ele realmente dissera aquilo?

Ele concordou.

– Eu aprendi na aula de inglês de Dickson. Tem a ver com... – Heath fez uma pausa, e posso jurar que as criaturas estavam escutando com interesse. – *Poesia.*

Apesar da péssima situação na qual nos encontrávamos, dei risada.

– Heath, você andou estudando mesmo!

– Não disse? – ele sorriu, totalmente fofo.

– Chega! – a voz de Stevie Rae ecoou pelas paredes redondas do túnel. – Tô cheia disso – ela nos deu as costas, ignorando-nos completamente. – Eles nos viram. Eles sabem demais. Têm que morrer. Mate-os – ela ordenou e saiu.

Desta vez Heath nem tentou tomar a dianteira. Ao invés disso, deu a volta ao redor de mim e, pegando-me totalmente de surpresa, veio para cima de um jeito que acabei me esborrachando naquele colchão nojento. Depois, voltou-se para o círculo, que se fechava ao nosso redor, de criaturas mortas-vivas rosnando, abriu as pernas plantadas no chão, ergueu os punhos e deu o grito de guerra do time Broken Arrow Tiger.

– *Cai dentro, maluco!*

Tá, não é que não gostasse de Heath bancando macho. Mas o garoto estava simplesmente fora de si. Então me levantei e me concentrei.

– Fogo, preciso de você outra vez! – desta vez gritei as palavras com o peso de Grande Sacerdotisa. As chamas despertaram nas palmas das minhas mãos e se alastraram pelos braços. Eu gostaria de ter tido tempo para ver o fogo que invoquei (o legal era que ele vinha de mim, mas não me queimava), mas não havia tempo para isso. – Ande, Heath.

Ele olhou para mim por sobre o ombro de olhos arregalados.

– Zo?

– Estou bem. Ande logo!

Ele saiu da minha frente e eu avancei, flamejando. As criaturas se afastaram de mim, apesar de tentarem agarrar Heath.

– Parem! – gritei – Saiam do caminho e deixem o garoto em paz. Heath e eu vamos sair daqui. Agora! Se tentarem nos impedir, vou matar vocês, e sinto que desta vez vão morrer de verdade – tá, não queria mesmo matar ninguém. Eu queria era tirar Heath dali e encontrar Stevie Rae, para que me explicasse por que novatos que supostamente morreram estão por aí bancando os valentes com olhos inflamados e fedendo a mofo e poeira.

Vi um movimento com o canto do olho. Virei a tempo de ver uma das criaturas se jogando sobre Heath. Levantei os braços e atirei o fogo sobre ela como se estivesse jogando uma bola. Ela gritou e ardeu em chamas, e ao reconhecê-la tive de me controlar muito para não vomitar. Era Elizabeth Sem Sobrenome, aquela garota legal que morreu no mês passado. Agora seu corpo em chamas se contorcia no chão, fedendo a carne podre; e isso foi tudo o que restou de sua concha sem vida.

– Vento e chuva! Eu os invoco – gritei, e quando o ar ao meu redor começou a girar e se encher com cheiro de chuva de primavera, vi de relance Damien e Erin sentados de pernas cruzadas ao lado de Shaunee. Estavam de olhos fechados e concentrados, segurando as velas das cores de seus elementos. Apontei meu dedo em chamas para o corpo flamejante de Elizabeth e ele foi lavado por uma súbita chuva, depois uma brisa suave substituiu a fumaça verde, que subiu por sobre nossas cabeças e levou seu fedor pelo túnel afora até sair pela noite.

Encarei de novo aquelas criaturas.

– É por isso que não quero que tentem nos impedir – fiz um gesto para Heath seguir em frente e fui logo atrás, afastando-me daquelas criaturas.

Eles nos seguiram. Eu nem sempre conseguia vê-los à medida que corríamos pelo túnel escuro, mas escutava seus pés se arrastando e seus grunhidos abafados. De repente comecei a me sentir exausta. Era como se eu fosse um celular prestes a descarregar depois de uma conversa muito longa. Deixei o fogo quase se extinguir de meus braços, a não ser por uma chama vacilante que mantive na mão direita. De jeito nenhum Heath conseguiria enxergar o caminho de volta sem esta chama, e eu ainda estava protegendo a retaguarda, de olho nas criaturas hostis. Depois de passar por duas ramificações do túnel, pedi para Heath parar.

– Temos que correr, Zo. Sei que você tem poderes, mas tem muitos outros deles, muito mais do que aqueles lá atrás. Não sei quantos deles você aguenta – ele tocou meu rosto. – Não quero ser grosso nem nada, mas você está horrível.

Eu estava me sentindo péssima mesmo, mas não queria dizer.

– Eu tenho uma ideia – havíamos acabado de virar no ponto onde o túnel se estreitava a ponto de eu tocar as duas paredes se abrisse os braços. Voltei à parte mais estreita. Heath começou a me seguir, mas eu disse: – Fique lá – e apontei para o fim do túnel que estávamos seguindo. Ele franziu o cenho, mas fez o que pedi.

Dei as costas a Heath e me concentrei. Levantei os braços e pensei em campos recém-arados e nos belos prados de Oklahoma repletos de feno não-colhidos. Pensei na terra e como estava sobre ela... cercada por ela...

– Terra! Eu a invoco! – quando levantei os braços a imagem de Stevie Rae surgiu em minhas pálpebras fechadas. Ela não era como antes, não tinha mais a expressão doce e concentrada em uma vela verde acesa. Estava encolhida em um canto do túnel escuro. Seu rosto estava esquelético e branco, e seus olhos cintilavam, rubros. Mas seu rosto não era uma paródia desprovida de emoção nem uma máscara cruel. Ela estava chorando abertamente, com uma expressão de desespero no rosto. *É um começo,* pensei. Então, em um gesto rápido e poderoso, abaixei os braços ao mesmo tempo em que ordenava: – Fechar! – em frente e sobre mim, pedaços de terra e de pedra começaram a cair do teto. Primeiro foi só um filete de seixos, mas rapidamente uma miniavalanche abafou os uivos e chiados de raiva das criaturas aprisionadas.

Uma onda de fraqueza se abateu sobre mim, e recuei.

– Eu seguro você, Zo – os braços fortes de Heath me seguraram e me deixei cair por um momento. Vários dos cortes dele se abriram durante a fuga e o odor perfeito de seu sangue me despertou os sentidos.

– Eles não estão realmente presos, sabe? – eu disse baixinho, tentando manter a mente desligada da vontade que estava sentindo de beber aquele sangue que lhe escorria pela bochecha. – Nós passamos por uns dois túneis. Tenho certeza de que eles vão acabar dando um jeito de sair.

– Tudo bem, Zo – Heath continuou me abraçando, mas recuou um pouquinho para poder olhar nos meus olhos. – Eu sei do que você precisa. Posso sentir. Se você se alimentar de mim não vai mais se sentir tão fraca – ele sorriu e seus olhos azuis escureceram. – Tudo bem – ele repetiu. – Eu quero.

– Heath, você já passou por muita coisa. Sabe-se lá quanto sangue você já perdeu? Isso não é boa ideia – eu estava dizendo não, mas minha voz tremia de desejo.

– Está brincando? Um jogador de futebol grandão como eu? Tenho sangue de sobra – Heath brincou. Depois, sua expressão ficou séria. – Pra você, eu tenho qualquer coisa de sobra – enquanto ele me olhava nos olhos, passou um dedo na bochecha molhada de sangue e esfregou no lábio inferior, abaixou-se e me beijou.

Senti a sombria doçura de seu sangue se dissolvendo em minha boca, emitindo uma onda de prazer e energia ígnea por meu corpo. Heath tirou os lábios dos meus e me conduziu ao corte em sua bochecha. Quando pus a língua para fora e toquei o corte, ele gemeu e apertou meus lábios junto aos dele. Eu fechei os olhos e comecei a lamber...

– Mate-me! – a voz rasgada de Stevie Rae quebrou o encantamento do sangue de Heath.

30

Meu rosto queimou de vergonha enquanto me soltava dos braços de Heath, limpando a boca e respirando com dificuldade. Stevie Rae estava parada a poucos metros de nós no túnel. Lágrimas ainda desciam de suas bochechas, e seu rosto estava distorcido de desespero.

– Mate-me – ela repetiu com um soluço.

– Não – abanei a cabeça e dei um passo à frente, mas ela recuou, levantando a mão como se fosse tentar me impedir. Parei e respirei fundo algumas vezes, tentando manter o controle. – Volte para a Morada da Noite comigo. Nós vamos dar um jeito de descobrir como isso foi acontecer. Vai dar tudo certo Stevie Rae, eu juro. A única coisa que importa é que você está viva.

Stevie Rae começou a fazer que não com a cabeça quando comecei a falar.

– Eu não estou viva de verdade e não posso voltar para lá.

– Claro que está viva. Está caminhando e falando.

– Eu não sou mais eu. Morri, e parte de mim, a melhor parte de mim, continua morta, como os outros – ela fez um gesto para a direção na caverna onde estavam as demais criaturas.

– Você não é como eles – eu disse com firmeza.

– Sou mais como eles do que como você – seu olhar se desviou para Heath, que estava quietinho atrás de mim. – Você não acredita nas coisas horrorosas que me passam pela mente. Eu seria capaz de matá-lo sem pensar duas vezes. Já teria matado se o sangue dele não estivesse mudado pela sua Carimbagem.

– Talvez não seja só isso, Stevie Rae. Talvez você não o tenha matado por não querer de verdade – eu disse.

Ela me olhou nos olhos outra vez.

– Não. Eu quis matá-lo. E ainda quero.

– Os outros mataram Brad e Chris – Heath disse. – E foi culpa minha.

– Heath, agora não é hora... – comecei a falar, mas ele me interrompeu.

– Não, você precisa ouvir isto Zoey. Essas coisas agarraram Brad e Chris porque eles estavam perto da Morada da Noite, e a culpa é minha porque disse a eles que você era muito gostosa – ele me lançou um olhar de desculpas. – Sinto muito, Zo – sua expressão endureceu e ele disse: – Você devia matá-la. Você devia matar todos. As pessoas correm perigo com eles vivos.

– Ele tem razão – Stevie Rae confirmou.

– E como matar ela e os demais vai resolver isso? Não vão surgir outros? – já havia me decidido, e me aproximei mais de Stevie Rae. Ela pareceu querer se afastar, mas minhas palavras a impediram: – Como isso foi acontecer? O que a fez gostar disso?

Seu rosto se contorceu de angústia.

– Eu não sei como. Só sei quem.

– Então? *Quem* fez isso?

Ela abriu a boca para responder, mas, com um movimento tão rápido que seu corpo pareceu sair de foco, de repente estava encolhida junto à lateral do túnel.

– Ela está chegando!

– O quê? Quem? – agachei-me ao lado dela.

– Vá embora daqui! Rápido. Ainda deve dar tempo de você fugir – Stevie Rae segurou minha mão, sua pele estava endurecida, mas segurou minha mão com força: – Ela vai matar você se a vir aqui. Você e ele. Vocês sabem demais. Ela vai matá-la de qualquer jeito, mas se você voltar à Morada da Noite ficará mais difícil para ela.

– De quem você está falando, Stevie Rae?

– Neferet.

O nome me veio como um golpe, e apesar de negar mexendo a cabeça, senti a verdade do que ela dizia reverberar no fundo de mim.

– Neferet fez isso a vocês? A todos vocês?

– Fez. Agora suma daqui, Zoey!

Senti o terror de Stevie Rae e entendi que ela estava certa. Se Heath e eu não fôssemos embora, morreríamos.

– Não vou desistir de você, Stevie Rae. Use seu elemento. Você ainda tem uma conexão com a terra, eu sinto que tem. Use seu elemento para ficar forte. Vou voltar para encontrá-la e para dar um jeito nisso. Vamos fazer tudo dar certo. Eu juro – abracei-a com força e, após uma pequena hesitação, ela me abraçou também.

– Vamos, Heath – agarrei sua mão para conduzi-lo rapidamente pela escuridão do túnel. A luz na palma da minha mão apagara-se quando eu estava chamando a terra, e eu não teria chance de reacendê-la agora. Isso acabaria trazendo-*a* até nós. Enquanto corríamos pelo túnel, ouvi o sussurro de Stevie Rae pedindo:

– Por favor, não se esqueça de mim...

Heath e eu corremos. A onda de energia que o sangue dele me deu não durou muito tempo, e quando chegamos à escada de metal que levava ao respiradouro no subsolo eu estava querendo desmaiar e dormir por dias a fio. Heath queria subir a escada e sair no subsolo, mas o fiz esperar. Respirando com dificuldade, recostei-me à lateral do túnel e fisguei meu celular do bolso da calça, com o cartão do detetive Marx. Abri o telefone e juro que meu coração parou de bater e só voltou quando vi que estava dentro da área de alcance do celular.

– Está me ouvindo agora? – Heath disse, sorrindo para mim.

– *Sssh*! – tentei calá-lo, mas ele sorriu de novo. Teclei o número do detetive.

– Aqui é Marx – respondeu a voz profunda após o segundo toque.

– Detetive Marx, aqui é Zoey Redbird. Tenho apenas um segundo para falar, depois vou ter de desligar. Encontrei Heath Luck. Estamos no subsolo da estrada de ferro velha de Tulsa e precisamos de ajuda.

– Aguente firme! Estou chegando!

Um barulho vindo de cima me fez desligar o celular. Levei o dedo aos lábios quando Heath começou a falar. Ele abraçou meu ombro e tentamos não respirar. Foi quando ouvi o arrulho de pombo e asas batendo.

– Acho que foi só um pássaro – Heath sussurrou. – Vou dar uma olhada.

Eu estava cansada demais para discutir com ele e, além do mais, Marx estava a caminho e eu estava cheia daquele túnel nojento e horroroso.

– Cuidado – sussurrei.

Heath fez que sim com a cabeça, apertou meu ombro e subiu a escada. Lenta e cautelosamente, ele levantou o respiradouro de metal, pôs a cabeça para fora e olhou ao redor. Logo que ele desceu, eu fiz um gesto para que me desse a mão e me puxasse para cima.

– É só um pombo. Venha.

Exausta, subi e deixei que ele me puxasse para o subsolo. Ficamos sentados no canto perto do respiradouro por vários e longos minutos, ouvindo atentamente. Enfim, sussurrei:

– Vamos sair e esperar por Marx lá – Heath já havia começado a tremer, então me lembrei do cobertor que Aphrodite me fizera trazer. Além disso, era melhor me arriscar no tempo lá fora do que ficar naquele subsolo sinistro.

– Eu também odeio isto. Parece uma droga de uma tumba – Heath disse baixinho, entredentes.

De mãos dadas, caminhamos pelo subsolo, passamos pela luz cinzenta que saía pela fresta, refletindo o mundo lá em cima. Estávamos perto da porta de ferro quando ouvi o uivo distante da sirene de polícia. A terrível tensão em meu corpo havia apenas começado a se desfazer quando a voz de Neferet veio das sombras:

– Eu devia imaginar que você estaria aqui.

Heath deu um pulo de susto e minha mão apertou a dele, avisando-o. Quando me virei para ela, já estava me concentrando e pude sentir o poder dos elementos começando a alterar o ar ao meu redor. Respirei fundo e, cautelosamente, esvaziei minha mente.

– Ah, Neferet! Estou tão feliz em vê-la! – apertei a mão de Heath mais uma vez antes de soltá-la, tentando mandar a mensagem *embarque na minha, diga eu o que disser*. Então corri, soluçando, para os braços da Grande Sacerdotisa. – Como me encontrou? O detetive Marx lhe telefonou?

Percebi a incerteza em seus olhos enquanto ela se livrava cuidadosamente do meu abraço.

– O detetive Marx?

– É – funguei e esfreguei o nariz na manga da blusa, esforçando-me para transmitir alívio e confiança. – Ele está chegando agora mesmo – o som da sirene estava bem próximo, e percebi que havia pelo menos mais dois carros. – Obrigada por me encontrar! – fingi me emocionar. – Foi tão horrível. Pensei que aqueles malucos fossem nos matar – voltei para o lado de Heath e peguei sua mão outra vez. Ele estava olhando fixo para Neferet, parecendo estar em estado de choque. Então me dei conta de que ele devia estar se lembrando de pedaços da única vez que vira a Grande Sacerdotisa, a noite quando vampiros fantasmas quase o mataram, e imaginei que devia estar apavorado demais ao ver Neferet para encontrar sentido no que se passava em sua cabeça. Melhor assim.

Agora podíamos ouvir o barulho das portas dos carros batendo e pés pesados na neve.

– Zoey, Heath... – Neferet veio rapidamente para perto de nós. Ela levantou as mãos, que brilhavam com uma luz estranha e avermelhada, e de repente me lembrei dos olhos dos mortos-vivos. Antes que eu pudesse correr ou gritar, ou sequer respirar, ela agarrou nossos ombros. Senti Heath ficar rijo ao mesmo tempo em que uma dor me atravessou o corpo, atingindo minha mente, e meus joelhos teriam me faltado se ela não estivesse me levantando como se suas mãos fossem um tornilho. – *Vocês não vão se lembrar de nada!* – aquelas palavras ecoaram em minha mente agoniada, e depois tudo virou uma só escuridão.

31

Eu estava em um belo prado no meio do que parecia uma densa floresta. Uma brisa suave e cálida me soprava o odor de lilases. Um córrego passava pelo prado, e sua água cristalina borbulhava melodicamente pelas pedras lisas.

– Zoey? Está me ouvindo, Zoey? – uma insistente voz masculina invadiu meu sonho. Franzi o cenho e tentei ignorá-la. Não queria acordar, mas meu espírito estava inquieto. Eu precisava acordar. Precisava me lembrar. Ela precisava que eu me lembrasse.

Mas quem era ela?

– Zoey... – desta vez a voz estava dentro do meu sonho, e vi meu nome pintado no azul do céu de primavera. A voz era de mulher... familiar... mágica... maravilhosa. – Zoey...

Olhei ao redor da clareira e vi a Deusa sentada do outro lado do córrego, graciosamente empoleirada em uma pedra de arenito liso típico de Oklahoma, brincando com pés descalços na água.

– Nyx! – gritei. – Eu morri? – minhas palavras cintilaram ao meu redor.

A Deusa sorriu.

– Você vai me perguntar isso toda vez que eu visitá-la, Zoey Redbird?

– Não, eu... bem... desculpe – minhas palavras estavam tingidas de cor-de-rosa, provavelmente coradas como minhas bochechas.

– Não peça desculpas, minha filha. Você se saiu muito bem. Estou muito contente com você. Agora é hora de acordar. Preciso lembrá-la que os elementos podem tanto consertar quanto destruir.

Comecei a agradecê-la, apesar de não fazer ideia do que ela estava falando, mas fui interrompida pelo tremor em meus ombros e pelo súbito ar frio. Abri os olhos.

A neve girava ao meu redor. O detetive Marx estava debruçado sobre mim, sacudindo-me o ombro. Apesar da estranha névoa em minha mente, encontrei uma palavra.

– Heath? – perguntei com voz áspera.

Marx apontou para sua direita com o queixo, e empinei a cabeça para ver o corpo duro de Heath sendo levado para dentro de uma ambulância.

– Ele... – não consegui terminar.

– Ele está bem, só machucado. Perdeu muito sangue e já lhe deram algo para a dor.

– Machucado? – eu estava lutando para entender alguma coisa. – O que aconteceu com Heath?

– Múltiplas lacerações, como os outros dois garotos. Que bom que você o encontrou e me ligou antes que ele sangrasse até morrer – o detetive me apertou o ombro. Um paramédico tentou tirar Marx do meu lado, mas ele disse: – Eu tomo conta dela. Ela só precisa voltar para a Morada da Noite, e lá ficará bem.

Vi o paramédico me olhar como quem diz *aberração,* mas as mãos fortes do detetive Marx estavam me ajudando a sentar, e seu corpo alto impediu que eu continuasse a ver o médico, que saiu resmungando.

– Você consegue andar até o meu carro? – Marx perguntou.

Afirmei com a cabeça. Meu corpo estava melhor, mas minha mente ainda estava mole como mingau. O "carro" de Marx era na verdade uma enorme caminhonete para qualquer tipo de clima, com rodas gigantes e *roll bar*.[6] Ele me ajudou a sentar no banco da frente, que era quente e

---

6 *Roll bar*: um arco de segurança que protege a cabine do carro em caso de capotamento.

confortável, mas, assim que ele fechou a porta, de repente me lembrei de algo mais, apesar de o esforço deixar minha cabeça a ponto de se partir em duas.

– Persephone! Ela está bem?

Marx pareceu não entender por um breve segundo, mas então sorriu.

– A égua?

Fiz que sim.

– Ela está bem. Um policial a está levando para os estábulos da polícia no centro da cidade até as estradas permitirem a passagem de um trailer para levá-la de volta à Morada da Noite – ele abriu um sorriso. – Acho que você foi mais valente que a polícia de Tulsa. Nenhum policial se prontificou para cavalgar de volta.

Descansei a cabeça no banco enquanto ele acionou a tração nas quatro rodas da caminhonete e manobrou lentamente pela neve para ir embora da antiga estrada de ferro. Devia haver uns dez carros de polícia, além de um caminhão de bombeiros e duas ambulâncias estacionadas com luzes vermelhas, azuis e brancas piscando na noite vazia e coberta de neve.

– O que aconteceu aqui nesta noite, Zoey?

Eu pensei e apertei os olhos, sentindo uma súbita dor na cabeça.

– Não me lembro – consegui dizer, apesar da dor pulsante em minhas têmporas. Senti seu olhar incisivo sobre mim. Olhei nos olhos do detetive e me lembrei dele me contando da sua irmã gêmea, a *vamp* que ainda o amava. Ele disse que eu podia confiar nele, e eu confiava. – Algo ruim – admiti. – Minha memória está uma droga.

– Ok – ele disse sem pressa. – Comece pela última coisa da qual se lembra com facilidade.

– Eu estava escovando Persephone e soube onde Heath estava, e que ele ia morrer se eu não o resgatasse.

– Você dois são Carimbados? – minha surpresa deve ter sido visível, porque ele sorriu e continuou: – Minha irmã e eu conversamos, e fiquei curioso com esses assuntos de vampiros, especialmente depois que ela acabou de se Transformar – ele deu de ombros como se não fosse nada demais um humano saber coisas de vampiros. – Somos gêmeos, de modo que nos acostumamos a compartilhar tudo. Essa mudança de raça não fez grande diferença para nós – ele me olhou de soslaio outra vez. – Você o Carimbou, não foi?

– É, Heath e eu somos Carimbados. Foi assim que soube onde ele estava – não entrei em detalhes sobre Aphrodite. Não estava a fim de explicar toda aquela história de suas-visões-são-autênticas-mas-Neferet-virou...

– Ah! – desta vez gemi alto por causa da agonia em minha cabeça.

– Respire fundo e devagar – Marx disse, me olhando com preocupação sempre que tirava os olhos da estrada traiçoeira. – Eu disse para você se lembrar do que fosse *fácil*.

– Não, tudo bem. Estou bem. Quero continuar.

Ele ainda parecia preocupado, mas continuou com as perguntas.

– Muito bem. Você sabia que Heath estava enrascado e sabia onde encontrá-lo. Mas, então, por que não me ligou e disse para eu ir até a estrada de ferro?

Tentei me lembrar, mas a dor me arrebatou, e com ela veio a raiva. Algo acontecera com a minha mente. *Alguém* bagunçara minha mente. E isso me deixava realmente furiosa. Esfreguei as têmporas e rangi os dentes de dor.

– Talvez devamos parar um pouco.

– Não! Só me deixe pensar – respondi, arfante. Eu conseguia me lembrar dos estábulos e de Aphrodite. Lembrava que Heath precisava de mim e de cavalgar Persephone debaixo da neve até o subsolo da estrada de ferro. Mas, ao tentar me lembrar do que aconteceu no subsolo, a agonia em minha cabeça ficou insuportável.

– Zoey! – a preocupação do detetive Marx atravessou minha dor.

– Fizeram alguma coisa com a minha cabeça – esfreguei as lágrimas, que nem percebera que haviam caído.

– Sumiram pedaços da sua memória – ele não perguntou, mas confirmei com a cabeça mesmo assim.

O detetive ficou em silêncio por um tempo. Parecia que estava se concentrando na estrada deserta e coberta de neve, mas achei que não era isso, e suas palavras seguintes indicavam que eu estava certa.

– Minha irmã – ele sorriu e olhou para mim – se chama Anne, e uma vez ela me disse que se eu arrumasse encrenca com uma Grande Sacerdotisa estaria em sérios apuros, pois elas sabem apagar coisas, referindo-se a pessoas e memórias – ele tirou os olhos da estrada outra vez e desta vez não estava mais sorrindo. – Então, acho que a questão é: o que você fez para aborrecer a Grande Sacerdotisa?

– Não sei. Eu... – minha voz falhou quando pensei no que ele disse. Não tentei me lembrar do que acontecera naquela noite. Ao invés disso, deixei minha memória retroceder vagarosamente... para Aphrodite e para o fato de Nyx ainda abençoá-la com visões, apesar de Neferet espalhar que suas visões eram falsas... voltei à sensação de algo errado que se desdobrava como fungos ao redor de Neferet; à noite em que ela anunciou minhas decisões para as Filhas das Trevas como se fossem suas; à cena nojenta que testemunhei entre Neferet e... e... senti o calor que me golpeava a cabeça e, além do clarão de dor aguda, lembrei-me de Elliott se alimentando do sangue da Grande Sacerdotisa.

– Pare a caminhonete! – gritei.

– Estamos quase na escola, Zoey.

– Agora! Vou vomitar.

Paramos no acostamento da estrada vazia. Abri a porta, fui para a rua coberta de neve, cambaleei até o meio-fio e vomitei pra valer sobre um monte de neve. O detetive Marx estava ao meu lado, segurando meus cabelos, como um pai, enquanto me dizia para respirar fundo e que tudo ia dar certo. Engoli o ar e finalmente melhorei. Ele me deu um lenço, daqueles antigos, de linho, que estava cuidadosamente dobrado e limpo.

– Obrigada – tentei devolver o lenço depois de enxugar o rosto e assoar o nariz, mas ele sorriu e disse:

– Fique com ele.

Fiquei ali respirando e deixando a pulsação em minha cabeça diminuir, enquanto olhava, através do campo de neve intocada, para uns carvalhos ao longe junto a um muro pesado de pedra e tijolos. E me surpreendi ao ver onde estávamos.

– É o muro leste da escola – eu disse.

– É, eu pensei em vir pelos fundos para lhe dar mais tempo de se recompor e quem sabe consertar um pouco da memória.

Consertar... o que tinha essa palavra? Tentei pensar bem e me lembrar, enquanto tentava me preparar para a dor que eu sabia que viria. Mas não veio, e minha memória foi tomada pela visão de um belo prado e das palavras sábias de minha Deusa... *os elementos podem consertar, bem como destruir.*

Então entendi o que tinha de fazer.

– Detetive Marx, preciso de um minuto aqui, tá?

– Sozinha? – ele perguntou.

Fiz que sim.

– Estarei na caminhonete, de olho em você. Se precisar de mim, chame.

Sorri, agradecendo, mas antes de ele virar para voltar para a caminhonete eu já estava caminhando na direção dos carvalhos. Eu não precisava estar debaixo deles, nem no terreno da escola, mas estar perto já me ajudava a me equilibrar. Já perto o suficiente para seus galhos me cercarem como se fossem velhos amigos, parei e fechei os olhos.

– Vento, eu o invoco, e desta vez peço que limpe qualquer mancha que tenha tocado minha mente – senti uma rajada fria, como se estivesse sendo atingida por meu próprio furacão, mas que não tocava meu corpo. Estava adentrando minha mente. Mantive os olhos bem fechados e bloqueei a dor pulsante que retornara às minhas têmporas.

– Fogo, eu o invoco e peço que queime qualquer escuridão que tenha tocado minha mente – minha cabeça ficou quente, só que não senti a mesma pontada quente de antes, mas uma quentura gostosa, como uma almofada elétrica sobre um músculo pinçado.

– Água, eu a invoco e peço que lave da minha mente a escuridão – um frio veio inundando o calor, resfriando o que estava quente demais e trazendo um alívio incrível.

– Terra, eu a invoco e peço que sua força nutriz leve da minha mente a escuridão que a tocou – senti nas plantas dos pés, onde me conectava com firmeza à terra, como se uma torneira tivesse sido aberta, e imaginei a pútrida escuridão escorrendo e saindo de meu corpo para ser consumida pela força e bondade da terra.

– E, espírito, peço que me cure da destruição causada pela escuridão em minha mente e conserte minha memória! – algo aconteceu dentro de mim, e uma sensação conhecida e incandescente me veio pelas costas e caí pesadamente de joelhos.

– Zoey! Zoey! Meu Deus, você está bem?

Novamente as mãos fortes do detetive Marx me sacudiram os ombros, ajudando-me a levantar. Desta vez, meus olhos se abriram com facilidade e eu sorri para seu rosto gentil.

– Estou muito bem. Eu me lembro de tudo.

32

– Tem certeza de que precisa ser assim? – o detetive Marx perguntou pelo que me pareceu a zilionésima vez.

– Tenho – fiz que sim com a cabeça, muito séria. – Tem que ser assim – eu estava tão cansada que pensei que fosse dormir naquele carro gigantesco. Mas eu sabia que não podia. A noite ainda não havia acabado.

Meu trabalho ainda não havia terminado.

O detetive suspirou, e eu sorri para ele.

– Você vai ter de confiar em mim – disse-lhe, soando como ele naquele dia.

– Não gosto disso – ele disse.

– Eu sei, e sinto muito. Mas eu lhe disse tudo o que posso.

– Que algum maluco sem-teto é responsável pelo ocorrido com Heath e os outros dois garotos? – ele balançou a cabeça. – Não me parece certo.

– Tem certeza de que você não tem nem um pouquinho de mediunidade? – dei um sorriso cansado para ele.

– Se eu fosse, seria capaz de entender o que estou *sentindo* que não está certo – ele balançou a cabeça outra vez. – Explique isto: o que aconteceu com sua memória?

Eu já havia pensado em uma resposta para essa pergunta.

– Foi o trauma desta noite que me fez bloquear o que aconteceu. E minha afinidade com os cinco elementos me ajudou a superar o bloqueio e me lembrar.

– Por isso você sentiu tanta dor?

Dei de ombros.

– Acho que sim. Mas agora já passou. Mesmo.

– Veja, Zoey, tenho certeza de que você não está me dizendo tudo o que está acontecendo. Quero que você saiba que pode realmente confiar em mim – ele disse.

– Sei disso – eu acreditava nele, mas também sabia que havia alguns segredos que não podia compartilhar. Nem mesmo com um detetive tão legal. Com ninguém.

– Você não precisa passar por isso tudo sozinha. Eu posso ajudá-la. Você é só uma garota... só uma adolescente – sua voz parecia mesmo exasperada.

Encarei seus olhos com firmeza.

– Não, eu sou uma novata que é líder das Filhas das Trevas e futura Grande Sacerdotisa. Acredite no que digo, isso é bem mais do que *só uma adolescente*. Eu lhe dei minha palavra, e você sabe, por causa de sua irmã, que sou obrigada a cumpri-la. Juro que lhe disse tudo que posso e, se algum outro garoto sumir, acho que vou poder encontrá-lo para você – o que eu não disse é que não tinha certeza absoluta de como faria isso, mas achei válida a promessa e sabia que Nyx me ajudaria a cumpri-la. Não que fosse fácil. Mas eu não podia delatar a presença de Stevie Rae, ou seja, ninguém poderia ficar sabendo daquelas criaturas, pelo menos não antes de Stevie Rae estar em segurança.

Marx suspirou de novo e notei que murmurava consigo mesmo enquanto vinha pisando forte para o meu lado a fim de me ajudar a descer da caminhonete. Mas, pouco antes de abrir a porta principal da escola, ele esfregou (irritantemente) meu cabelo e disse:

– Tudo bem, vamos fazer do seu jeito. Até porque não tenho outra escolha.

Ele tinha razão. Não tinha escolha mesmo.

Entrei na frente e fui instantaneamente envolvida pelo calor dos aromas familiares de incenso, de óleo e pelos reconfortantes lampiões a gás que brilhavam como amigos ansiosos em dar as boas-vindas.

Por falar nisso...

– Zoey! – ouvi as gêmeas gritarem juntas e logo me vi amassada entre elas, que me abraçavam e gritavam, dizendo que eu as deixara preocupadas e falando, sem parar, que haviam conseguido sentir quando as convoquei para invocar seus elementos. Damien não estava muito atrás delas. De repente, me vi nos braços fortes de Erik, que me abraçou e sussurrou como ficara com medo por mim e como estava feliz por eu estar bem. Deixei-me descansar em seus braços e também o abracei. Depois eu pensaria no que tinha que fazer em relação a ele e Heath. No momento, estava cansada demais e, de qualquer forma, precisava guardar minhas forças para lidar com...

– Zoey, que susto você nos deu.

Saí dos braços de Erik e me virei para encarar Neferet.

– Sinto muito. Eu realmente não queria deixá-los preocupados – eu disse, e era verdade. Eu não queria mesmo preocupar, aborrecer nem assustar ninguém.

– Bem, acho que não houve maiores problemas, querida. Estamos todos muito felizes por você voltar para casa sã e salva – ela sorriu para mim com aquele seu jeito maravilhosamente maternal, que parecia tão cheio de amor, de luz e de bondade, e, apesar de eu saber o que aquele sorriso escondia, senti um aperto no coração e desejei loucamente estar errada, desejei que Neferet fosse tão maravilhosa quanto eu antes achava que era.

A escuridão nem sempre equivale ao mal, bem como a luz nem sempre traz o bem. As palavras da Deusa ecoaram em minha mente, dando-me força.

– Bem, Zoey é com certeza nossa heroína – o detetive Marx disse. – Se ela não tivesse sintonizado aquele garoto, não teria conseguido nos ligar daquela estrada de ferro a tempo de salvá-lo.

– Sim, bem, esse é um probleminha que eu e ela vamos discutir depois – Neferet me dirigiu um olhar severo, mas seu tom indicou a todos que eu não estava tão encrencada assim.

Ah, se eles soubessem...

– Detetive, o senhor pegou a pessoa que estava levando os garotos? – Neferet continuou.

– Não, ele escapou antes de chegarmos, mas há evidências de sobra de que havia alguém morando naquela estrada de ferro abandonada. Na verdade, parece que ele estava usando o local como uma espécie de quartel-general. Acho que vai ser fácil encontrar provas de que os outros dois garotos foram mortos lá por alguém que está tentando jogar a culpa nos vampiros. E agora, apesar de Heath não se lembrar de muita coisa por causa do trauma, Zoey nos deu uma boa descrição do homem que devemos procurar. Chegar a ele será uma questão de tempo.

Será que só eu vi a surpresa explodir nos olhos de Neferet?

– Que maravilha! – ela exclamou.

– É – olhei nos olhos da Grande Sacerdotisa. – Eu contei muitas coisas ao detetive Marx. Minha memória está boa mesmo.

– Fico orgulhosa de você, Zoey Passarinha! – Neferet se aproximou e me envolveu em um abraço apertado. Tão apertado que só eu a escutei murmurar em minha orelha: – *Se você falar algo contra mim, eu vou dar um jeito de nenhum humano ou novato ou vampiro acreditar em você.*

Não recuei. Não precisava reagir de forma alguma. Mas quando ela me soltou, dei minha cartada final, aquela que eu planejara desde que senti aquela familiar sensação incandescente me queimando a pele das costas.

– Neferet, pode olhar minhas costas, por favor?

Meus amigos estavam batendo papo entre si, nitidamente tontos do alívio que sentiram quando liguei para eles enquanto o detetive Marx e eu conversávamos em frente à escola. Eu tinha pedido que eles me encontrassem no edifício principal e disse que era importante que Neferet também estivesse presente. Agora, este meu pedido, que fiz questão que fosse em alto e bom som, os fez calar. Na verdade, todo mundo no recinto, inclusive o detetive Marx, estava olhando para mim como que achando que eu batera a cabeça durante minhas aventuras e parte do meu cérebro estivesse pingando para fora.

– É importante – confirmei e sorri para Neferet, como se estivesse escondendo um presente para ela debaixo da parte de trás da blusa.

– Zoey, acho que não... – Neferet começou a falar com um tom cautelosamente colocado entre a preocupação e o constrangimento.

Dei um suspiro exagerado.

– Nossa... apenas olhe – e antes que alguém pudesse me deter, virei-me de costas para eles e levantei a barra do meu suéter (tomando cuidado para manter a parte da frente coberta, claro).

Não me preocupei se aquilo era errado ou não, mas foi um alívio ouvir os ofegos e exclamações de perplexidade e de surpresa contente de meus amigos.

– Z.! Sua Marca se espalhou – Erik riu e tocou com dedos vacilantes a pele recém-tatuada nas minhas costas.

– Uau, que demais! – Shaunee suspirou.

– Totalmente da hora! – Erin completou.

– Espetacular! – Damien vibrava. – É o mesmo padrão de labirinto das suas outras Marcas.

– É, com os símbolos das runas espaçados entre as espirais – Erik observou.

Penso que só eu notei que Neferet não disse nada.

Baixei o suéter. Estava louca para pegar um espelho e ver aquilo que até agora só havia sentido.

– Parabéns, Zoey. Imagino que isso signifique que você continua especial para sua Deusa – detetive Marx disse.

Sorri para ele.

– Obrigada. Obrigada por tudo que fez nesta noite.

Nossos olhos se encontraram e ele piscou. Então ele se voltou para Neferet:

– Bem, é melhor que eu vá embora, senhora. Há muito trabalho pela frente nesta noite. Além do mais, imagino que Zoey esteja louca para dormir. Boa noite a todos – ele tocou o chapéu, sorriu para mim outra vez e foi embora.

– Estou realmente cansada – olhei para Neferet. – Gostaria de ir para a cama, se não houver problema.

– Sim, querida – ela disse suavemente. – Problema nenhum.

– E também gostaria de passar no Templo de Nyx a caminho do dormitório, se não se importar – pedi.

– Você tem muito que agradecer a Nyx. É uma boa ideia dar uma passada no templo.

– Vamos com você, Z. – Shaunee disse.

– É, Nyx estava com todos nós nesta noite – Erin disse.

Damien e Erik fizeram *hum-hum*, concordando, mas não olhei para nenhum de meus amigos. Mantive contato visual com Neferet e disse:

– Vou agradecer a Nyx, mas na verdade tenho outras razões para ir ao seu templo – não esperei que ela me perguntasse e continuei, com toda seriedade: – Vou para acender uma vela para a terra por Stevie Rae. Prometi que não me esqueceria dela.

Meus amigos murmuraram sua concordância, mas mantive a atenção concentrada em Neferet enquanto caminhava até ela, lenta e deliberadamente.

– Boa noite, Neferet – eu disse, e desta vez a abracei bem forte e sussurrei: – *Nenhum humano, novato ou vampiro precisa acreditar no que eu disser sobre você, porque Nyx acredita. A coisa entre nós não acaba por aqui.*

Saí dos braços de Neferet e dei-lhe as costas. Juntos, meus amigos e eu saímos e cruzamos a pequena distância até o Templo de Nyx. Finalmente parara de nevar, e a lua começava a aparecer entre filetes de nuvens que mais pareciam cachecóis de seda. Parei em frente à linda estátua de mármore da Deusa em frente a seu Templo.

– Aqui – eu disse com convicção.

– Z.? – Erik perguntou.

– Quero colocar a vela de Stevie Rae aqui fora, aos pés de Nyx.

– Vou pegar para você – Erik se prontificou, apertando minha mão e correndo para dentro do Templo de Nyx.

– Tem razão – Shaunee assentiu.

– É, Stevie Rae iria gostar da vela acesa aqui fora – Erin confirmou.

– Fica mais perto da terra – Damien retrucou.

– E assim fica mais perto de Stevie Rae – eu disse baixinho.

Erik voltou e me entregou a vela verde e um comprido acendedor ritualístico. Seguindo meus instintos, acendi a vela e a aninhei aos pés de Nyx.

– Eu me lembro de você, Stevie Rae. Como prometi – eu disse.

– Eu também – Damien disse em seguida.

– Eu também – Shaunee repetiu.

– Digo o mesmo – Erin confirmou.

– Também me lembro de você – Erik disse.

O odor de prados verdejantes de repente surgiu ao redor da estátua de Nyx, e meus amigos sorriram entre lágrimas. Antes de irmos embora fechei os olhos e sussurrei uma prece, que era uma promessa do fundo da alma:

Vou voltar para ajudá-la, Stevie Rae.

Descubra o que irá acontecer em

Escolhida

o próximo livro da fascinante série
The House of Night

1

– Pois é, meu aniversário é sempre um "pé no saco" – eu disse à minha gata Nala. (Tá, na verdade eu sou mais a humana dela do que ela é minha gata. Sabe como são os gatos: eles não têm donos, eles têm empregados. Um fato que a maioria tenta ignorar.)

Enfim, continuei falando com a gata como se ela estivesse ligada em cada palavra que eu dizia. O que neeeem era o caso. – São dezessete anos de aniversários "pé no saco", em todo 24 de dezembro. Já estou até acostumada. Nada demais. – Eu sabia que estava dizendo aquelas palavras só para convencer a mim mesma. Nala soltou um *miauff* com aquela sua voz de gata velha resmungona e foi lamber suas partes íntimas, deixando claro que aquele assunto a entediava.

– Já sei o que vou fazer – eu continuei enquanto terminava de passar um pouquinho de delineador nos olhos. (E estou falando de *um pouquinho*, nada de ficar com cara de guaxinim, pois com certeza não fica bem para mim. Na verdade, para ninguém.) – Vou receber um monte de presentes bem-intencionados, que não são bem presentes de aniversário – são coisas com temas natalinos, porque as pessoas sempre tentam misturar meu aniversário com o Natal, e isso nunca dá certo. – Mas vou sorrir e fingir que estou adorando meus presentes bobos de *natalversário*, já que as pessoas não conseguem entender que não se deve misturar Natal com aniversário. Ao menos não se elas quiserem agradar.

Nala espirrou.

– É exatamente assim que me sinto em relação a isso. Mas sejamos legais, porque quando eu digo alguma coisa, fica tudo pior. Eu acabo ganhando os benditos presentes, as pessoas ficam chateadas e dá tudo errado. – Nala não pareceu convencida, então concentrei minha atenção em minha reflexão. Por um segundo pensei que tivesse exagerado no delineador, mas olhei mais de perto e percebi que o que estava deixando meus olhos tão enormes e escuros não tinha nada a ver com algo tão comum quanto um delineador. Apesar de eu já ter sido Marcada há dois meses, a tatuagem de lua crescente cor de safira entre meus olhos e as elaboradas filigranas de passamanaria, tatuadas ao redor do meu rosto, ainda tinham a capacidade de me surpreender. Passei a ponta do dedo sobre uma das espirais azuis. Depois, quase sem pensar, baixei a gola (que já era grande) do meu suéter para expor o ombro esquerdo. Joguei meus longos cabelos para trás com um movimento rápido de cabeça e exibi os desenhos tatuados que começavam na base do pescoço e se espalhavam por todo o meu ombro, descendo pela coluna até chegar ao fim das costas. Como sempre, a visão das minhas tatuagens me causou um arrepio elétrico, que misturava deslumbre e medo.

– Você é diferente de todo mundo – murmurei para meu reflexo e limpei a garganta. Continuei a falar com uma voz excessivamente pomposa – e não há problema nenhum em ser assim. – A quem eu queria enganar, pensei. – Então tá. – Olhei para a parte de cima de minha cabeça e fiquei, em parte, surpresa por não estar visível. Tipo, eu com certeza sentia a nuvem negra gigantesca que vinha me acompanhando há um mês. – Caraca, fico até surpresa por não estar chovendo aqui dentro. Não seria uma maravilha para meu cabelo? – eu disse com sarcasmo para meu reflexo. Então suspirei e peguei o envelope que estava na minha mesa. Sobre o endereço do remetente lia-se FAMÍLIA HEFFER, impresso em dourado reluzente. – E por falar em coisas deprimentes... – eu murmurei.

Nala espirrou de novo.

– Você tem razão. Melhor acabar logo com isto. – Abri o envelope com relutância e retirei o cartão. – Ah, que inferno. É pior do que eu esperava. – Havia uma enorme cruz de madeira na parte da frente do cartão. Havia um papel enrolado à moda antiga no meio da cruz (com um prego sangrento preso a ela). Estava escrito FELIZ

NATAL em letras vermelhas (representando o sangue, naturalmente). Logo abaixo vinha escrito com a letra de minha mãe: *Espero que você esteja se lembrando de sua família neste momento abençoado do ano. Feliz aniversário, com amor, da mamãe e do papai.*

– É a cara dela – eu disse a Nala e senti uma pontada no estômago. – E ele não é meu pai. – Rasguei o cartão, joguei no cesto de lixo e fiquei olhando para os pedaços rasgados. – Quando meus pais não me ignoram, eles me insultam. Prefiro ser ignorada.

Dei um pulo ao ouvir a batida na porta.

– Zoey, está todo mundo querendo saber onde você está. – Foi fácil reconhecer a voz de Damien do outro lado da porta.

– Espere aí, estou quase pronta – eu gritei, procurando pensar em outra coisa, e então dei uma última olhada para meu reflexo no espelho. Concluí, sentindo um traço totalmente defensivo, que poderia deixar meu ombro exposto. – Minhas Marcas são diferentes de todas as outras. Bem que eu posso dar motivo para as pessoas ficarem me olhando, com cara de bobas, enquanto falam – eu murmurei.

Então soltei um suspiro. Não costumo ser tão irritadiça. Mas com meu aniversário "pé no saco", meus pais "pé no saco"...

Não. Eu não podia continuar mentindo para mim mesma.

– Queria que Stevie Rae estivesse aqui – eu sussurrei.

E era isso que estava me afastando dos meus amigos (inclusive dos meus namorados – dos dois) durante o último mês, e, ao mesmo tempo, o que estava me tornando uma nuvem de chuva enorme, pesada e desagradável. Eu sentia falta da minha melhor amiga e colega de quarto, que todos viram morrer no mês passado, mas que eu sabia que havia se transformado em uma criatura noturna morta-viva. Por mais melodramático e *trash* que isso pode parecer. A verdade era que agora, quando Stevie Rae deveria estar para lá e para cá envolvida com os detalhes desta minha droga de aniversário, ela estava na verdade escondida em algum túnel velho nos subterrâneos de Tulsa, conspirando com outras criaturas mortas-vivas nojentas, maldosas e fedorentas como o diabo.

– Ahn, Z.? Está tudo bem aí dentro? – Damien chamou de novo, interrompendo meu blá-blá-blá mental. Peguei Nala, que não parava de resmungar, dei as costas ao tenebroso cartão de *natalversário* e corri para abrir a porta, quase trombando com Damien, que estava com cara de superpreocupado.

– Desculpe... desculpe... – eu murmurei. Ele seguiu ao meu lado, me olhando de canto de olho de vez em quando.

– Nunca ouvi falar sobre uma pessoa que ficasse *tão* desanimada com o próprio aniversário quanto você – Damien disse.

Nala estava se contorcendo em meu colo e eu a soltei no chão, dando de ombros, tentando forçar um sorriso indiferente. – Estou só praticando para quando eu for uma velha decrépita, tipo com uns trinta anos, e precisar mentir a idade.

Damien parou para olhar para mim. – Ah, tááááá. – Ele falou, esticando a palavra. – Todos nós sabemos que vampiros de trinta anos mal aparentam ter vinte e são sempre lindos. Na verdade, vampiros de cento e trinta anos ainda parecem ter vinte e poucos anos e continuam lindos. Esse seu papo de idade é pura besteira. O que está realmente acontecendo com você?

Enquanto eu hesitava, tentando imaginar o que eu deveria dizer a Damien e o que não deveria, ele levantou uma das sobrancelhas cuidadosamente delineadas e disse, com sua melhor voz de professor de escola:

– Você sabe como somos sensíveis às emoções, então é melhor desistir e me dizer a verdade.

Eu soltei outro suspiro. – Vocês *gays* são assustadoramente intuitivos.

– Somos assim: homos – os poucos, os orgulhosos, os hipersensíveis.

– Homo não é um termo depreciativo?

– Não se for usado por um homo. Mas você está tentando me enrolar, não está funcionando. – Ele chegou a pôr a mão na cintura e bater o pé.

Eu sorri para ele, mas sabia que a expressão não combinava com meus olhos. Com uma intensidade que me surpreendeu, eu de repente senti uma vontade desesperada de dizer a verdade a Damien.

– Estou com saudade de Stevie Rae – eu desabafei antes que pudesse segurar a língua.

Ele não hesitou. – Eu sei. – Ele ficou com os olhos imediatamente molhados.

E foi isto. Parecia que um dique havia se rompido dentro de mim, e as palavras saíram desembestadas. – Ela tinha de estar aqui! Ela estaria correndo que nem uma louca para fazer a decoração de aniversário e provavelmente fazendo um bolo sozinha.

– Um bolo terrível – Damien disse fungando um pouquinho.

– É, mas seria uma das *receitas favoritas da mamãe* – eu disse, imitando o carregado sotaque de Oklahoma de Stevie Rae, o que me fez sorrir entre as lágrimas. Pensei em como era esquisito compartilhar com Damien minha insatisfação e poder justificá-la, e então meu sorriso alcançou meus olhos.

– E as gêmeas e eu ficaríamos irritados por ela insistir que todos nós usássemos aqueles chapeuzinhos pontudos de aniversário, com aqueles prendedores de elástico que pinicam sob o queixo. – Ele teve um arrepio de horror nem tão fingido assim. – Deus do céu, aquilo é tão pouco atraente.

Eu ri e senti um pouco da tensão em meu peito começando a se dissolver. – Tem algo em Stevie Rae que me faz sentir bem. – Eu não percebi que estava usando o tempo presente, até que Damien parou de sorrir.

– É, ela *era* demais – ele disse com ênfase extra no *era* enquanto olhava para mim como se estivesse preocupado com minha sanidade mental. Se ao menos ele soubesse da verdade. Se eu pudesse contar.

Mas não podia. Se eu fizesse isso, Stevie Rae ou eu, ou ambas, acabaríamos mortas. E, desta vez, para valer.

Então, ao invés de falar, agarrei o braço de meu amigo, evidentemente preocupado, e o fiz descer a escada comigo em direção à sala de estar do dormitório das garotas, onde meus amigos me esperavam (com seus presentes "pé no saco").

– Vamos. Estou sentindo necessidade de abrir presentes – eu menti, cheia de entusiasmo.

– *Aimeudeus*! Mal posso esperar para você abrir o meu! – Damien disse efusivamente. – Levei uma eternidade para comprar!

Eu sorri e balancei a cabeça apropriadamente enquanto Damien continuava a falar sem parar sobre sua busca pelo presente perfeito. Ele não costumava ser tão *gay* assim normalmente. Não que o fabuloso Damien

Maslin não fosse *gay* de verdade. Ele é totalmente *gay*. Mas também é um gatinho alto, de cabelos castanhos e olhos grandes que tinha potencial para ser ótimo namorado (e era – para outros garotos). Ele não era nenhum *gayzinho* serelepe, mas quando começava a falar de compras, suas tendências afeminadas afloravam. Não que eu não gostasse disto nele. Acho que ele fica lindo ao tagarelar sobre a importância de comprar sapatos bons, e naquele momento seu blá-blá-blá me acalmou. Estava me dando forças para encarar os presentes idiotas que (lamentavelmente) me aguardavam.

Pena que aquilo não me ajudava a encarar o que realmente estava me incomodando.

Ainda falando sobre sua busca ao presente, Damien me conduziu ao salão principal do dormitório. Acenei para os montes de garotas agrupadas ao redor das tevês de tela plana, enquanto nos dirigíamos à salinha ao lado, que servia de biblioteca e sala de informática. Damien abriu a porta e meus amigos irromperam em um coro totalmente desafinado o "parabéns a você". Ouvi Nala resmungar e, pelo canto do olho, eu a vi saindo pela porta, em direção à entrada. *Covarde*, eu pensei, apesar de estar com vontade de fugir com ela.

Quando a canção acabou (graças a Deus), minha gangue veio toda para cima de mim.

– Parabéns! – as gêmeas disseram juntas. Tá, elas não são gêmeas genéticas. Erin Bates é uma garota muito branca de Tulsa e Shaunee Cole é uma linda mulata descendente de jamaicanos que cresceu em Connecticut, mas as duas são tão bizarramente parecidas que a cor da pele e a região de onde vieram não faziam a menor diferença. São gêmeas espirituais, o que é bem mais forte que a mera biologia.

– Feliz aniversário, Z. – disse uma voz profunda e muito, muito *sexy* que eu conhecia tão bem. Saí do abraço de sanduíche das gêmeas e fui para os braços do meu namorado, Erik. Bem, tecnicamente, Erik era um dos meus dois namorados. O outro era Heath, um adolescente humano que eu namorei antes de ser Marcada, e com o qual eu não devia ter mais nada, se não fosse pelo fato de eu ter sugado seu sangue, meio que acidentalmente, e com isso ter provocado uma nova ligação entre nós, estávamos Carimbados; então, ele era meu outro namorado à revelia. É, é confuso. Sim, Erik fica louco com isto. Sim, eu suponho que ele vai me dar o fora qualquer dia desses por causa disso.

– Obrigada – murmurei, levantando os olhos para ele e me deixando aprisionar por aqueles olhos incríveis. Erik é alto e sensual, com cabelos escuros de Super-Homem e olhos incrivelmente azuis. Relaxei em seus braços, um gesto que não me permiti nos últimos meses, e temporariamente me aqueci no seu cheiro bom e na sensação de segurança que me vinha quando estava perto dele. Ele me olhou nos olhos e, como nos filmes, por um segundo todo mundo desapareceu e só havíamos nós dois ali. Ao perceber que eu não saía de seus braços, sorriu lentamente esboçando uma leve surpresa, o que provocou uma dorzinha em meu coração. Eu estava pegando pesado com ele e não sabia direito por quê. Por impulso, fiquei na ponta dos pés e o beijei, para grande alegria dos meus amigos.

– Ei, Erik, que tal compartilhar um pouco dessa doçura de aniversário? – Shaunee balançou as sobrancelhas para meu sorridente namorado.

– Sim, coisinha linda – Erin disse, e balançou as sobrancelhas como Shaunee à moda das gêmeas. – Que tal um beijinho de aniversário aqui também?

Revirei meus olhos para as gêmeas e disse – O aniversário não é dele. Só se beija o aniversariante.

– Droga – Shaunee disse. – Adoro você, Z., mas não quero beijá-la.

– Beijar garotas? Qual é?! – Erin disse, então sorriu para Damien (que olhava para Erik com adoração). – Deixo para Damien este negócio de beijar o mesmo sexo.

– Ahn? – Damien disse, claramente dando mais atenção à beleza de Erik do que para as gêmeas.

– Outra vez, nós dissemos que... – Shaunee começou.

– ... ele não joga no seu time! – Erin terminou.

Erik deu uma boa risada e um soquinho bem masculino no braço de Damien, dizendo – Ei, se eu resolver mudar de time, você será o primeiro a saber. – (Outra razão pela qual eu o adoro. Ele é megapopular e gente boa. Aceita as pessoas como elas são, sem ficar bancando o gostoso esnobe.)

– Ahn, espero que *eu* seja a primeira a saber se você resolver mudar de time – eu disse.

Erik riu e me abraçou, murmurando em minha orelha – Você jamais vai precisar se preocupar com isso.

Enquanto eu estava pensando seriamente em roubar outro beijo de Erik, um minirredemoinho adentrou o recinto na forma de Jack Twist, namorado de Damien.

– Oba! Ela ainda não abriu os presentes. Feliz aniversário, Zoey! – Jack nos abraçou (sim, a Damien e a mim) e foi um abraço forte.

– Eu disse que você tinha de se apressar – Damien disse quando saímos dos braços uns dos outros.

– Eu sei, mas eu tinha de ter certeza que tudo estava embrulhado *direitinho* – Jack disse, com um floreado que só poderia vir de um garoto *gay*. Retirou de sua bolsa masculina, em seu braço, uma caixa embrulhada em papel de presente vermelho com um laço verde brilhante tão grande que quase engolia o embrulho. – Eu mesmo fiz o laço.

– Jack é muito bom com embrulhos para presente – Erik disse. – Ele só não é bom para limpar a bagunça que faz.

– Desculpe – Jack disse docilmente. – Juro que vou limpar tudo depois da festa.

Erik e Jack eram colegas de quarto, o que provava como Erik era legal. Ele é um quinto-formando (em linguagem normal, ele era do terceiro ano do ensino médio) e sem dúvida o cara mais legal da escola. Jack é um terceiro-formando (um calouro), um novato, lindinho, mas meio *nerd*, e totalmente *gay*. Erik podia ter criado o maior caso por dividir o quarto com um *gay* e podia ter se negado a isto, transformando a vida de Jack na Morada da Noite em um verdadeiro inferno. Mas ao invés disso, ele parecia totalmente tranquilo e o tratava como um irmãozinho, o mesmo tratamento que ele dispensava a Damien, que estava oficialmente ficando com Jack há cinco semanas. (Todos nós sabíamos, porque Damien é ridiculamente romântico e comemora aniversários até de meia semana de relacionamento. Sim, para todos nós aquilo era uma piada. Mas de boa...)

– *Hello*! Falando em presentes! – Shaunee disse.

– Sim, traga esta caixa com o laço gigante para a mesa de presentes e deixe Zoey abrir – Erin disse.

Ouvi Jack murmurar para Damien – Laço gigante? – e flagrei o olhar de Damien pedindo *socorro* enquanto dizia a Jack – Não, está perfeito!

– Tudo bem, vou abrir primeiro este. – Peguei o pacote das mãos dele, fui até a mesa e comecei a tirar cuidadosamente o laço verde gigantesco e brilhante do papel de presente vermelho. – Acho que vou guardar este laço tão legal – disse ao terminar de retirá-lo.

Damien piscou para mim em agradecimento. Ouvi Erik e Shaunee abafando o riso e dei um chute em um deles, fazendo-os se calarem. Pus o laço de lado, abri a caixa e tirei...

Ah, minha nossa.

– Um globo de neve – eu disse, tentando soar feliz. – Com um boneco de neve dentro. – Tá, mas um globo de neve com um boneco de neve dentro *não é* presente de aniversário. É decoração natalina. E das mais cafonas.

– É! É! E ouça só o que toca! – Jack disse, praticamente pulando de excitação ao tomar o globo das minhas mãos, mover um botão na base para o boneco de neve começar a girar e a tocar uma musiquinha dolorosamente desafinada.

– Obrigada, Jack. É muito lindo – eu menti.

– Que bom que você gostou – Jack disse. – É meio que um tema para o seu aniversário.

Então ele olhou para Erik e Damien. Os três se entreolharam e sorriram como garotinhos peraltas.

Eu plantei um sorriso no rosto. – Bom, acho que devo abrir o próximo presente.

– O meu é o próximo! – Damien me deu uma caixa comprida e leve.

Com um sorriso firme no rosto, comecei a abrir a caixa, apesar de desejar profundamente que eu pudesse me transformar em uma gata, resmungar e sair correndo daquela sala também.